KB253942

바늘

천운영 소설집

창비

바늘

초판 1쇄 발행/2001년 11월 17일
초판 19쇄 발행/2021년 4월 5일

지은이/천운영
펴낸이/강일우
편집/유용민 염종선 박신규 김명재
펴낸곳/(주)창비
등록/1986년 8월 5일 제85호
주소/10881 경기도 파주시 회동길 184
전화/031-955-3333
팩시밀리/영업 031-955-3399 · 편집 031-955-3400
홈페이지/www.changbi.com
전자우편/lit@changbi.com

ⓒ 천운영 2001
ISBN 978-89-364-3661-2 03810

작가의 말

엄마는 이사다닐 때마다 정육점 위치를 먼저 알아냈다. 이십여년 공장일에 힘든 아버지의 밥상을 위해서였다.

1994 꼴찌. 점심에는 깻잎을 듬뿍 넣고 끓인 라면을 먹었고, 저녁에는 싱싱한 굴과 호박전에 막걸리를 마셨다. 1995 예대 등록금 일부를 차용증도 이자도 없이 그 자리에서 빌려주었던 **숭의서점** 아저씨. 졸업할 때 갚은 책 외상값이 꽤 되었다. 누군가 주문해놓은 책을 먼저 건네주기도 하고, 그즈음 누가 무슨 책을 읽는지 정보도 흘려주었다. 1996 **부평역 투다리.** 부평시내 한복판에서 외상이 되었던 곳. 주인언니 손에는 항상 소설책이 들려 있었다. 일 마치자마자 작업복 그대로 달려와 일당을 아낌없이 풀어놓던 그를 거기 좁은 의자에 앉아 기다렸다. 1998 나를 위해서는 대구포를, 경란언니를 위해서는 보드라운 과일을 준비해주는 **커피와 나무들.** 늦게까지 앉아 있어도 언제나 환하게 웃어주는 아저씨. 신춘문예 당선소식을 들은 날 저녁 경란언니에게서 꽃다발을, 아저씨에게서는 한잔의 와인을 써비스받았다. 2000 **봉자네**

아줌마가 나더러 글씨 쓰는 사람이냐고 물어봤다. 봉자네는 일년 전부터 내 책을 기다리고 있다. 마늘과 고추를 많이 넣고 참기름으로 볶은 봉자네 닭똥집을 참 많이도 먹었다. 2001 처음으로 엄마에게 근사한 저녁과 와인을 사드렸던 그안. 그날 엄마는 바닷가재 빠스따를 나는 전복 리조또를 먹었다. 엄마는 소녀처럼 부풀어올랐다.

친구들은 언제부턴가 자기 얘기를 할 때, 소설에 써먹지 말라고 당부한다. 이름만이라도 등장시켜달라거나 내 얘기 좀 써보라고 부탁하는 이들도 있다. 소설가 친구를 둔 것만으로도 자랑스러워하는 내 순박한 벗들. 소설집에 묶인 아홉편의 소설들은 나 혼자 쓴 것이 아니다.
일본에서 큰돈 주고 새긴 호랑이 문신을 끝까지 보여주지 않았던 야나기상. 내게 영도의 추억을 도둑맞은 하봉과 최용수, 박재효, 문상원, 오호성, 문희근. 그들과 함께했던 영도의 **산복도로**. 그리고 **용두산 공원**. 하봉의 원래 이름은 김상봉이다. 밤이 되면 사직구장의 불빛을 바라보며 속세를 그리워했던 금정산 중턱의 **미륵암**. 딱 이불 한채 깔리는 골방에 갇혀 있는 동안 활자가 몹시 그리웠다. 소머리 가르는 법과 접칼 쥐는 법까지 세세하게 알려주었던 **마장동** 사람들. 맹랑한 여기자로 오인받아 쫓겨날 뻔하기도 했다. 살을 못쓰게 만드는데도 끝끝내 회 뜨는 연습을 시켰던 제주 **풍천수산 주방**. 풍천수산을 접던 날 춘대는 수족관에 든 바닷가재 세 마리와 전복을 보내주었다. 70년 만에 담배를 끊으신 **상도동** 할머니. 내가 소설가가 된 것은 당신을 닮았기 때문이라고 믿으신다. 할머니의 단단하고 고른 이와 그 이로 잘라낸 많은 육질들 때문은 아니었을까. 베란다 문을 열면 묵직한 파도소리를 내며 방안까지 밀고 들어오는 **금강산콘도**의 바다는 며칠이고 앉아 바라봐도 질리지 않았다. 회사 앞으로 불러내 근사한 저녁을 사기도 하는 내 동거녀 민정. 수정아파트 406호에서 그녀는 신랑이고 자매이고 보호자였다.

해설을 써주신 이광호 선생님, 원고를 맡아준 창작과비평사 여러분, 서울예대를 알게 해준 혜영언니, 절대믿음을 보여주는 오빠와 새언니, 그리고 아버지. 고맙습니다.

돌아보면 온통 감사해야 할 것들이다. 내 가깝고 먼 이웃들을 적잖이 괴롭혔다. 이 소설집이 그들에게 작은 위안이라도 되었으면 좋겠다. 또한 그들에게 부끄럽지 않은 소설을 써야겠다. 숲속의 밤, 저 달이 환하다.

2001년 11월

천운영

바
늘

남자는 세상에서 가장 큰 거미를 그려달라고 했다. 남자가 원하는 것은 거미의 털이나 대칭으로 잘 뻗은 다리가 아니다.

남자는 협각류의 외피를 원한다. 살갖에 묻은 잉크와 피를 닦아내자 문신의 모양이 선명하게 드러나기 시작한다. 골리앗

거미는 풍요로운 식사를 마치고 밀림 속에서 산책이라도 즐기고 있는 듯하다. 문신을 끝낼 때마다 격렬한 섹스를 하고

난 듯한 극심한 피로를 느낀다. 내 몸의 모든 기운이 거미의 촉수로 빨려들어간 것 같다.

바늘

남자는 세상에서 가장 큰 거미를 그려달라고 했다. 남자가 가져온 인쇄물은 거미라기보다는 커다란 홍게처럼 보였다. 새를 먹는 골리앗 거미. 세상에서 가장 큰 거미의 이름이다.

"이 완벽한 대칭 좀 봐. 꼭 반으로 접어 찍어낸 것 같지 않아?"

남자는 인쇄물 속의 골리앗거미를 노려보며 말했다.

"똑같이, 똑같이 그려줘. 몸을 덮고 있는 이 보송보송한 털까지."

남자가 원하는 것은 거미의 털이나 대칭으로 잘 뻗은 다리가 아니다. 남자는 협각류의 외피를 원한다. 거미가 작은 몸집에도 불구하고 다른 동물에게 위압적인 존재가 될 수 있는 것은 그들이 단단한 외피를 획득한 탓이다. 나를 찾는 대부분의 사람들은 나에게서 협각류의 단단한 외피를 얻으려 한다. 인간의 살갖은 협각류보다는 과일에 가까워 쉽게 상처가 나기 때문이다. 하지만 연약하기 때문에 오히려 쉽게 인간의 살에 거미의 외피를 그릴 수 있다.

침대에 수건을 까는 동안 남자는 웃옷을 벗고 거미 사진을 이리저리 대보며 문신의 위치를 가늠하고 있었다. 남자의 등과 가슴에는 길이 30센티미터의 거대한 거미가 줄을 칠 자리가 없어 보인다. 배꼽을 중심으로 화려한 무늬를 가진 나비가 날개를 펄럭이고 있다. 손목에서부터 어깨까지 타고올라간 대나무는 남자의 팔뚝을 더욱 단단하게 만들고 있다.

알코올램프에 불을 켜고 향을 태운다. 송진내를 품은 연기가 유령처럼 방안을 떠돈다. 향내가 사라지면 바늘을 손에 쥔 채 발작을 일으킬 것만 같다. 작업이 끝날 때까지 나는 향을 여러번 덧꽂을 것이다. 바늘집에서 5호 바늘을 꺼내 알코올램프에 달군다. 불꽃 속의 바늘이 거뭇거뭇해지다가 발갛게 달아오른다.

"요즘은 에이즈 때문에 다들 기계 문신을 하지. 색도 고르게 나오고 훨씬 안전하거든. 근데 나는 네가 해주는 바늘 문신이 좋아. 기계 문신은 치과병원 의자에 앉아 있는 기분이 들어. 마취주사가 잇몸을 뚫고 들어오는 기분 알지? 벙벙하니 떫은 감을 물고 있는 기분인데, 의사들은 마취를 해놓고는 꼭 옆에 누운 환자를 먼저 치료한단 말야. 그때 들리는 기계 소리, 소름이 돋아."

남자는 바늘이 소독되는 걸 지켜보며 느릿느릿 말한다. 나는 묵묵히 바늘을 내려놓고 소독솜으로 남자의 허벅지와 내 손을 닦아낸다.

나는 문신을 하는 동안에는 말을 삼간다. 나는 평소에도 말을 잘 하지 않는 편이다. 내 의사를 전달하고자 하는 발설의 욕구는 일종의 충치 같은 거였다. 혀끝에서 거치적거리며 고통을 주는, 그러면서도 잇몸 깊숙이 박혀 늘 자신의 존재를 알리는 충치. 그것을 뽑아 세상에 보이려 하면 이미 더러운 냄새를 풍기며 바스러져버리곤 했다.

남자는 작업이 끝날 때까지 나에게 대답을 요구하는 말들을 계속할지도 모른다. 나와 두 번의 거래를 통해서 깨우칠 만도 했지만 거미나 전갈 따위를 원하는 사람들이 대부분 그렇듯, 남자는 두려움을 침묵으로 이겨내지 못했다. 남자에게 독한 꼬냑을 얼음 없이 한잔 가득 따라준다. 내 앞에서 약이나 대마초는 절대 사용할 수 없다. 고통을 이겨내는 사람만이 협각류의 외피를 얻을 자격이 있는 것이다. 남자는 지금 긴장하고 있다. 내가 유성펜으로 밑그림을 그리지 않고 바로 바늘로 그리기 때문인지도 모른다. 나 또한 착색하는 과정보다 처음 밑그림을 그릴 때 더 조심스럽다. 피가 나지도 않고 발갛게 부풀어오를 정도의 얕은 상처. 지울 수 없는 문신의 문양이 여기서 결정되기 때문이다.

바늘을 들고 남자의 무릎에서 한뼘 정도 떨어진 곳에 거미의 몸통을 그리기 시작한다. 몸통은 정팔각형 모양이다. 몸에 사방무늬가 있지만 일단 실루엣만 그리면 된다. 몸통 밑 꼬리 부분은 통통하게 살이 올라 투명한 실이 한없이 뽑아져나올 것 같다. 네 쌍의 보각(補角)은 남자의 말대로 완벽한 대칭을 이루고 있다. 바늘끝을 따라 거미가 조금씩 형태를 드러낸다.

남자는 고른 숨소리를 내며 눈을 감고 있다. 만세를 부르듯 두 팔을 올리고 다리는 어정쩡하게 벌린 상태로 누워 있는 남자의 몸은 체념이 무엇인지 아는 듯한 자세다. 바늘이 치명적인 무기가 될 수는 없겠지만 내가 공격을 가한다면 거미줄에 걸린 나비처럼 힘 한번 못 쓸 것 같다.

허벅지에 문신을 새기는 작업은 등이나 가슴 쪽보다 훨씬 신경이 쓰인다. 상대의 종아리에 올라탄 채 팬티 사이로 비어져나온 털을 보면서 작업을 해야 하기 때문이다. 내 고른 숨소리와 코에서 뿜어져나오는 뜨뜻한 바람은 남자의 사타구니를 데우기 충분하다. 남자의 성기는 내가 바늘을 댄 순간부터 조금씩 단단해지기 시작해 밑그림이 끝날 즈음이면 주체할 수 없을 정도로 성이 나게 마련이다. 그러나 내가 문신을 시작한 이래 내게 성적인 행위를 요구하는 일은 아직까지 단 한번도 없었다.

"네가 조금이라도 예쁘지 않은 게 얼마나 다행이냐. 그림을 그리고 나면 그게 간절해지거든. 근데 넌 문신기술은 좋지만 도저히 하고 싶은 생각이 안 들어. 하긴, 그림을 그려준 그 많은 놈들이 너한테 덤벼들었다면 넌 매일 항생제를 달고 살아야 했을 거야."

툭 튀어나온 광대뼈와 곱추를 연상케 할 정도로 둥그렇게 붙은 목과 등의 살덩이, 눈살을 찌푸리게 하는 목소리, 뭉뚝한 발가락…… 남자가 말한 전혀 하고 싶은 생각이 안 들게 하는 이유들이다. 남자의 말을 들으면서 나는 추하다는 추상어가 명백히 눈앞에 펼쳐져 구체성을 획득하는 것을 느꼈다. 거기에 나는 말까지 더듬는다. 그러나 어느 누구도 내 바늘끝에서 나오는 문신을 보고 추함과 연결시키는 사람은 없다.

거미 문신에 색을 넣기 위해 염료가 진열된 장식장 앞에 선다. 거미 몸통의 암홍색을 위해서 베네치안 레드와 인디아 잉크, 징크 옥사이드를 고른다. 털이 북슬북슬하게 난 다리는 크롬 그린과 암청색 인디고 염료를 사용하면 될 듯하다. 남자가 강조하고자 하는 털은 티타늄 정도로 하면 느낌이 살아난다. 티타늄은 제트기나 로켓의 재료가 되는 금속인데 안료로도 쓰인다. 은백색의 반짝거림이 있기 때문에 금속성의 칼이나 활 등을 문신할 때 종종 사용한다. 골리앗거미처럼 털이 부스스 일어난 경우에도 그 효과를 극대화시킬 수 있다.

여덟 개의 바늘을 알코올램프에 달구어 각각의 바늘귀에 명주실을 꿴다. 바늘끝에서부터 0.5센티미터가 남을 때까지 조심스럽게 명주실을 감는다. 명주실을 감을 때는 실이 겹치지 않도록 조심해야 한다. 그래야만 잉크가 뭉치거나 한꺼번에 나오는 일이 없다. 바늘귀 부분에는 손으로 잡을 수 있도록 1센티미터 정도 맨몸으로 남겨두는 것도 잊지 않는다. 명주실에 먼저 베네치안 레드를 묻힌다.

살에 꽂는 첫땀. 나는 이 순간을 가장 사랑한다. 숨을 죽이고 살갗에 첫땀을 뜨면 순간적으로 그 틈에 피가 맺힌다. 우리는 그것을 첫이슬이라고 부른다. 첫이슬이 맺힘과 동시에 명주실이 품고 있던 잉크가 바늘을 따라 천천히 흘러내려온다. 붉은색 잉크는 바늘끝에 이르러 살갗에 난 작은 틈 속으로 빠르게 스며든다. 마치 머릿속에서 맴돌던 말들이 입밖으로 시원하게 나와주는 듯한 기분. 바늘땀을 뜰 때 나는 더이상 말더듬이가 아니다.

거즈로 피를 찍어내고 잉크의 농도를 확인한다. 일단 첫땀이 성공적으로 떠지는 것을 확인하면 그때부터 내 손은 빨라지기 시작한다. 속도를 잃지 않는 것. 그것이 고른 색을 내는 데 가장 중요한 기술이다. 명주실에 묻은 잉크 양을 조절하며 거미에게 살을 심어준다. 거미는 어느새 붉은 맨살을 드러내고 있다. 이제 살을 뼈로 감쌀 차례다. 거미는 인간과 달리 뼈가 밖으로 나와 있는 셈이다. 그것을 외골격이라 하지만 나는 단단한 피부라고 생각한다. 인디아 잉크와 징크 옥사이드로 외피를 완성한다. 크롬 그린이 합류되면서 거미는 이제 완벽한 외골격을 갖춘다.

살갗에 묻은 잉크와 피를 닦아내자 문신의 모양이 선명하게 드러나기 시작한다. 골리앗거미는 풍요로운 식사를 마치고 밀림 속에서 산책이라도 즐기고 있는 듯하다. 나는 어느새 밀림 속에 숨은 한마리 거미가 된다. 가느다란 여덟 개의 다리로 아침햇살을 반사하는 투명한 거미줄에 미끄러지듯 걷는 거미. 발끝에 미세한 움직임이 느껴진다. 부주의한 청색 나비 한마리가 내 거미줄에 걸려 파닥거린다. 청색 나비의 아름다운 날개가 나달나달해질 때까지 나는 조용히 기다린다. 그리고 다리에 난 섬세한 털로 먹잇감을 부드럽게 감싼다. 남자의 몸을 애무하듯, 여린 과일을 만지듯 부드럽게. 그리고 주삿바늘을 꽂듯 나비의 몸통에 촉수를 박는 그 순간.

"기집년들이 보면 환장하겠는걸?"

남자가 내 어깨를 치며 말한다.

문신을 끝낼 때마다 격렬한 섹스를 하고 난 듯한 극심한 피로를 느낀다. 내 몸의 모든 기운이 거미의 촉수로 빨려들어간 것 같다. 나는 담배를 피워문다. 남자도 담배에 불을 붙이고 암홍색 골리앗거미를 들여다보고 있다. 남자는 이제 손바닥만한 외피를 얻었다. 남자가 손바닥만큼 더 강인해졌는지는 알 수 없다.

문형사라고 자신을 밝힌 남자는 미륵암 주지 살인사건과 관련하여 일간 경찰서에 참고인으로 출두해달라고 거침없이 말했다. 미륵암이라는 단어가 가슴속에서 날개치듯 퍼덕였다.

"듣고 있습니까? 김형자씨가 어머님 맞죠? 김형자씨가 미륵암 주지를 죽였답니다. 증거도 없고 증인도 없는데, 왜 이리 일을 복잡하게 만드는지. 박영숙씨가 김형자씨를 만나보셔야겠습니다. 여보세요? 듣고 있습니까?"

문형사는 끊임없이 대답과 반응을 요구해왔다. 그러나 내 혀는 딱 딱하게 굳어버렸다.

"미륵암 주지, 김봉환을 아십니까? 그 뭐야 법명은, 아 현파, 현파 스님이라고."

김봉환이라는 이름은 전혀 기억에 없었다. 그러나 현파라는 이름을 들었을 때 머릿속에서 거센 파도가 하얀 포말을 이루며 부서지는 것을 느꼈다. 그리고 나는 복숭아빛 피부의 스님을 기억해냈다. 스님의 삭발한 머리는 하나하나 깨끗이 손질된 느낌을 주었고, 희끗희끗 올 라오는 하얀 머리털은 은회색 모래가 반짝이듯 아름다웠다. 스님이 입은 낡은 승복조차도 언제나 희게 빛났다. 그런 스님과 죽음이라니.

나는 전화기 코드를 뽑아버렸다. 검고 긴 전화선이 꼭 불길한 해충이 나오는 통로처럼 느껴졌다. 한복 저고리를 바느질하던 엄마의 손은 옷감에 새겨진 고급 손수 같았다. 그리고 엄마와 스님과 함께 하던 차시간, 다기에 그려진 대나무보다 곧고 부드럽던 엄마의 손끝을 따라 떨어지던 옥빛 찻물. 그런 손이 정말 스님을 죽일 수 있었을까? 마치 내가 노사의 목을 조르기라도 한 것처럼, 못이 박히고 투박한 내 손을 들여다보았다. 그러나 부모에게 결정적으로 거부당한 사람이 그렇듯 나는 곧 냉정해졌다. 보통때처럼 아침청소를 하고 밥을 먹었다. 구입 해야 할 잉크 목록을 만들고 냉장고에 남아 있는 생수를 확인했다.

거대한 곡물창고를 방불케 하는 대형마트에는 카트를 밀며 쇼핑하 는 사람들로 북적거렸다. 생수 한묶음과 독한 술 몇종류를 바구니에 담고 곧장 육류 코너로 향한다. 얼리지 않은 삼겹살 부위와 아롱사태 를 덩어리째, 살이 제법 붙어 있는 돼지 등뼈를 고른다. 쇠고기는 그다지 좋아하지 않지만 떡심이 있는 등심과 스테이크용 안심을 한 팩씩 골라 담는다.

나는 양념하지 않은 고기를 먹는다. 손가락 두께로 썰어서 피가 살짝 날 정도로 구운 쇠고기나 마늘과 양파를 많이 넣고 삶은 돼지고기를 좋아한다. 상추와 같은 야채를 곁들여먹지도 않는다. 구운 고기에 가장 잘 어울리는 것은 채소류가 아니라 하얀 쌀밥이다. 쌀눈이 살짝 비치도록 말간 밥알에 약간 검어진 육류의 핏물이 스며들 때, 고기의 맛은 정점에 이른다.

육류 코너를 떠나다가 쟁반 위에 올려진 붉은 살덩이들을 무심히 바라보았다. 둥그런 모양의 고깃덩어리는 꼭 삭발한 스님의 머리를 연상시켰다. 말끔하게 정리된 스님의 머리통은 곧 솟아오를 태양과 같았으며, 그 위엄이 넘쳐 어찌 보면 동물적인 냄새가 나기도 했다. 그래서 때론 동그랗고 단단해 보이는 스님의 머리통에 마오리족의 혈흔 문신을 새기면 어떨까 하는 생각이 드는가 하면 삭발한 머리통에서 보였던 동물적인 느낌이 내 뒤틀린 성욕과 함께 뒤섞여, 고운 여자의 손이 스님의 머리통을 부여잡고 정사하는 장면이 생생하게 그려지곤 했다.

냉동고에서 서늘한 바람이 몰려온다. 다리에서 미세한 전류가 흐르는 듯하다. 잊고 있던 감각이 저릿저릿 온몸을 자극하고 있다. 배와 가슴을 따라 급속냉동되듯 마비증상이 오고, 결국 두 주먹을 불끈 쥐고 드러눕게 되는 간질병. 그 병을 고치기 위해 엄마의 손을 잡고 미륵암을 향해 오르던 비탈길. 엄마의 끊임없는 절과 스님의 목탁소리. 주문처럼 온몸을 휘감던 엄마의 염불.

세차게 고개를 흔들며 마트에서 서둘러 빠져나온다. 생수와 고기팩

들, 생활용품 코너에서 생각없이 집어넣은 변기청소용 솔이 담긴 쇼핑봉지가 제법 무겁다. 집이 가까워질수록 걸음이 빨라진다. 빨리 집으로 돌아가 커다란 들통에 고기를 삶아 입안 가득 육질의 맛을 느끼고 싶다. 잇사이로 새어나올 뜨뜻한 육즙이 벌써부터 입안에 고이는 것 같다.

승강기는 칠층에서 오래 머무르다 한무리의 사람들을 일층에 부려놓는다. 변기청소용 솔 때문에 비닐봉지가 곧 터질 태세다. 조심스럽게 승강기에 올라 닫힘버튼을 여러번 누른다. 이중으로 된 승강기 문은 거드름을 피우며 천천히 닫힌다. 두 개의 문이 완전히 닫히기 전, 누군가의 손이 안으로 쑥 들어온다. 다시 문이 열리고 좁은 문 사이로 팔뚝과 어깨, 머리가 차례로 들어온다. 왼쪽 다리까지 완전히 승강기 안으로 들어왔을 때 문은 덧없이 활짝 열렸다가 다시 천천히 모아진다. 남자는 등을 돌린 채 가쁜 숨을 내뱉고 있다. 남자의 등이 위아래로 심하게 움직인다.

승강기가 움직이지 않는다. 승강기는 여전히 일층에 머물러 있다. 남자와 나는 아무 층수도 누르지 않고 서 있었던 것이다. 짐을 한손에 모아쥐고 팔층 버튼을 누른다. '8'자에 녹색불이 들어오는 동시에 남자의 손가락이 내 손가락을 누른다. 순간 아슬아슬하게 유지되고 있던 비닐봉지가 찢어지며 물건들이 바닥으로 쏟아진다. 승강기가 움직이기 시작하면서 나는 중심을 잃고 핏물이 흐르는 고기팩 위에 주저앉고 만다. 한손으로 물건들을 감싸안고 겨우겨우 몸을 일으켜세운다. 남자가 바닥에 떨어진 나머지 물건들을 내 가슴에 올려준다.

금속성 소리와 함께 승강기 문이 열린다. 승강기에서 내려 나는 오른편으로 남자는 왼편으로 방향을 돌려 걸어간다. 문앞에 물건들을 쏟아낸 후 고개를 돌려 남자가 간 곳을 본다. 남자는 나와 거의 같은 속도로 걸어 복도 끝 문앞에 서서 열쇠를 찾고 있다. 이쪽 복도 끝이 806호이므로 남자의 집은 801호다. 남자와 나는 승강기를 타고 항상 같은 층에서 내리고 거의 비슷한 거리까지 걸어가서 혼자 문을 따고 집으로 들어갔을 것이다. 승강기를 축으로 반을 접는다면 남자와 나는 한곳에서 만난다. 골리앗거미의 보각처럼.

문득 쌀밥처럼 하얗고 말끔한 남자의 얼굴이 떠올랐다. 아름다운 얼굴이었던 것 같다. 쇼핑한 물건들을 발로 밀어넣고 문을 닫는다. 바닥에 뒹구는 고기팩에서는 핏물이 새어나오고 있다. 허기가 진다. 당장이라도 자리에 주저앉아 비닐포장을 뜯고 맨손으로 날고기를 집어먹을 수 있을 것 같다. 들짐승처럼 입가에 피를 묻힌 채 허겁지겁 먹을 것을 해치우고 포만감을 느끼고 싶다.

그런데 엄마가 정말 현파스님을 죽였을까?

오후 두시. 집에서 나와 한강대로를 따라 걷기 시작한다. 길은 두텁고 긴 힘줄처럼 도시 한가운데로 뻗어 있다. 공중에서 도시를 내려다본다면 껍질을 벗긴 사람의 몸체 같을 것이다. 몸의 구석구석 뻗어 있는 힘줄과 핏줄의 왕성한 전력질주.

스님의 죽음을 생각하다가 미륵암에서의 새끼고양이를 기억해낸다. 미륵암을 배회하던 수많은 고양이떼. 마당이나 법당까지 함부로 나다니는 고양이들이 나는 무척이나 두려웠다. 하지만 그 고양이들은 아름다웠다. 그 자그마하고 부드러운 몸속에는 온갖 아름다움이 용수철처럼 휘어져 숨어 있는 것 같았다. 여리고 따뜻하고 조금은 메마른. 스님은 때로 신도들이 가져온 생선대가리나 고깃덩어리를 요사채 앞에서 고양이들에게 던져주곤 했다. 그때마다 눈빛을 번득이며 육질의 맛을 느끼고 있는 고양이들을 나는 시기에 찬 눈으로 쳐다보았다.

송홧가루가 분분한 어느날 땔감으로 쓸 나뭇더미 사이에 이제 막 낳아놓은 새끼고양이를 보게 되었다. 온기가 느껴지는 새끼고양이 몸에 손을 대보았다. 순간 어디선가 어미고양이가 기습을 가하듯 나타나 등을 굽히며 내게 공격적인 자세를 취했다. 나는 새끼고양이를 들고 뛰었다. 어미고양이의 날카로운 울부짖음에 뒷머리채를 잡혔다가 가까스로 빠져나왔다. 머리카락이 쭈뼛쭈뼛 섰다. 나는 산길이 아니라 다른 궤도를 달리고 있는 것 같았다. 현실감은 없었고 바람소리만 귓가를 때리고 있었다. 산 아랫마을에 도착해 공중변소에 몸을 숨겼다. 내 손에 들려 있는 고양이는 작고 여리고 아름다웠다. 새끼고양이를 변기 속으로 집어던지기까지 단 일초의 망설임도 없었다. 구더기가 필사적으로 기어오르는 변기통 속으로 새끼고양이가 자취를 감추는 모습을 오랫동안 쳐다보았다.

나는 전쟁기념관 앞에 서 있다. 입장권을 끊고 기념관 안으로 들어간다. 대부분의 기념관이나 박물관이 그렇듯 시대별로 구성된 각각의 방에는 발굴되었거나 보존된 유물들이 유리관 속에 전시되어 있다. 자세히 보면 그것들은 플라스틱이나 밀랍으로 잘 만들어진 모형임을 알 수 있다. 유리관 속에 전시된 무기들을 하나씩 꺼내 스님을 향해 공격하기 시작한다.

명적(鳴鏑)이 활시위를 떠나 새소리를 내며 심장을 관통하고 칠지도(七支刀)의 일곱 날이 내장을 갈가리 찢는다. 말의 전진을 막기 위해 뿌려놓았다는 철침 모양의 마름쇠가 스님의 발을 찔러 피가 솟구친다. 빨갱이를 잡던 45구경 권총이나 경기관총 심지어 탱크까지 각종 무기들을 써보지만 어느 것 하나 나를 만족시키지 못한다. 좀더 강하면서 잔인한, 그러나 증거가 남지 않는, 엄마가 할 수 있는 그런 방법.

나는 복도 귀퉁이에 있는 귀주대첩 기록화에 발목을 잡힌다. 내 시선을 끈 것은 강감찬이라는 이름이 주는 억세고 포악한 어감이었다. 그러나 귀주대첩 그림이 주는 느낌은 포악함이 아니라 부드러움이다. 바람을 맞아 한 방향으로 몸을 뒤채는 풀들이 그려진 풍경화. 창을 들고 달려가는 병사들과 콧김을 내뿜으며 돌진하는 말들은 일체의 망설임 없이 하나의 방향만을 향하고 있다. 바람결을 느끼며 휘파람을 부는 풀숲처럼. 바람에 날리는 갈퀴는 더없이 부드러워 보이고 죽음을 마주한 병사들조차 무용을 하듯 생기가 넘친다. 인정할 수 없다. 내가 생각한 전쟁은 이렇게 수묵화로 그려진 풍경화가 아니라 원색의 고통과 절규로 점철된 사실화다. 그런데 전쟁에 반드시 있어야 할 피와 살상은 어디서도 찾아볼 수 없다.

어지럼증이 인다. 속이 메슥거리고 귀울음이 일어나는 것 같다. 나는 허둥거리며 출구를 찾는다. 그러나 관람방향을 표시해놓은 형광 화살표는 관람객의 행보를 규정하고 있다. 밖으로 나가기 위해서는 기념관 내부의 모든 방을 통해야만 가능하다. 나는 거인의 손에 뒷덜미를 잡힌 난쟁이처럼 버둥거리며 각방들을 통과하다가 마지막 기회를 잡는다. 전쟁체험실.

입장권을 새로 끊고 철로 된 체험실 문앞에 쭈그리고 앉는다. 입장시간을 기다리는 아이들 손에는 저마다 작은 수첩이 들려 있다. 시간이 꽤 흐른 후에야 문이 열리고 매표원이 나왔다. 매표원은 꼼꼼하게 표를 받으며 사람들을 안으로 안내했다. 서둘러 들어가는 사람들 뒤에 처져 매표원에게 표를 건넨다. 매표원은 받은 표를 한손에 모아쥐고 다른 손을 내밀다가 도로 집어넣는다. 고개를 들어 매표원을 올려본다. 빳빳하게 다려진 유니폼, 날이 선 칼라 사이로 선을 드러낸 하얀 목덜미. 매표원은 801호 남자다. 내 손에서 표가 미끄러져 바닥으로 떨어진다. 남자가 허리를 굽혀 표를 줍는다. 나는 남자의 시선을 외면한 채 황급히 안으로 들어간다. 체험실 안은 불빛 하나 없이 어둡다.

어둠속에서 포성이 울린다. 화약냄새가 코를 찌른다. 발밑에서 불빛이 번쩍거리고 머리 위로 총알 지나가는 소리가 난다. 군인들의 고함과 비명, 지원을 청하는 무전소리, 작전을 지시하는 상사의 외침…… 치열한 전투가 진행되는 어둠속에서 문득 서늘한 바람이 느껴진다. 발작의 전조증상과 같은 미세한 전율. 그것은 어둠속에서 사냥의 기회를 노리고 있는 맹수의 움직임과 같았다. 은밀하고 긴장된 숨소리. 뒷덜미에 소름이 돋는다. 두터운 귓불에 뜨뜻한 입김이 느껴진다. 숨소리는 점점 더 거칠고 빨라진다. 포격이 멎는다. 동시에 숨소리도 멎는다. 바람이 부는지 옷깃이 휙 날린다. 붉은 조명이 들어오고 아이들이 어정쩡하게 서 있는 나를 밀치며 재빠르게 달려나간다. 나는 붉은 방을 두리번거리며 밖으로 나온다.

801호 남자는 보이지 않는다. 남자의 숨소리였을까? 코끝에 진한 화약냄새가 진동한다. 실물 크기로 만들어진 탱크와 헬리콥터가 전시된 마지막 방을 지나 전쟁기념관을 빠져나온다. 온몸에 기운이 빠진다. 야외 잔디밭에 전시된 탱크 옆에 길게 눕는다. 어렴풋이 목탁소리와 엄마의 염불소리가 들리는 듯하다. 코끝에 맴돌던 화약냄새는 어느새 연한 향냄새로 바뀌어 있었다.

기념관 안에서 보았던 장검이 섬광처럼 눈앞을 스쳐지나간다. 날렵하고 섬세한 칼날, 그 끝에 정교하게 새겨진 호랑이 문양, 아름답고 영예로운 칼. 나는 그 아름다움에 무릎꿇고 쉿내 나는 칼날을 개처럼 핥는 꿈을 꾸었다. 혓바닥을 저릿저릿 자극하는 것은 비릿한 강철냄새 같기도 했고 향냄새나 화약냄새 같기도 했다.

“부검을 한 건 아니지만 어쨌든 노환에 의한 자연사로 잠정결론 내 렸습니다. 신도들이 부검을 반대하고 나와서…… 하긴 죽기 전에도 스님은 거의 산송장이나 다름없었답니다. 뭐 땜에 자기가 죽였다고 우겼는지 모르겠지만 김형자씨 덕택에 괜한 사람들만 고생했지 뭡니 까.”

나를 쳐다보지도 않고 무심하게 말하는 문형사의 말은 공복에 피우 는 새벽담배처럼 폐부를 깊숙이 찔렀다. 아침이라 경찰서는 한가했 다. 그럼에도 문형사는 서류들을 부산히 정리하면서 내 시선을 무시 하고 있었다.

“그럼, 엄마가, 스님을, 죽이지 않았단 말인가요?”

“그렇다니까 그러네요. 어제 김형자씨는 구치소에서 풀려났습니다. 집으로 갔겠죠.”

문형사는 바쁜 일이 있다며 총총히 사라졌다. 나는 경찰서 입구 층계 에 앉아 지나다니는 사람들의 신발부리를 바라보았다. 집. 엄마에게 돌 아갈 집이 있었던가? 엄마는 미륵암으로 돌아갔을까? 뒤숭숭한 질문 들이 하염없이 쏟아지고 있다. 미아가 된 기분이다. 엄마가 떠난 길목 을 바라보며 한복집 앞에서 꼼짝도 못하고 있던 그날처럼.

간질발작이 다 나은 이상 엄마와 나는 더이상 미륵암에 머물 이유 가 없었다. 먼지를 뒤집어쓴 한복집 셔터를 올리면서 미륵암에서의 모든 일들을 기억 속에서 삭제하기로 했다. 내가 죽인 고양이, 스님과 함께 했던 차시간, 짙은 향냄새와 염불소리까지도. 엄마에게 한복 만드는 법을 배워 엄마처럼 고운 옷을 만들리라, 실톳에 밑실을 감거나 옷감 물들이는 일부터 시작해서 앞섶의 날렵한 선을 박음질할 수 있을 때까지 엄마 곁에 꼭 붙어 있겠다, 그것이 내 생각이었다.

그러나 엄마는 달랐다. 엄마는 나흘 동안 숯물 들인 무명 동방의와 바지, 치잣물 들인 가사를 만들었다. 풀을 먹이고 다듬이질까지 완벽히 끝냈을 때 엄마는 내게 겨자색 보자기에 둘둘 말린 것을 꺼내놓았다. 엄마가 내민 보자기에는 꽤 많은 돈뭉치가 들어 있었다. 그리고 엄마는 스님의 옷을 들고 집을 나섰다. '나는 그곳으로 가야겠다.' 엄마가 마지막으로 내게 남긴 말이었다.

스님을 죽인 것은 엄마가 아니다. 엄마가 스님을 죽였다고 생각한 것은 전쟁기념관에 전시된 무기들처럼 실현 불가능한 살의였는지 모른다. 하지만 많은 전쟁들이 미화되어 있었듯이, 스님의 아름다움을 지켜주기 위해 누군가가 사건을 은폐했을 수도 있다. 나는 미륵암을 향해 발길을 옮긴다.

숲에 둘린 미륵암은 스스로 숲이 된 듯 고요하다. 아무런 인기척도 느낄 수 없다. 대웅전과 미륵전은 커다란 자물쇠로 단단히 잠겨 있다. 마당에 마른 솔잎들이 잔뜩 쌓여 폐가에 온 듯한 기분이다. 요사채로 들어가는 대문 역시 빗장이 질려 있다. 나는 헐거워져 달그락거리는 감정의 나사를 단단히 조인다. 대문 옆에 버려진 나무궤짝에 올라가 요사채 안을 넘겨본다. 미륵암은 기괴할 정도로 깊은 정적에 빠져 있다. 그 많던 고양이들은 다 어디로 간 걸까? 손을 뻗어 안으로 잠긴 빗장을 푼다.

　부엌은 흐트러짐없이 완벽하게 정리되어 있다. 수챗구멍에 밥알 하나 남아 있지 않다. 식칼이나 길고 뾰족한 젓가락, 무쇠로 만들어진 솥, 아궁이 속에서 불타는 나무, 한번의 점화로 요사채를 날릴 수 있는 프레온가스…… 마음만 먹는다면 무엇이든 살인도구가 될 수 있다. 그러나 엄마가 스님을 죽였을 만한 증거는 어디에도 없어 보인다.

　엄마와 내가 머물렀던 방으로 들어간다. 엄마가 입었을 듯한 옷가지와 이불이 눅눅한 냄새를 풍기며 구석에 처박혀 있을 뿐 가구 하나 없이 횡하다. 창가에 놓인 라면박스 위에는 엄마가 매일 읽었을 예불책과 짚으로 만든 바느질그릇, 반쯤 쓴 싸구려 화장품 등이 얌전히 놓여 있다. 바느질그릇을 뒤집어 바닥에 쏟아낸다. 흰색 실패가 도르르 굴러간다. 단추와 초크 줄자 등을 넣어놓은 투명봉지 하나, 능견으로 만든 침낭(針囊) 하나, 일제 기린표 금도금 바늘 한쌈, 하늘색 플라스틱 빗, 검은색 머리끈이 다였다.

　'머리카락을 넣어두면 바늘이 녹슬지 않아.'

　엄마는 침낭을 열어 머리카락을 넣을 때마다 그렇게 말했다. 엄마의 새카맣고 긴 머리카락은 동그랗게 말린 채 침낭 속으로 들어갔다. 때로 뭉텅뭉텅 빠지는 뻣뻣하고 두터운 내 머리카락도 엄마는 정성스럽게 말아 그 안에 넣어주곤 했다. 나는 엄마의 침낭과 바늘쌈을 바지주머니 속에 얼른 집어넣는다. 엄마는 이제 바늘이 필요없을 것이다. 이 바늘들은 내가 가지고 가 아름다운 문신을 그리는 데 쓸 것이다. 전리품을 얻은 것처럼 바늘을 주머니에 넣었지만, 심장은 계속해서 격렬한 박동질을 하고 있었다.

　김사장이 데리고 온 사람은 평생 화투판을 전전했다는 사십대 후반의 남자였다. 유난히 숱이 많은 머리를 새카맣게 염색하고 송아지처럼 커다란 눈을 가진 사람이었다. 남자의 어깨에는 푸른색 닻이, 가슴팍에는 커다란 사각형이, 배에는 다섯 개의 직사각형이 그려져 있었다.

"이기는 내가 외항선 탈 때 단체로 그린 기고, 이 네모는 'ㅁ'자데이. '마산대표'라고 쓸라켔는데 문신하던 놈이 'ㅁ'자만 쓰고는 딸려간 기다. 'ㅁ'자를 이리 크게 써갖고 우예 마산대표를 다 쓴단 말이고. 그때부터 내 인생은 조져뿐 기다. 마산대표도 몬하는 기 무신 성공이고, 성공은……"

남자는 밑그림만 덩그러니 남은 문신자국을 쓰다듬으며 말했다. 다섯 개의 직사각형은 오광을 그리려 한 것이라고 했다. 부적처럼 가슴에 품으면 없던 끗발이라도 세울 수 있으리라는 남자의 희망은 공허한 몇가닥 선으로 남아 있을 뿐이었다.

미륵암에 다녀온 이후 문신을 받기 위해 두어 명 찾아온 사람이 있기는 했지만 나는 문신을 해줄 수가 없었다. 김사장만 아니었다면 며칠째 계속 방안에 틀어박혀 생수와 고기만 먹으며 지내기를 멈추지 않았을 것이다. 김사장은 때로 이런 식으로 불시에 손님을 데리고 와 문신을 요구하곤 한다. 그가 데려오는 사람들은 대부분 추잡한 문신을 교정하거나 하루를 꼬박 바늘을 쥐어야 할 복잡한 그림을 원한다. 심지어 자신의 성기에 사무라이 검을 그려달라고 하는 사람까지 있었는데, 그런 무리한 요구에도 난 거부할 수가 없다.

김사장은 내게 바늘 다루는 법을 알려준 사람이다. 엄마가 떠나고 한복집 앞에서 서성거리고 있다가 김사장을 만났다. 김사장의 쇳덩어리 같은 팔뚝에 새겨진 푸르스름한 자국을 보았을 때 나는 한번도 느껴보지 못한 야릇한 기분이 들었다. 그에게서는 철공소에서 용접하는 사람에게 맡을 수 있는 냄새가 풍겼다. 쇠의 비릿함과 땀내가 섞인 그런 냄새. 김사장의 팔뚝에 그려진 칼은 아름다웠다. 김사장을 따라 서울로 올라왔다. 엄마가 바늘을 가지고 옷감에 수를 놓았다면 나는 인간의 연약한 육체에 수를 놓겠다. 김사장은 내 탈피를 도와줄 빛이었다.

남자의 가슴팍에 새겨진 마산대표의 'ㅁ'자는 글자라기보다는 작은 액자처럼 보인다. 육체에 새겨진 글귀는 그걸 새겼을 당시의 절박한 상황을 충분히 짐작하게 해준다. '노력'이나 '저축' 같은 글귀가 그렇다. 한번 열심히 잘살아보겠다는 의지와 결의가 살을 파는 아픔을 이겨내게 만들었을 것이다. 역으로 문신에는 앞으로 감수해야 할 삶의 시련들까지도 포함되어 있다.

육체와 그 위에 새겨진 글귀 사이에 공존하는 어떤 것. 그것은 아름다운 상처, 혹은 고통스러운 장식이다.

남자의 작은 액자에 호랑이를 한마리 그려준다. 날카로운 송곳니를 가진 호랑이는 금방이라도 뛰쳐나올 기세로 눈을 부라리고 있다. 참숯을 곱게 갈아 몸통 깊숙이 줄무늬를 새겨넣는다. 사각형 안에 갇힌 호랑이는 고작 마산대표가 아니라 조선시대 무관을 대표하던 흉배문양이 될 것이다. 그리고 다섯 개의 사각형 안에는 일, 삼, 팔, 비, 똥, 다섯 개의 광을 그려넣는다. 남자는 어느 화투판에서도 느긋할 수 있는 오광을 몸 안에 숨기고 있게 되었다. 인생에 있어 그렇게 막강한 숨긴 패를 가질 수 있다면 얼마나 여유롭겠는가.

남자는 거울에 몸을 비춰보며 이를 드러내고 환히 웃는다. 조금 지나면 잊고 있던 통증이 몰려올 것이었으나 문신을 마치고 나가는 남자의 어깨는 오히려 든든해 보이기까지 한다. 나는 담배를 피워물고 바닥에 어질러진 바늘과 염료통들을 망연히 바라본다. 남자의 가슴에 그려준 것과 똑같은 다섯 장의 화투짝이 방바닥에 바싹 붙어 있다. 그리 어려운 문신은 아니었는데도 온몸의 기운이 다 빠져나간 것처럼 꼼짝할 수가 없다.

담배를 입에 문 채 염료통과 피를 닦아낸 거즈를 집어든다. 그때 초인종이 길게 두 번 울린다. 김사장이 뭘 놓고 간 것일까. 나는 겨우 몸을 일으켜 문을 연다.

801호 남자다. 남자는 문앞에 부동자세로 서 있다. 혹시 나는 그가 오기를 기다리고 있던 것은 아닐까. 무엇에 이끌린 것처럼 천천히 문을 열고 남자가 들어오도록 길을 비켜준다. 거실을 가로질러 소파로 걸어가는 그의 발걸음은 마치 오래 전부터 이 집에 드나들었다는 듯 망설임이 없다. 그러고는 무릎을 가지런히 모으고 소파에 기대앉아 나를 바라본다. 내가 문을 닫고 옆에 가 앉기까지 그는 내게서 시선을 떼지 않았다. 그가 고개를 돌리고서 느닷없이 말을 시작한다.

"내가 매일 다니는 길 반대편에는 무엇이 있을까 궁금했어."

그는 내 얼굴을 보지 않고 말한다. 그의 옆얼굴을 올려다본다. 발그레한 양볼에 솜털이 하얗게 빛나고 있다. 그의 입이 길쭉하게 모아지는 듯하더니 다시 말을 잇는다.

"승강기에서 내려 왼쪽이 아니라 오른쪽으로 가면, 아침 출근길에 길 건너에서 같은 노선 버스를 타면 어떨까 하고 말야."

말을 할 때마다 그의 눈은 깊은 사색에 빠져 있는 듯 보였다. 그의 언어는 깊은 바다에서 금방 튀어나온 물고기처럼 빛을 받아 반짝였다. 나는 파닥거리는 물고기의 꼬리를 잡아채듯 입을 연다.

"당신을, 봤어. 전쟁, 기념관에서."

내 목소리는 딱딱하게 굳어 있다. 그의 반짝이는 목소리에 비한다면 내 목소리는 냄비 깨지는 소리 같기만 하다. 입을 다물고 그의 말을 기다린다.

"……승강기 안에서 당신과 마주쳤을 때 당신한테서 지독한 화약냄새가 났어. 어쩌면 소독약 냄새였는지도 모르겠어. 난 매일 화약냄새를 맡고 포탄소리를 들어. 당신도 알겠지만 말야."

"………"

"때로 폭격기 소리를 들으러 모니터가 있는 방에 가기도 해. 그곳에 앉아 눈을 감고 있으면 바람소리가 느껴져. B29 폭격기에서 바람줄기처럼 떨어지는 포탄소리 말야."

"왜 폭격소리를 듣지?"

"나는 전쟁이 좋아. 전쟁은 강하거든. 강함은 힘에서 나와. 세상에서 가장 아름다운 건, 힘이야."

"여긴 전쟁 같은 건 없어."

"난 당신이 뭘 하는지 알아. 가끔 당신을 찾아온 남자들이 벨을 두 번 눌러야 문을 연다는 것도. 일요일에 신문배달부나 외판원이 한번만 누르는 벨소리에는 절대로 문을 안 열지."

"나를 엿본, 거야? 또 뭘, 알고 있지?"

남자는 입가에 보일 듯 말 듯한 미소를 지어 보인다.

"당신 집에서 나온 남자들은 들어갈 때보다 훨씬 더 당당한 표정이지. 왜 그런 표정인지도 알아. 지난달에 당신 집에서 나온 남자가 나한테 장검을 보여줬어. 팔뚝에 새겨진 장검 말야. 그 사람은 알고 있는 거야. 무기들이 가지고 있는 힘을."

"당신처럼, 아름답게 생긴, 사람들은, 문신을 하지 않아."

"아름답다고? 내 모습을 봐. 죽은 사람처럼 하얀 이 피부 좀 보란 말야. 내 피부는 선천적으로 너무 하얘서 쉽게 타지도 않아. 구릿빛 피부를 만들어보려고 하루종일 썬탠을 해본 적도 있어. 그런데 발갛게 달아오르기만 하지 하룻밤 자고 나면 다시 제자리야. 나는 언제나 허약하고 소심해 보인다구. 난 그게 싫단 말야!"

그는 눈을 지릅뜨고 나를 쏘아본다. 방금 전까지 보였던 옅은 미소는 전혀 찾아볼 수 없다. 연한 갈색을 띠는 그의 눈은 꼭 고양이의 그것과 닮아 있다. 의심을 잔뜩 품은 눈. 순결을 바치기 직전에 소녀가 가지는 그런 눈. 그는 오래된 치부를 드러내듯 조심스럽고 절망적인 표정으로 말을 잇는다.

"내가 군대에 갔을 때 고참들은 내가 곱살하게 생겼다는 이유로 심한 얼차려를 주곤 했어. 난 정말 꿋꿋하게 이겨냈어. 그런데, 어느날 내 옆에서 잠자던 고참이 내 바지를 벗기고 있다는 걸 알았어. 난 꼼짝도 할 수 없었어……"

"………"

"그때 난 알았지. 내가 살아남을 수 있는 건 두 가지. 거세를 하거나 강해지는 것. ……내가 선택할 수 있는 게 뭐라 생각해? 강해지는 것밖에 없어. 넌 그걸 해줄 수 있잖아."

"내가?"

"내 몸을 가장 강력한 무기들로 가득 채워줘. 칼이나 활 미사일 비행기 뭐든."

그는 나를 똑바로 쏘아보고 있다. 그의 굳은 얼굴이 내가 허락하지 않는 한 절대 물러서지 않겠다고 강변하고 있다. 나는 느릿느릿 말을 한다.

"이건 처녀막처럼 한번 상처가 나면 다시 봉합할 수 없어. 죽을 때까지 네 몸에 붙어 있을 텐데 그래도 하겠어?"

그가 손을 뻗어 내 손을 잡는다. 그의 손은 막 삶아낸 고기지방처럼 따뜻하고 보드랍다.

불판 위에 두툼한 쇠고기를 얹는다. 차가운 육질이 뜨거운 불판에 닿자 차사삭 소리를 내며 움츠러든다. 한쪽 면이 익은 고깃점을 뒤집으면서 내심 슈크림이 잔뜩 든 빵을 떠올렸다. 아주 민감한 한숨을 내쉬게 하는 부드럽고 달콤한 슈크림빵. 전화가 온 것은 바로 그때였다. 스님의 죽음을 알려왔던 문형사가 내 이름을 불렀다. 문형사는 중대한 결정을 내리는 사람처럼 뜸을 들이고 있다. 나는 고기 한점을 입에 넣고 문형사의 말을 기다린다. 어금니로 질긴 떡심을 잘라낼 때 문형사는 엄마의 죽음을 전했다. 엄마는 자살했다. 사체는 금정산 계곡 하류에서 발견되었다. 시체보관실에 보관되어 있는 시신을 인수해 가라고 문형사는 더듬거리며 말했다. 수화기 속의 목소리는 명부(冥府)를 읽고 있는 저승사자의 것 같다.

수화기를 내려놓고 고기 한점을 입에 더 넣는다. 얄팍하게 썬 마늘을 고기 사이에 올린다. 기름이 불 위로 떨어져 방안 가득 단백질 탄내를 풍긴다. 육즙을 흡수한 마늘을 입속에 넣는다. 덜 익은 마늘이 혀끝을 아릿하게 자극한다. 마늘을 씹으며 바위에 찢긴 엄마의 모습을 상상한다. 그러나 상처투성이 여자의 하얀 알몸만 떠오를 뿐 엄마 얼굴이 생각나지 않는다.

미륵암에서 가져온 엄마의 침낭과 바늘쌈을 찾아본다. 그곳에 다녀온 이후 바지주머니 속에 꼭꼭 박아놓고 까맣게 잊고 있었다. 침낭 안에 든 엄마의 머리카락을 보면 엄마 얼굴이 생각날 듯도 하다. 침낭 끈을 푼다. 침낭을 거꾸로 들고 내용물을 털어낸다. 침낭에서 짧은 머리카락과 바늘이 쏟아진다. 머리카락은 엄마의 것이라기에는 너무나 짧고 거칠어 보인다. 검지손가락에 침을 묻혀 바닥으로 떨어진 머리카락을 집어올린다. 그것은 스님의 머리카락이었다.

　나는 면도칼을 들고 스님의 머리를 깎는 엄마를 상상한다. 무릎을 꿇은 채 한손으로 스님의 어깨를 살짝 누르듯 짚고 한손으로 이발을 하는 엄마. 면도칼 끝에서 스님의 머리카락이 스르르 떨어져내리는 모습은 아주 고즈넉한 풍경으로 그려지고 있다. 그리고 바닥에 떨어진 머리카락을 하나도 빠뜨리지 않고 정성스럽게 모아 침낭에 넣었을 엄마의 섬세한 손도 생생하게 그려진다. 찻상을 가운데 두고 아무 말 없이 차를 마시는 엄마와 스님의 모습처럼.

　엄마는 왜 죽이지도 않은 스님을 죽였다고 했을까? 그리고 왜 스스로 목숨을 끊은 것일까? 엄마가 가장 아끼던 일제 바늘쌈을 펼친다. 1호부터 20호까지 금빛 머리를 빛내며 꽂혀 있는 바늘들. 손가락끝으로 아주 미세한 곡선의 감촉을 느끼며 바늘을 뽑아든다. 갑자기 모든 신경세포가 한꺼번에 바늘끝으로 몰린다. 나는 눈을 부릅뜨고 바늘들을 들여다본다. 스무 개의 바늘은 전부 뾰족한 끝이 잘려 있다. 바늘은 날카로움을 잃어버린 채 철사처럼 뭉뚝했다. 엄마는 일부러 바늘끝을 잘라낸 것이다.

　'바늘을 잘게 잘라 매일 마시는 녹즙에 넣어봐. 가늘고 뾰족한 바늘 조각은 내장을 휘돌아다니면서 치명적인 상처들을 만들지. 혈관을 따라 심장에 이르면 맥박을 잠재우며 죽음을 부르는데, 아무런 외상도 없어.'

엄마의 생생한 목소리가 사방에 울리고 있었다.

그는 매일 저녁 승강기에서 내려 오른쪽으로 방향을 튼다. 길게 두 번 벨을 누르지 않아도 나는 그가 내게 오고 있다는 것을 안다. 발끝으로 사뿐히 걷는 소리와 문앞에서 내쉬는 깊은 숨소리를 느낄 수 있다.

나는 그의 가슴에 새끼손가락만한 바늘을 하나 그려주었다. 티타늄으로 그린 바늘은 어찌 보면 작은 틈새 같았다. 어린 여자아이의 성기 같은 얇은 틈새. 그 틈으로 우주가 빨려들어갈 것 같다.

그는 이제 세상에서 가장 강한 무기를 가슴에 품고 있다. 가장 얇으면서 가장 강하고 부드러운 바늘.

—『동아일보』 신춘문예 당선작, 2000

그녀는 지금 소골을 손질하고 있다. 골의 굴곡 사이사이에 낀 핏물을 손가락끝으로 세심하게 닦아낸다. 그녀는 아직 배

숨

가 고프지 않다. 골을 닦는 여유로운 손짓을 보면 알 수 있다. 배가 고팠다면, 소골이 든 검은 비닐봉지를 건네받은 순간

마른행주로 핏기를 제거한 다음 얇은 막을 벗겨내지도 않고 선 채로 집어먹었을 터이다. 두 손가락만을 이용해 한 근 남

짓한 소골을 순식간에 해치우는 모습을 볼 때마다 나는 등골이 서늘해지는 것을 느낀다.

숨

물소리가 뚝 그친다. 수도꼭지에서 불규칙하게 떨어져내리던 물소리만큼 조금씩 움직이던 그녀의 몸짓도 멈춘다. 정적이 왜소한 몸을 휘감는다. 그녀의 몸은 천년을 견뎌낸 미라 같다. 풍성한 육감을 가진 반백의 머리털만이 그녀가 살아 있음을 주장하고 있다.

그녀는 느슨하게 땋아내린 머리 모양으로 여든을 넘기고 있다. 뒷목에서부터 등뼈를 따라 엉덩이까지 내려온 머릿다발은 늙은 수사자의 푸석한 갈퀴 같기도 하고 소의 휘어진 꼬리털 같기도 하다. 머리카락을 따라 머리통으로 시선을 옮겨 조금만 세심히 들여다보면, 정수리에서부터 새카맣고 윤기 흐르는 머리털이 나오고 있음을 알 수 있다. 늙은 그녀의 머리통에서는 검은 머리카락이 새치처럼 솟구치는 중이다.

좁은 어깨를 가리고 있는 머리털 속에는 도드라진 등뼈가 숨겨져 있다. 단단하고 둥긋한 등뼈의 외양은 네 발을 땅에 짚고 사냥하는 육식동물의 그것과 닮았다. 몸의 가장 위쪽에 등뼈를 두고 급격한 각도로 떨어지는 날렵한 몸체. 공기저항에 구애받지 않고 초식동물을 향해 돌진할 수 있는 몸이 그녀에게는 필요한지도 모른다.

그녀는 지금 소골을 손질하고 있다. 골의 굴곡 사이사이에 낀 핏물을 손가락끝으로 세심하게 닦아낸다. 여든의 나이에 어떻게 저리 부드럽고 단단한 손을 유지할 수 있는 것일까? 그녀는 천년 미라보다도 단단한 피부조직을 갖고 있는지 모른다. 세월의 풍화에도 결코 공격받지 않는 그 견고함.

그녀는 아직 배가 고프지 않다. 골을 닦는 여유로운 손짓을 보면 알 수 있다. 식사를 할 만큼 충분히 배가 고팠다면, 내가 소골이 든 검은 비닐봉지를 건네준 순간 골을 식탁 위에 올려놓고 마른행주로 핏기를 제거한 다음 얇은 막을 벗겨내지도 않고 선 채로 집어먹었을 터이다. 두 손가락만을 이용해 한근 남짓한 소골을 순식간에 해치우는 모습을 볼 때마다 나는 등골이 서늘해지는 것을 느끼곤 한다.

가스레인지 위에 올려진 검은 솥에서 수증기가 뚜껑을 들썩이며 정적을 걷어낸다. 그녀도 다시 움직이기 시작한다. 물에서 골을 건져 소반 위에 올려놓고 마른행주로 물기를 닦는다. 오늘 그녀가 할 요리는 골탕이다. 지금 하고 있는 요리가 골탕이라는 것을 알아챈 순간, 나는 그 음식을 절대로 먹지 않으리라 단단히 결심한다. 매일 이백여마리의 소머리를 가르는 나로서는 그것을 먹을 수 없는 일이다. 그러나 의지와는 상관없이 내 혀와 위장은 그녀처럼 육식을 원하고 있다. 그녀가 상을 다 차리고 내 이름을 부르면 나는 아주 착한 소년이 되어 식탁 앞에 얌전히 앉을 것이다. 그리고 그녀와 똑같은 방법으로 골탕을 먹어치우게 되리라는 것을 나는 안다.

이미 나는 그녀의 식성에 길들여져 있다. 그녀는 나를 육식 속으로 몰아넣고 속박하는 늙은 마녀다. 길고 흰 머리칼을 산발한 늙은 마녀는 도롱뇽 눈알이나 닭 피, 박쥐 뇌 따위의 주술성이 강한 재료들을 모아 커다란 솥에 넣고 묘약을 만들어내고 있는지 모른다. 그 묘약은 중독성이 강해 일단 맛을 보고 나면 지독한 수증기를 뿜어내는 솥을 기웃거리며 빨리 식사가 시작되기만을 기다리게 되는 것이다.

담배를 입에 물고 슬쩍 몸을 뺀다. 현관문을 열고 나가려는 내 등에 대고 그녀가 말한다.

"장독에 가 국간장 떠와라."

느리고 낮은 그녀의 목소리. 두 갈래로 갈라진 뱀의 차디찬 혀가 목덜미로 휘감기는 기분이다. 그녀가 떠오라는 것이 국간장이 아니라 마녀의 수프에 넣을 마지막 결정적인 향신료인 것처럼 들린다. 호리병 모양의 간장병을 받아들고 마당으로 나온다. 장독대에는 갖가지 장을 담은 독들이 즐비하다. 물론 그것들은 대부분 육식을 위한 부재료에 불과하다. 돼지수육을 만들 때 넣을 된장, 돼지고기 볶음을 하기 위한 고추장, 곰탕의 간을 맞출 국간장, 편육을 찍어먹기 위한 새우젓……

담배에 불을 붙이고 깊게 빨아들인다. 가슴 깊숙이 들어갔던 연기가 한숨과 함께 새어나온다. 오늘은 그녀에게 꼭 말하고야 말겠다. 어제 굳이 황소의 골을 가져온 것도 그녀에게 할말이 있기 때문이었다. 오늘만큼은 그녀의 심사를 건드려서는 안된다. 오늘이 아니면 안된다고 생각한 것이 어느새 두달이 되어간다. 필터까지 달아오른 담배를 손끝으로 퉁겨 날려보낸다. 찬바람을 한껏 들이마신다. 차갑고 메마른 공기가 폐 속으로 깊숙이 빨려들어온다.

장독 뚜껑을 열자 검은 간장 표면에 내 얼굴이 어룽진다. 무언가 잔 뜩 겁먹은 표정의 낯선 사내 얼굴이다. 독을 살짝만 건드려도 그 속에 비친 내 얼굴은 쉽게 흔들린다. 나는 간장병을 집어넣고 휘휘 저어 얼굴을 지워버린다.

간장병을 들고 안으로 들어간다. 그녀는 프라이팬에 골을 지지고 있다. 노릇노릇 지져진 골은 꼭 단단한 두부처럼 보인다. 국에서 뿜어져나온 수증기로 실내공기가 습하고 끈적거린다. 뿌연 유리창에서 국간장의 단내가 배어나올 것 같다. 마늘을 대충 짓이겨 넣고 국간장으로 한번에 간을 맞춘 그녀가 내게 앉으라는 손짓을 한다. 나는 머뭇머뭇 식탁 앞에 앉는다. 식탁 위에는 촉촉함이라고는 찾아볼 수 없는 말라비틀어진 총각김치와 골탕과 밥이 차려져 있다. 그녀는 한동안 수저를 든 채 솥에 든 골탕을 바라보기만 한다. 골탕을 향한 그녀의 눈 속에는 먹잇감을 공격하기 위해 적절한 시기를 고르는 포식자의 집요함이 들어 있다.

호랑이나 사자 같은 고양이과 동물의 눈을 오래 들여다본 적이 있는 사람은 알 것이다. 그들의 눈을 똑바로 들여다보면 사람들은 곧 거북해져서 고개를 돌리게 된다는 것을. 고개를 돌려야 할 시기를 놓쳐버린다면 날카로운 이빨이 제 목덜미에 박히도록 최면성이 강한 그 눈 속으로 꼼짝없이 빨려들게 된다는 것 또한 알 것이다. 결코 깜빡이지 않고 오랫동안, 그리고 아주 냉정하게 바라볼 수 있는 능력이 포식자의 눈에는 들어 있다. 그녀의 가느스름하고 흐릿한 눈동자에서도 그 빛이 발견된다.

그녀는 단단해진 골을 숟가락으로 잘라낸다. 숟가락 한가득 골을 뜬 그녀가 별안간 식사를 시작한다. 나도 그녀를 따라 숟가락을 집어 든다. 입가에 국물을 질질 흘리며 가끔 뜨거운 국물에 고개를 흔들어가며 우리의 식사는 정신없이 계속된다. 솥을 들어 국물을 남김없이 들이마시고 맹물로 입안을 헹구는 것으로 식사는 끝이 난다.

손 한번 대지 않은 총각김치는 또다시 뚜껑이 덮인 채 냉장고 안으로 들어간다. 솥과 밥그릇, 수저가 차례로 개수통 속으로 옮겨지고 식탁 위에는 혈흔 같은 몇방울 국물자국만 남는다. 이내 고춧가루가 묻은 행주가 지나가며 식사의 흔적을 말끔히 지워버린다.

어느새 그녀는 설거지를 마치고 방에 들어가 누워 있다. 방안에 난 작은 창으로 아침햇살이 환하게 들어온다. 햇살을 받은 그녀는 사색과 명상을 즐기는 과묵한 군자처럼 보인다. 호랑이들도 그렇다. 포만감에 싸인 호랑이는 대낮의 햇빛을 피해 굴이나 산림 깊숙한 곳에 들어가 낮잠으로 시간을 보낸다. 눈을 지그시 감고서 아무리 먹음직스런 동물이 눈앞에 얼씬거린다 해도 거들떠보지 않는다. 식사를 마치면 이렇게 숨만 벌떡벌떡 쉬면서 와불(臥佛)처럼 누워 있는 것이 바로 진정한 육식동물의 특징이다.

어쩌면 그녀가 식사를 마치고 난 지금이 말을 꺼낼 수 있는 가장 적당한 기회인지 모른다. 문턱에 앉아 그녀의 동태를 살핀다.

"할머니, 저 결혼할랍니다."

아무 동요도 움직임도 발견되지 않는다.

"사귄 지 일년쯤 됐나…… 이제 할머니도 손주며느리 보셔야지요."

내 말을 알아듣기는 한 걸까. 꿈쩍도 않는 단단한 등에서 불길한 기운이 느껴진다. 모로 누운 몸을 휙 돌려 내 목덜미를 물어버릴 것 같다. 얼굴이 달아오르기 시작한다. 엉덩이를 들썩이며 소리라도 지르고 싶다.

"어떤 여자가 마장동에서 소머리 가르는 놈하고 쉽게 결혼하려고 하겠습니까. 그래도 그쪽에서 마음 있을 때 채와야……"

"송치를 구해와라. 몸이 이상하게 으실으실하고 꼭 죽을 것만 같다."

"……송치요?"

그녀는 더이상 대면할 기운도 없다는 듯 눈을 지려감고 돌아눕는다.

마귀 같은 식충이 노인네. 손자가 결혼을 한다는데 송치라니. 송치란 어미 뱃속에 들어 있는 송아지를 말하는 것이 아닌가? 송치는 마장동에서도 일년에 한두 번 구경할까 여간해서 구하기 힘들다. 더구나 제대로 된 송치는 임신 3개월에서 5개월 사이의 태아를 태반째 꺼내야 하기 때문에 소 한마리 값을 치러야 할 정도로 비싸다. 그것도 몇 달 전에 미리 수소문을 해놓아야 구할 수 있다.

그런데 갑자기 송치라니…… 송치를 구해와야 결혼을 하게 해준다는 것인지, 네가 감히 결혼을 하겠다고 그러냐며 으름장을 놓는 것인지 도대체 감을 잡을 수가 없다. 나는 주니 든 강아지처럼 몸을 옹송그린 채 집을 나온다.

나는 아치 모양의 간판이 세워진 마장동 축산시장 입구에 서 있다. 간판에 그려진 것은 한복을 곱게 차려입은 황소 마스코트다. 매일 이곳을 드나들지만 애써 웃고 있는 황소에게 정이 붙지 않는다. 구청에서 분위기 쇄신용으로 만든 간판은 어딘가 사람을 어색하게 만드는 구석이 있다.

골목을 들어서자 익숙한 냄새가 콧속을 후벼판다. 단백질 타는 노린내, 응고된 피냄새, 웅취(雄臭), 젖은 소털 냄새, 비계 썩는 냄새…… 안쪽으로 들어갈수록 냄새는 더욱 강렬해진다. 그러나 그것도 잠시, 오분만 지나면 그 냄새들은 폐부 깊숙이 들어와 내 것이 되고 만다. 내 몸에 냄새를 빨아들이는 강력한 필터가 숨겨져 있는 것인지, 아니면 내가 그 냄새에 흡착되는지 모르겠다. 이곳을 다시 나갈 때 몸에 밴 피비린내를 털어내며 숨을 골라보지만 그 냄새는 그녀와 내가 사는 집에 들어서는 순간 어김없이 다시 풍기곤 한다.

가풀막진 길을 따라 굴다리 밑으로 들어선다. 이곳은 한여름에는 서늘한 바람이 불어오고 겨울에는 오히려 포근해 자리다툼이 심하다. 굴다리 밑에 자리잡고 있는 것은 돼지 족을 삶는 커다란 솥이다. 솥의 주인은 점심때나 되어 돼지 족이 든 포대를 들고 나타날 것이다. 솥에 불을 올려놓은 다음 돼지 족을 하나하나 꺼내어 껍질에 남아 있을 털들을 태울 테지. 그리고 수백수천 마리의 돼지 족이 삶아진 그 걸쭉한 양념물에 집어넣겠지. 나는 굴다리를 나와 동보정육기구점으로 간다.

동보에는 미연이 있다. 미연은 아침 일찍 나와 유리창에 묻은 핏물이나 진창을 닦는 것으로 하루를 시작한다. 미연은 걸레질을 마치고 책상 위의 소책자들을 정리하고 있다. 그녀 등뒤로 거대한 돼지 한마리가 입을 벌린 채 웃고 있는 것이 보인다. 그 돼지는 부위별로 분리되어 사태, 삼겹살, 우둔살, 홍두깨살 같은 명칭을 달고 있다. 천장 가까이 걸린 액자에는 한떼의 소들이 한가로이 풀을 뜯고 있다. 둥실하고 어질게 울리는 범종같이 깊은, 소의 울음소리가 들리는 듯하다.

"오늘은 좀 늦었네요? 커피 마실 거죠?"

나보다 세살이 많은 그녀는 한번 결혼한 경력을 가지고 있다. 결혼한 지 두달 만에 아이도 없이 덜컥 남편이 죽어버렸다. 동보정육점 사장 말로는 그네 남편이 기차에 치여 죽었다는데 사체도 제대로 못 건지고 살점 몇개 가지고 장례를 치렀단다. 그때 충격으로 가끔 정신이 오락가락할 때가 있다고, 그래도 워낙 손이 재고 마음 씀씀이도 좋아 데리고 있는 거라며 혀끝을 찼다. 내가 직접 본 것은 아니지만 어쩌다 미연이 기호네 내장집 앞에서 허파를 들고 꺼이꺼이 우는 모습이 마장동 사람들에게 목격되기도 했다.

커피를 받아들고 미연의 눈을 바라본다. 미연의 눈 어느 곳에 그런 내밀한 슬픔이 들어 있는 것일까. 미연은 어색하게 눈을 내리깔고 커피잔을 건네준다. 서른넷의 나이에도 미연은 소녀의 수줍음을 간직하고 있다. 미연의 눈이 감기는 짧은 순간을 나는 놓치지 않는다. 짙은 속눈썹이 살갗에 닿으면 내 몸이 눈두덩이라도 된 듯 간지러워지곤 한다.

이렇게 위안과 안도를 느끼게 하는 눈이 또 있을까? 처량하면서도 결코 가볍지 않은 순박함. 그녀의 눈에는 초식동물에게서만 볼 수 있는 목신의 여유가 있다.

"다음주에 부모님 제사가 있는데, 미연씨가 제사준비 좀 해줄래요? 겸사겸사 인사도 드리구요."

"할머님께 말씀드렸군요?"

그녀에게 말을 하기는 한 걸까? 미연의 커다란 눈이 반짝 빛났다. 나는 얼른 눈을 내리깐다. 미연이 이렇게 두 눈을 똑바로 뜨고 쳐다보면 내 속에 잠재된 육식성이 열을 받아 부르르 끓어오르곤 한다. 나도 모르게 무서운 식욕이 솟구쳐 미연의 상체를 거머쥐고 이를 들이밀고 싶은 충동이 인다. 잡뼈를 보관하는 영하 20도의 냉동고로 숨어들어

가 그 뜨거운 육식성을 동결시키고 싶다. 아침에 먹은 골탕 냄새가 욕
지기처럼 치민다.

고개를 들어 미연의 눈을 조심스럽게 올려본다. 문득 미연의 눈 속
에 할머니가 숨어들어 나를 노려보고 있는 것 같다는 생각이 든다. 할
머니에게는 커다란 수정구슬이 있어 내 움직임을 감시하고 있는 것은
아닐까? 아무리 멀리 떨어져 있어도 내가 조금만 딴생각을 할라치면
내장 깊숙한 곳을 뒤틀어 나를 조정하고 있는 것은 아닌지. 나는 뜨거
운 커피를 한모금에 털어넣고 몸을 일으켜세운다.

"좀 늦었네…… 그럼 이따 봐요."

의문에 가득 찬 미연의 눈을 뒤로 하고 허겁지겁 동보를 나온다.

"아이, 대창이는 허구장천 동보로 출근도장을 찍어싼데? 긍게 싸게
식 올리란게. 있을 때 확 잡아채야제 그리 밍기적대고만 있는가?"

내장집 기호네가 곱창에서 떼어낸 기름덩어리를 손에 든 채 아는
척을 한다. 나를 보면서도 손은 여전히 기름을 제거하고 있다. 내장이
실려왔을 때에는 온통 기름으로 덮여 상품가치가 없다. 이걸 일일이
칼로 벗겨내고 위장 속에 그득한 사료들을 물로 씻어내는 것이 내장
집에서 하는 일이다. 위에서 끄집어낸 사료들이 한쪽에 쌓여 있다. 위
쪽에 분홍색 비닐끈이 보인다. 소화도 못 시키면서 불순물을 걸러낼
줄도 모르는 아둔한 혓바닥. 저걸 위 속에 넣고 얼마나 오래 되새김질
했을까?

"근데 왜 이렇게 일찍 나오셨어요?"

"하도 대글빡이 지근지근하고 생목이 올라오는 게 내장을 훑을 수
가 있어야제. 그래, 어제 그냥 일찍 들어가뿄어. 아침에라도 싸게 나
와야지 우쩌겄는가."

"예, 요즘 내장 물량이 좀 딸리죠?"

"겨울이 된게. 머리도 안 그러든가?"

마장동도 계절을 탄다. 보통 건축공사가 많은 여름에는 돼지가 더 많이 나간다. 삼겹살이나 보쌈용 아롱사태가 잘 팔리다가, 겨울이 되면 소머리국밥이나 내장탕이 호황이라 내장집과 머릿집이 분주해진다. 내장 부위는 도살장에서 가장 늦게 도착하기 때문에 내장집은 다른 곳보다 늦게 열고 늦게 닫는 편이다.

"뭐시냐, 할매는 요즘 건강하싱가? 통 고기 사러 안 오씨네."

"그렇지 않아도 이따 들르려고 했는데. 깃머리 좀 떼어두세요. 처녑 좋은 데 있으면 횟거리도 두시구요. 소화가 잘 안되는지 위를 찾으시네요."

할머니는 모든 병을 육식으로 치료한다. 머리가 어질어질하고 빈혈기가 있다 싶으면 생간을 찾는다. 무릎이 시큰거릴 때 우족이나 스지를 고아먹으면 씻은 듯이 낫는다고 그녀는 믿고 있다. 속이 편치 못할 때는 소화제보다 된장을 풀어 끓인 내장탕을 먹는다. 내장에 밀가루를 넣고 바락바락 문지르는 동안 그녀는 이미 소화를 시키고 있는지 모른다. 올겨울 초입 심한 감기를 앓은 후 허파를 찾는 일이 잦아졌다. 숨을 쉴 때마다 늙은 고양이처럼 마른 바람소리가 나기 시작한 것도 그 즈음이다. 그녀가 허파를 먹을 때는 생으로 먹기도 하지만 살짝 익혀 마늘과 소금양념을 해 허파전으로 먹는 걸 더 좋아한다.

"어디 고기 좋아라 하는 사람치고 내장 맛 모르는 사람 있당가? 서울것들이야 장국맹키로 순, 살코기에 무시나 넣고 끓일 줄 알제, 이 맛은 당최 모른당게. 그래도 할매맹키로 고기 좋아라 하고 내장도 자주 찾고 하니께 내가 특별히 이녁 좋아하는 데 골라주지 않는가?"

기호네 말이 맞다. 사자나 표범 같은 육식동물들도 먹잇감이 있으면 제일 먼저 내장부터 먹어치운다. 살은 남겨도 결코 내장 남기는 법은 없다. 그만큼 내장에는 풍부한 영양소가 들어 있는 것이다. 당분간 나는 내장에서 가장 좋은 부위를 골라 그녀에게 제공해야 한다. 적어도 송치를 구할 때까지는.

"근데, 송치 구하려면 어디다 알아봐요?"

"왜 할매가 송치 자시고 싶당가? 구하기 힘들 틴디. 설 대목이라 물건이 좀 나올랑가 모르겠네."

"예 알아요. 한씨네가 잘 알까요?"

"마장동에서야 한씨네 통하지 않고 어디 그런 물건 구할 수 있간디? 거기 알아보는 게 젤로 빠르제. 전번에 들응게 이녁 머릿집에서도 송치 구한다고 한씨네 찾던데……"

한씨네는 마장동에서 가장 큰 아비다. 그가 도살장에서 넘겨받은 소를 머리와 내장으로 나누어서 넘기는데 그걸 받아먹고 사는 집만도 꽤 된다. 그라면 송치를 구할 수 있을까?

냉동차가 좁은 골목으로 접어드는 오후 두시, 마장동은 활기에 넘치기 시작한다. 곳곳에서 소를 내리고 짐수레에 소 내장을 싣고 매도량을 점검하며 소리를 지르고 수량이 맞지 않다며 언성을 높이는 사람들, 살얼음이 앉았던 바닥도 빠르게 녹으며 거리가 후끈 달아오른다.

막내가 수레 한가득 머리를 싣고 가게 안으로 들어온다. 수레를 엎어 머리를 쏟아내고는 다시 냉동차를 향해 뛰어간다. 고무 앞치마를 두르고 바닥에 나뒹구는 머릿더미 앞에 쭈그려앉는다. 정수리 부분에는 어김없이 정 자국이 남아 있다. 크고 작은 정 자국 주변으로는 핏물이 멍울져 있다. 오늘은 한우가 눈에 띄게 줄었다. 수레에 담긴 머리 중 몇개를 제외하고는 대부분 젖소와 육우뿐이다.

암소 머리 하나를 골라 작업대 위에 올려놓는다. 길게 빼어문 혓바닥이 여물이라도 찾는 것 같다. 반쯤 뜬 눈과 뿔 언저리에는 약간의 피가 엉겨붙어 있다. 맨손으로 뿔을 만져본다. 죽은 머리에서 역설적이게 보이는 이 날렵한 움직임. 차갑게 식은 뿔에서 아직도 사나운 의욕이 꿈틀대는 듯하다. 무엇을 박고 무엇을 겨누었을까. 다섯 개의 뿔고리가 만져진다. 이 소는 육년 된 암소다.

새 면장갑을 낀다. 머리 하나만 갈라도 장갑은 피로 범벅이 된다. 그러나 작업이 끝날 때까지 장갑을 벗지 않을 것이다. 나는 젖은 장갑에 달라붙는 칼자루와 칼날의 느낌이 좋다. 접칼을 쥐고 작업대에 바싹 붙어선다. 소의 잘린 목과 손에 들린 접칼 사이에 팽팽한 긴장감이 감돈다. 아직도 반질반질하게 윤이 나는 코거울을 향해 칼끝을 들이댄다. 커다란 콧구멍에서 뜨거운 숨이 뿜어져나올 것 같다.

윗입술과 앞니 사이에 첫칼을 꽂는다. 앞니를 중심으로 왼쪽 볼따구니와 오른쪽 볼따구니의 살을 안쪽에서 발라낸다. 눈과 콧등으로 이어지는 안면근육을 따라 조심스럽게 칼을 쑤시고 손대중으로 눈알과 연결된 근육을 끊는다. 머릿가죽을 위로 들어올려 뼈가 잘 드러나게 한다. 머릿가죽을 손상시키지 않고 한덩이로 분리해야만 나중에 털 벗기는 작업이 쉬워진다.

칼을 손에 쥔 채 위턱과 아래턱을 벌린다. 다라락, 경쾌한 소리가 나며 뼈가 벌어진다. 이빨 사이로 나와 있던 혓바닥이 위로 벌떡 선다. 혀끝을 한손으로 잡고 혀뿌리를 끊는다. 혀를 빼내어 바구니에 따로 담는다. 입천장과 입바닥을 갈라내는 것은 아주 쉬운 일이다. 칼집만 내놓으면 손으로 잡아당겨도 쉽게 분리된다. 아랫입술을 뼈에서 떼어내고 머리뼈를 앞으로 잡아당긴다. 머릿가죽과 살덩이가 한덩어리로 뼈에서 떨어진다.

내가 윗입술에 처음 칼을 댄 순간부터 뼈에서 살을 완전히 분리해낼 때까지 걸린 시간은 대략 이분 정도. 하루에 백개에서 이백개의 머리를 가르니까 적어도 네 시간 이상을 이놈의 머리와 씨름하는 셈이다. 혀를 빼어문 모양도 가지가지고 털 색깔이나 뿔의 생김도 다양하다. 유일하게 같은 빛을 내고 있는 것은 눈이다. 반쯤 감긴 까만 눈망울은 언제나 촉촉이 젖어 있다. 아무리 반쯤 감긴 눈이라도 그것은 지독한 원망의 고함을 지르는 생생한 초식동물의 눈이다. 십여년 소머리를 가르고 있지만 나는 아직까지도 그 눈을 똑바로 들여다보지 못한다. 미연을 만나면서부터는 더욱 그래져, 단단하고 다소 공격적으로 보이는 뿔만 바라보며 머리를 가른다.

내가 작업을 끝내면 가죽과 살덩이는 작업대 오른편에서 털이 벗겨지고 머리뼈는 뒤편에서 몇개로 나뉘는 과정을 거친다. 송씨가 재빨리 가죽을 들어 못에 건다. 못에 걸린 소머리 가죽은 바람빠진 고무풍선 같다. 지금이라도 다시 바람을 불어넣으면 코를 킁킁대며 뛰쳐나올 것처럼 보인다.

송씨는 틈만 나면 숫돌질을 한다. 그래서 그의 칼은 거의 날이 보이지 않을 정도로 닳아 있다. 송씨가 털을 깎아내는 모습은 꼭 능숙한 정원사가 소철나무에 모양을 내고 있는 것처럼 보인다. 칼끝에서 떨어져나오는 털들은 푸른 이파리가 되어 아주 가벼이 바닥으로 떨어진다. 어쩌면 강호의 고수가 잔뜩 멋을 부린 칼춤을 추고 있는지도 모르겠다.

　나는 수레 하나 분량의 머리를 다 갈랐다. 작업대 위에 걸터앉아 송씨의 발끝에 떨어지는 검은 털들을 바라본다. 장갑을 낀 채 담배를 피워문다. 혀끝에 피비린내가 느껴진다. 송씨도 어느새 작업을 마치고 담배를 지근지근 씹으며 작업대로 다가온다. 송씨의 손등이 발갛다. 손에 털이 들러붙는데도 송씨는 매번 저렇게 면장갑을 끼지 않고 뜨거운 물에 손을 녹여가며 작업을 한다. 마지막으로 끼얹은 물이 소머리에서 모락모락 김을 만들고 있다.

　"이렇게 시끄러운디 잠이 오요?"

　송씨가 의자에 앉아 졸고 있던 주인여자에게 말을 붙인다. 주인여자는 눈썹만 씰룩할 뿐 별 대꾸가 없다. 그 여자가 하는 일이라고는 전화로 머리를 주문하고 납품량을 점검하는 것뿐, 대부분의 시간을 따뜻하게 데워진 의자에 앉아 졸면서 보낸다. 선잠이 깨어서 비위가 상했는지 여자가 인상을 쓰며 막내를 부른다.

　"막내야! 오늘 몇 대가리나 들어왔나?"

　"이게 마지막 수렌데요, 오늘 백팔십개밖에 안되네요?"

　"뭐? 백팔십개? 황소는?"

　"한우는 한 오십개 되구요. 그중에 황소는…… 대창이 형! 몇개나 돼요?"

　"황소는 여남은 개도 안돼요. 다 암소 대가리만 왔는데요."

　여자는 내 말이 끝나기도 전에 어디론가 전화를 해댄다. 머릿집은 고깃집과 달리 암소보다 황소를 우선으로 친다. 요즘은 어쩐 일인지 암소보다 황소가 더 보기 힘들다. 씩씩거리며 콧바람을 내고 소리를 질러대더니 수화기를 내던지듯 끊어버린다.

"옘병, 다들 설 대목 본다구 소를 안 내놔. 머릿집은 어떻게 살라구.
국밥집들 여기저기 난린데."
　말끝을 흐리며 내 눈치를 살피는 것이 여자가 무얼 원하는지 짐작
하고도 남는다. 나는 담배를 밖으로 내던지고 머리 하나를 들어올린
다. 검은 젖소 머리다. 더이상 젖이 나오지 않을 때까지 커다란 젖통
을 덜렁거리며 여물을 뜯었을 얇은 입술. 몇날 며칠을 고아봤자 뽀얀
국물은커녕 냄새만 풍길 골칫덩이 대가리다. 황소 머리와 적당히 섞
어 근수나 늘리는 데 필요하다. 주인여자는 쪼그라든 젖통을 잡고 누
런 고름을 짜내듯 나를 볶아댈 것이다.
　"대창씨, 그거 하자. 애들은 몰라도 대창씨가 그거 잘하잖아?"
　"안해요. 재작년인가도 괜히 나만 딸려갔잖아요. 그렇지 않아도 요
즘 마장동이 통 잠잠한 게, 한번 뜰 때도 됐어요. 이번에 가면 그놈에
식품위생법인가 뭔가로 두 번이나 철창 신세 지는 거란 말예요."
　"어떻게 무게는 맞춰줘야 할 거 아냐. 겨울 한철 대목 보는 건데. 지
금 다들 물량 대달라고 난리야. 이번 설에 보너스 넉넉히 줄게."
　"그래도 안해요."
　"대창씨가 안하믄 누가 해. 막내는 그거 못하잖아. 그러지 말
구……"
　"정 그러시면 사장님이 하세요. 진짜 이번엔 감이 안 좋아요."
　"……대창씨 송치 구한다며?"
　"……?"
　"다음주에 송치 예약해논 데 있는데. 필요하다면 내가 양보할 수도
있구."
　"……!"

"올겨울엔 더이상 송치 구경하기 힘들걸?"

　부모님은 한날 한곳에서 돌아가셨다. 연탄가스 중독이었다. 다행인
지 그날 나는 그곳에 없었다. 한방에서 자던 할머니는 살아남았다. 밀
폐된 방안에서 부모님이 일산화탄소에 질식되는 동안 그녀는 그 방에
서 필사적으로 기어나와 차가운 공기에 오염된 폐를 희석시키고 있었
다. 모성본능보다 강한 위험 감지능력은 그녀를 여든이 넘도록 살게
해준 힘이 되었을 것이다.
　부모님의 제사에 미연을 부른 것은 실수였다. 자식의 제사를 준비
하는 동안 그녀의 마음이 조금은 헐거워져 있으리라 생각했다. 타인
에 대한 경계를 풀고 미연을 받아들일 수 있지 않을까…… 그러나 미
연이 과일바구니를 들고 대문을 들어서는 순간 내 생각이 틀렸음을
직감했다.
　미연이 들어왔을 때 그녀는 마당 세면대에서 더운물을 받아놓고 소
내장을 빨고 있었다. 기다란 창자를 손에 든 채 미연을 바라보는 그녀
의 눈에 침입자에 대한 본능적인 경계와 노여움이 히뜩 스쳤다. 인사
를 하기 위해 미연이 다가서자 그녀는 양푼에 담긴 물을 마당으로 끼
얹었다. 미연의 발부리에서 모락모락 더운 김이 올랐다.
　제사상을 준비하는 미연과 그녀를 바라보는 내내, 나는 날선 작두
에 올라선 사람처럼 불안했다. 삶은 허파를 저미는 그녀의 칼이 유난
히 날카로웠던 것을 미연은 눈치챘을까? 그녀의 적개심은 프라이팬에
지져지는 허파전의 계란옷처럼 부풀어올랐다.
　그녀는 따뜻한 가족이나 손자며느리를 원하지 않았다. 그녀가 필요
로 한 것은 먹을 것을 물어다주는 사냥개가 아니었을까. 그녀 앞에서

미연은 사나운 맹수 앞에 노출된 한마리 가젤에 불과했다. 그리고 나는, 그녀에 의해 거세된 수소였다. 고기의 웅취를 없애기 위해 어릴 적부터 거세된 수소. 감히 욕망조차 가질 수 없는, 그녀에게 잘 길들여진 고깃덩어리. 나는 언제 덮칠지 모르는 그녀의 번득이는 송곳니를 보며 몸을 떨 뿐이었다.

그러나 나는 미연과 함께 살고 싶다. 아이를 낳아 목말 태우고 미연과 함께 숲에 가 나무냄새도 맡고, 미연이 해주는 풋풋한 음식을 먹으며 살고 싶다. 내 욕망이 무엇인지 깨달은 순간 갑자기 숨이 가빠왔다. 그것은 아무렇지도 않게 숨쉬며 지내다가 자신의 숨소리를 듣게 될 때 느끼는 부자연스러운 인식 같은 것이었다. 자신의 숨소리를 들었을 때 편안한 숨쉬기 속도에서 어긋나버려 몹시 답답하고 힘들게 숨을 고르는 것처럼. 아무리 자연스럽게 숨을 쉬려 해도 폐활량이 제대로 조절되지 않는 것처럼. 숨쉬고 있다는 사실을 인식하지 않아야만 자연스럽게 숨을 쉴 수 있는 법이다. 나는 미연을 원하지 말아야 했는지 모른다.

마지막으로 기대를 걸 수 있는 것은 송치다. 미연에게 한약재료들을 구해 흑염소집에 중탕을 부탁했다. 미연도 나처럼 그녀를 위해 육식을 제공해줄 충실한 개가 되리라는 것을 확인시켜줄 수밖에 없다. 미연은 아무 말 없이 송치 포대를 받아들었다.

주인여자는 송치가 담긴 포대와 함께 의료상에서 사온 주사기를 건네주었다. 머릿집에서는 머리 가르는 것말고도 몇가지 필요한 기술이 있다. 국밥집에서 눈치채지 못하도록 한우와 젖소를 적당한 비율로 섞어 파는 것, 소머리에 물을 먹여 무게를 늘리는 것. 잘만 하면 두배까지도 무게를 늘릴 수 있다.

주사기에서 피스톤과 바늘을 빼버린다. 수도꼭지에 연결된 고무호스를 주사기에 끼운다. 머리 하나를 작업대 위에 뒤집어놓는다. 잘린 목이 허공을 향한다. 너덜너덜한 살점 속에 휑하게 뚫린 식도가 보인다. 모르는 사람들은 식도에 물을 집어넣지만 그래봐야 콧구멍과 입으로 새어나갈 뿐 별 도움이 되지 않는다. 식도에서 조금 아래 두 개의 정맥은 살 사이에 파묻혀 잘 보이지 않는다. 동맥을 찾아야 한다.

주사기 구멍 끝으로 살을 파헤친다. 질긴 막으로 둘러싸인 동맥이 모습을 드러낸다. 주사기 끝을 동맥에 깊숙이 꽂는다. 주사기가 빠지지 않도록 손가락으로 누르고 수도꼭지를 돌린다. 물길을 막고 있던 꼭지가 돌아가면서 물이 쏟아져나온다. 동맥이 단단하게 부풀며 물이 들어간다. 물줄기는 곳곳에 퍼져 있는 혈관을 찾아 살 속 깊숙이 스며들 것이다. 내가 손에 쥐고 있는 이 푸른 호스는 새생명을 헌혈하는 심장이다. 흐물흐물하던 머리통이 빵빵하게 부풀어오르며 생기를 되찾는다.

오전 내내 비닐막 안에 쭈그리고 앉아 소머리에 주삿바늘을 꽂고 있으려니 다리가 저려온다. 이제 대여섯 개만 더 하면 미연과 함께 송치중탕을 찾으러 갈 수 있다. 담배를 입에 문 채 주사기를 집어든다. 이놈은 한방에 가지 않았는지 망치로 여러번 맞은 자국이 있다. 목 부분의 동맥도 제법 찾기 쉬운 곳에 있다. 이 정도면 주사기 필요없이 바로 호스를 집어넣어도 될 것 같다. 호스에서 주사기를 빼고 동맥에 끼워넣는다.

수도꼭지를 돌리는 순간 비닐막이 휙 벗겨지며 매운 바람이 몰려온다. 고개를 들어 바람이 몰아치는 곳을 바라본다. 밝은 빛이 섬광처럼 눈을 찌른다. 어디선가 떴다! 하는 고함이 들린다. 소머리에서 호스가 빠지며 물줄기가 얼굴로 솟구친다. 담배필터에서 담뱃재가 뚝 떨어진다. 비닐막 뒤에 사내 셋이 서 있다. 몸이 위험을 감지하며 촉수를 세운다. 주사기를 내려놓고 몸을 일으킨다. 연거푸 터지는 카메라 플래시에 눈이 멀 것 같다. 눈을 감고 반사적으로 문을 향해 돌진한다. 얼핏 사내의 손이 허리춤을 쥐었다가 빠져나가는 느낌이 든다.

나는 온 힘을 다해 뛰기 시작한다. 족발집을 지나 내장집을 돌아 수입상회 안으로 들어간다. 갑자기 사방이 가시덤불과 이파리들로 우거진 밀림이 된다. 어디선가 사냥을 알리는 북소리가 들리는 듯하다. 점점 더 강렬해지는 북소리가 내 뒤를 집요하게 쫓는다. 거대한 들소떼가 마구 날뛰며 나를 짓밟고 간다. 먹이를 찾아 이동하는 것인지, 맹수로부터 도망을 가는 것인지. 나는 방향감각을 잃은 채 허둥거리며 밀림 속을 헤맨다.

바닥이 질척하다 싶더니 무언가를 신발에 매단 채 미끄러지고 만다. 바닥에 주저앉아 내가 밟은 것을 들여다본다. 내장에서 떼어낸 기름덩어리들이다. 기름덩이 위에서 몸을 일으켜세우다 몇번이고 다시 주저앉고 만다. 강력한 늪에 빠져버린 것일까? 몸을 주체할 수가 없다. 사냥개의 울부짖음이 조금씩 가까워지고 있다. 엉금엉금 기어 늪을 빠져나온다.

나는 다시 뛴다. 숨이 목까지 차오른다. 골목을 돌고 가게 안으로 뛰어들고 다시 뒷문으로 나오고 도주는 계속된다. 북소리는 점점 더 빠르고 강렬하게 들려온다.

눈앞에 거대한 냉장창고가 가로막아선다. 막다른 곳이다. 창고문을 연다. 뼈를 보관하는 영하 20도의 냉동고다. 옆 창고문을 연다. 지금 막 분리한 설도와 사태가 매달려 있다. 영하 2도 숙성실. 이 정도면 얼마간 참을 수 있다. 냉장고 안으로 들어간다.

심장이 격렬한 박동질을 해대고 관자놀이에 정맥이 불끈거린다. 숨을 고를 때마다 하얀 김이 솟구친다. 모든 잡음이 서릿발처럼 멈춘다. 나를 끈질기게 쫓아오던 북소리. 그것은 내 안에서 뛰고 있는 심장박동 소리였다.

높이 2미터의 냉장고 안에서 나는 입을 틀어막은 채 숨을 죽이고 있다.

문을 열고 나오니 온통 어둠이다. 내장집 몇군데를 제외하고는 모두 문이 닫혔다. 단속반이 뜨는 날은 어디든지 일찍 문을 닫는다. 누군가 마장동에서 찌른 게 분명하다. 그렇지 않고서야 이렇게 갑자기 들이닥칠 리가 없다. 단속반들도 미리 귀띔을 해주는 게 보통인데.

신상을 파악한 단속반이 집에서 기다리고 있을지 모른다. 물 먹이는 현장이 잡혔으니 이제는 도망갈 구멍이 없다. 게다가 사진까지 찍혔다. 그렇다고 언제까지 이렇게 도망만 다닐 수는 없는 일이다. 만약 이대로 멀리 떠나 숨어지낼 수만 있다면…… 그러면 할머니는 어떻게 될까?

순간 내 앞에 광활한 벌판이 펼쳐졌다. 휑한 벌판 위에 먹잇감을 구하지 못해 홀로 죽어가는 노쇠하고 병약한 사자가 누워 있다. 어디선가 검은 부리의 새들이 하나둘씩 모여들고, 파리들이 윙윙 소리를 내며 달려든다. 멀리서 하이에나떼가 주위를 살피며 조금씩 다가오고 있다. 눈앞에 생생히 펼쳐지는 그림을 지우기 위해 세차게 고개를 젓는다.

담벼락에 바싹 붙어 마장동을 빠져나온다. 나는 네온빛이 성성한 유흥가를 한참 떠돌다가 미연의 집으로 향한다. 몸이 오들오들 떨린다. 골목 끝 미연의 반지하방으로 향하는 철문에 다다른다. 바닥에 바싹 붙은 창으로 포근한 불빛이 새어나온다. 갑자기 몸이 노곤해지며 허기가 진다. 비틀거리며 어둡고 가파른 계단을 내려가 방문 앞에 선다. 새시로 만들어진 은색 문에 볼을 대본다. 섬뜩한 쇠의 느낌이 차가운 볼을 에며 현실감을 가져다준다.

손잡이를 돌려 힘을 주자 문이 가볍게 열린다. 미연은 방문턱에 쭈그리고 앉아 있다. 방안으로 들어서자 미연은 기다렸다는 듯 몸을 재빨리 일으켜 부엌으로 간다. 미연은 내게 시선을 맞추려 하지 않는다. 내가 오리라는 것을 미연은 알고 있었을까? 나는 문가에 서서 가스레인지에 불을 붙이고 반찬을 꺼내는 미연의 뒷모습을 오래 바라본다. 미연의 어깨가 간간이 들썩이고 있다. 미연에게 다가가 어깨에 손을 댄다. 미연이 행동을 멈추고 얼굴을 돌려 나를 올려다본다. 눈에 물기가 어려 있다.

"중탕을 찾아왔어요."

미연이 턱을 들어올려 창틀을 가리킨다. 창에 송치중탕 상자가 보인다. 방 한편에 초록색 상보가 덮인 밥상이, 또 한편에는 두툼한 이불이 깔려 있다. 나는 밥상을 한쪽으로 밀고 이불 속으로 들어가 몸을 동그랗게 말고 눕는다. 얼었던 몸이 녹으며 온몸이 간지러워진다. 세포들이 헐거워지고 있다. 불판에 얹은 냉동고기에서 물이 새어나오듯 헐거워진 세포들에서 알 수 없는 슬픔이 빠져나온다. 미연이 젖은 손으로 이불을 들치며 바싹 다가앉는다.

"난, 그저, 당신과 함께 있으려고……"

미연이 조용히 내 머리를 끌어당겨 가슴에 품는다. 나는 비스듬히

안긴 채 미연의 눈을 올려다본다. 미연에게 무슨 말인가 하려 했으나 아무 말도 떠오르지 않는다. 차라리 미연이 무언가를 물어왔으면 좋겠다. 미연은 그저 내 손을 꼭 잡고 얼굴을 들여다볼 뿐이다.

"송치가 필요했을 뿐이야. 이번엔 정말 하고 싶지 않았어."

"사람이 평생 몇번이나 숨을 쉬는지 알아요?"

"………"

"오억 번 정도 쉰대요."

미연은 먼데 시선을 두고 가늘게 숨을 쉰다. 눈 아래 길게 살집이 오른 와잠(臥蠶) 부분에 작은 경련이 인다. 마치 통통하게 살이 오른 누에벌레가 잠에서 깨 무서운 식욕으로 뽕나무 잎을 찾고 있는 것 같다. 나는 넓은 뽕나무 잎이 되어 그녀의 작은 입속으로 들어가고 싶다. 잎새를 온전히 갉아먹혀 잎맥만 앙상히 남을 때까지.

"근데 사람만이 아니라 다른 동물들도 그렇대요. 작은 동물이나 큰 동물이나, 육식동물이나 초식동물이나, 코끼리나 쥐나…… 모두들 오억 번 정도 숨을 쉰다지요."

미연의 카디건을 벗겨낸다. 귀와 목 사이에 볼록 튀어난 부분을 살며시 누른다. 미연이 낮게 숨을 내쉰다. 가느다란 목과 선명히 드러난 쇄골의 선을 손끝으로 만진다. 둥그런 어깨뼈에 이르자 미연의 팔뚝에 작은 소름이 돋는다.

"숨을 한번 들이쉬었다가 내쉬는 동안 심장은 네 번 고동친대요. 그러면 심장은 평생 몇번이나 고동치는 거죠?"

· 미연의 심장이 격렬하게 뛰기 시작한다. 평생 고동칠 심장의 기능이 한꺼번에 작동하고 있는 것 같다. 미연의 심장에 귀를 갖다대고 심장이 네 번 뛸 때마다 한 번씩 숨을 들이마신다. 가슴에서 풀냄새가

난다. 숲의 향기를 마시듯 깊게 숨을 빨아들인다. 이렇게 미연의 품속에서 고기냄새가 아니라 향긋한 바람냄새를 느끼며 식물처럼 자랄 수는 없을까?

알몸이 된 그녀가 이번엔 내 옷을 모두 벗겨낸다. 갑자기 따뜻한 기운이 휘감기더니 온몸이 간지러워진다. 여리고 부드러운 싹이 살갗을 밀고 올라오는 것 같다. 나는 팔과 다리를 활짝 펴고 그녀를 안는다. 가슴팍에서 가늘고 여린 이파리들이 솟아오르기 시작한다. 그녀가 내 수풀을 한입 가득 베어문다.

낮은 창으로 희뿌연 새벽빛이 새어들어온다. 나는 새벽이슬에 푸르게 젖는다. 멀리서 커다란 눈을 가진 송아지 한마리가 풀을 뜯으러 한발 한발 걸어오고 있었다.

—『현대문학』 2000년 4월호

월

붉은 보름달이 낮게 뜬 어느날, 은행나무 아래에서 그와 그녀는 허겁지겁 옷을 벗었다. 어깨를 부풀린 가지 끝에서 은행

경

알들이 떨어져내리고 있었다. 몸을 움직일 때마다 은행들은 다 지난 암내를 풍기며 살 속 깊이 파고들었다. 그가 그녀를

안은 것은 꽉찬 보름달 때문이었을 것이다. 보름달은 사람들로 하여금 경계를 넘어서게 만드는 묘한 힘을 가지고 있으니

까. 그날 밤 도처에서는 숱한 경계들이 은밀하게 무너지고 있었을 것이다.

월경

매번 기차가 나오는 꿈이다.

나는 철로를 베고 누워 있다. 희미하게 진동이 느껴진다. 귀가 먹먹해질 정도로 격렬해지면 기관차가 보인다. 꿈속에서 나는 아주 지독하다. 기차가 코앞에 닥칠 때까지 결코 눈을 감지 않는다. 육체를 빠져나온 내 영혼이 짓뭉개진 머리를 바라보고 있다. 아직 신경이 살아 경련하는 몸뚱이와, 철길을 따라 흐르는 핏줄기와, 피냄새를 맡고 하나둘 모여드는 파리떼를 응시한다. 나를 박살낸 기차는 기적소리를 울리며 유유히 사라진다.

잠에서 깬 나는 창가에 서서 철로를 내려다본다. 붉은 녹이 긴 철로에는 누더기가 된 천소파와 깨진 유릿조각 일회용 가스통만이 나뒹굴고 있다. 철로는 조금씩 앞으로 나아가려 하지만 몇발짝 떼기도 전에 성성한 잡초더미에 가려지고 만다. 철로가 온전히 드러난 곳은 육차

선의 경인국도와 만나는 부분뿐이다. 기차는 조문객 하나 없이 저 혼자 관 속으로 걸어들어가버린 것 같다.

철로가 버려진 것은 그가 떠난 무렵이다. 그가 떠나기 전까지만 해도 기차가 다녔다. 주로 철마산 아래 미군부대로 향하는 화물열차였다. 대여섯 개의 화물칸을 매달고 시끌벅적하게 지나가던 소리가 지금도 귓가에 쟁쟁하다. 경쾌한 경보기 방울소리와 조금씩 전진해오는 기적소리, 철거덕철거덕 목침들이 만들어내는 자물통 잠기는 소리, 신호기에 매달려 발을 늘어뜨리거나 기차를 쫓아가며 소란을 피워대는 꼬마녀석들의 고함소리. 철로변 동네에 그만큼 활기 넘치던 때가 또 있었을까? 기차가 올 때면 다들 철둑에 모여 가장행렬이라도 맞는 듯 술렁거렸다. 나 또한 그의 손을 잡아끌고 철둑으로 올라가 환호성을 지르곤 했다. 그의 목에 팔을 감은 채 굽이를 돌아 사라지는 기차의 꽁무니를 오래도록 바라보았다.

어리석게도 나는 언젠가 기차가 다시 오리라 믿고 있다. 어느 누구도 버려진 철로에 기차가 오기를 기대하거나 무턱대고 기차를 기다리는 일은 없을 것이다. 새벽녘 국도를 달리던 차들이나 뒷바퀴에 걸리는 둔탁한 소리에 잠시 철로를 지나쳐왔다고 느낄까. 그렇다고 철로를 돌아보는 법은 없다. 기차가 다니지 않는 녹슨 철로란 늙은 개처럼 귀찮을 뿐이다. 칠이 벗겨진 노란 신호기만 굽은 허리로 철로 곁을 지키고 있다.

그가 떠난 후 기차와 더불어 많은 것이 사라졌다. 국도가 확장되면서 동네사람들은 보상금을 챙겨 하나둘 떠나가고, 버려진 철로 가까이로는 더이상 새로운 건물이 들어서지 않았다. 우리집만 겨우 위태롭게 버티고 서 있을 뿐이다. 그가 내 키를 재주던 아름드리 은행나무도 잘려나갔다. 은행나무가 잘려나가면서 몸의 생장점 또한 사라졌는지 내 몸은 작정이라도 한 듯 자라기를 멈추었다. 젖가슴은 열세살 몽우리로 남아 있고 키도 150센티미터가 안된다. 열두살에 시작한 생리도 이젠 하지 않게 되었다. 무슨 신경인가가 끊어지고 호르몬 작용에 이상이 생겼기 때문이라고 한다. 내 몸에서 자라는 것은 머리통뿐이다. 이 순간에도 쑥쑥 크는 소리가 들리는 듯하다. 커다란 머리통은 곱추의 등허리처럼 부담스럽고 거치적거리기만 한다. 계단을 내려가거나 갑자기 일어설 때면 균형을 잃고 넘어지기 일쑤다.

머리가 크기 때문인지 나는 소리를 잘 듣는다. 태양이 머리꼭대기에 오르면 살아 있는 작은 것들은 죽은 듯 소리를 멈추고 어깨만 부풀린다. 작은 것들의 침묵. 그러나 나는 그 침묵하는 딱딱한 껍데기 속에 강력한 빛이 응축되어 있다는 것을 알고 있다. 달이 오르면 그 안에 모여 있던 모든 생기들이 되살아날 것이다. 달이 대지를 파고들고, 작은 것들은 그제야 찬 빛으로 부스럭거리기 시작할 것이다.

벽에 기대앉아 귀를 기울이면 달이 움직이는 소리와 덤불들 속에 숨은 곤충들의 미세한 소리까지 들을 수 있다. 새벽녘 가로등 밑에서 생을 마감하는 날벌레들의 마지막 날갯짓과 제 짝을 불러대는 풀벌레들의 치열한 울음소리, 그 소리에 몸을 비트는 가냘픈 잎사귀 소리……

국도를 달리는 차들 또한 소리만 듣고 무슨 차종인지 구분해낼 수 있다. 소리만 요란한 텅 빈 화물차, 물을 뚝뚝 흘리며 돌아가는 레미콘, 적어도 오년 이상 굴러먹은 더블캡…… 그 정도는 뒤꽁무니에서 나오는 배기가스 소리만으로도 알 수 있다. 그런 차들이 지나갈 때마다 국도는 심한 천식을 앓는 듯 가르릉가르릉 마른기침을 뱉어낸다.

그도 우리집 높이만한 화물차를 몰았다. 흰색 트럭을 타고 부산 하역장이나 온산단지 부평공단 등 전국을 누비고 다녔다. 그의 트럭에는 비료 포대가 실리기도 했고 원목이나 자동차 범퍼가 실리기도 했다. 대부분의 시간을 트럭과 함께 도로에서 보냈던 그는 운전은 손과 발이 아니라 감촉으로 하는 것이라고 말했다. 특히 밤에 하는 운전은 얼굴에 닿는 가물가물한 빛의 감촉이 발을 움직인다고 했다. 정신없이 밟다보면 하늘로 날아갈 수 있을 것 같은 느낌이 든다고 그는 꿈꾸듯 말했다.

그는 트럭을 많이 아꼈다. 가루비누를 푼 물로 트럭을 닦아내는 것도 모자라 구석구석 왁스칠을 해 윤을 낼 정도였다. 그의 흰 트럭은 언제나 빛이 났다. 고무호스를 들고 하얀 파도를 일으키며 거품을 지워내는 그의 곁에서 나는 일등항해사처럼 손나발을 하고 함성을 지르곤 했다. 세차를 마친 후 우리는 약속이나 한 듯 짐칸 위에 나란히 누워 고속도로와 트럭에 실렸던 물건들에 대해 얘기를 나누었다. 때론 희미하게 보이는 은하수 속으로 긴 항해를 떠나기도 했다. 함께 트럭 짐칸에 누워 밤하늘을 바라보면 온 우주가 우리를 중심으로 돌았고, 별들은 작은 이슬방울이 되어 우리의 배 위에 사뿐히 내려앉았다.

그가 처음 은행나무집에 가게 된 것은 염료 50드럼을 가득 채우고 온산을 떠난 날이었다. 일주일 내내 온산과 서울을 왕복해 달려 몹시 지쳐 있었다고 했다. 얼마나 지쳐 있었는지 반대편 차선에서 달려오는 빛이 무척 포근해 보일 정도였다. 그는 풍성하고 따뜻한 빛의 감촉을 느껴보고 싶었다고 했다. 속력을 줄이지 않고 커브를 도는 동안 졸음이 오는가 싶더니 느닷없이 은행나무집이 눈에 띄었다. 그 속도에서 은행나무집을 본 것은 그의 말대로 정말 이상한 일이었다. 트럭을

세우고 고속도로 가드레일을 단숨에 넘어 은행나무집을 향해 걸어갔
다. 회색 면바지에 풀물이 들고 종아리에 풀독이 오르는 것도 몰랐다.
마치 오래 전부터 그를 기다리고 있었다는 듯 팔을 넓게 벌리고 선 은
행나무만이 눈에 들어왔을 따름이다.

　은행나무집은 오리백숙이나 백반을 파는 식당이었다. 주로 피로에
지친 트럭운전사들이 갓길에 차를 세워놓은 채 술을 마시다가 잠깐씩
눈을 붙이거나 삼삼오오 모여 화투를 치는 그런 곳이었다. 언제부턴
가 그는 옥천을 지나 커브를 돌고 나면 항상 은행나무집으로 향했다
고 한다. 술을 마시거나 화투를 치기 위해서는 아니었다. 그가 은행나
무집에 갔던 것은 그녀를 보기 위해서였다. 뭇사내들의 농을 받으며
음식을 나르던 그녀를 만나기 위해.

　붉은 보름달이 낮게 뜬 어느날, 은행나무 아래에서 그와 그녀는 허
겁지겁 옷을 벗었다. 어깨를 부풀린 가지 끝에서 은행알들이 떨어져
내리고 있었다. 몸을 움직일 때마다 은행들은 다 지난 암내를 풍기며
살 속 깊이 파고들었다. 그가 그녀를 안은 것은 꽉찬 보름달 때문이었
을 것이다. 보름달은 사람들로 하여금 경계를 넘어서게 만드는 묘한
힘을 가지고 있으니까. 그날 밤 도처에서는 숱한 경계들이 은밀하게
무너지고 있었으리라.

　결국 그녀는 은행나무집을 버리고 그를 따라나서게 되었다. 트럭
짐칸에는 말레이시아산 원목이 가지런히 누워 잠을 자고 있었고, 은
행 한 포대가 원목에 꽁꽁 묶여 그와 그녀를 쫓아오고 있었다. 내가
그녀의 뱃속에서 자라는 내내 그는 은행들을 기름에 볶아 뜨거운 속
껍질을 벗겨내었다. 쌉싸름한 은행알을 손도 안 대고 날름날름 받아
먹는 그녀의 오므린 입술이 그려진다. 그는 그때의 일을 너무나 생생

히 기억하곤 했다.

나는 은행을 좋아하지 않는다. 집앞 국도에도 은행나무가 심어져 있는데, 가로수로 심긴 은행나무들을 살펴보면 살집 좋은 암나무 옆에는 마르고 여윈 수나무가 몸을 옴츠리고 있는 것을 알 수 있다. 암나무들은 헤프게 꽃을 피우고 길 한복판에서 부끄럼없이 화분(花粉)을 한다. 늦가을 가지마다 빼곡히 매달린 은행들이란 정말 그 수를 헤아릴 수 없을 지경이다. 농익은 은행들은 노란 고름을 질질 흘리며 바닥으로 떨어져 구린 냄새를 풍기곤 한다.

내가 은행을 좋아하건 그렇지 않건 내가 은행나무 언저리에서 생겨났다는 것만은 부인할 수 없다. 그리고 보름만 지나면 나는 스무살이 된다. 그녀의 뱃속에서부터 내 생명을 치자면 스무살은 재작년에 이미 지났지만, 나는 스무살이 되고 싶지 않아 정확히 생년월일로 계산을 한다. 내가 생겼을 때 그녀의 나이가 스무살이었다. 보름 후면 내 의지와는 상관없이 스무살이 될 것이다. 그때가 되면 또 무슨 방법으로 스물을 유예시켜볼까.

그러고 보니 그가 떠난 지도 벌써 칠년이 지났다. 칠년을 더 기다린다 해도 그는 돌아오지 않을 것이다. 철길을 건너 국도를 따라 동쪽으로 가면 그가 있는 곳에 닿을 수 있다. 침묵을 지키던 새벽국도에 화물차 한대가 오랜 여운을 남기며 사라질 때면 내 귀는 벌써 그를 향해 달려가고 있다. 하지만 나는 아직 철로도 넘어서지 못했다. 그에게 가기 위해 철로를 가로지를 수는 없다. 철로는 이 집을 지키고 있는 안전선이기 때문이다. 어쩌면 방어벽인지도 모른다.

둘씩 짝을 이룬 인부들이 철근을 메고 가파른 계단을 올라가고 있다. 건물을 오르내리는 모습이 조금 위태로워 보인다. 이년 전 땅을 파고 기초공사를 하다가 중단된 뒤 앙상한 골격만 드러낸 채 방치되어 있던 건물이다. 건설자재를 실은 트럭이 들고나고 사내들은 고함을 지르며 지시를 하고 공사장 주변에는 활기가 넘쳐난다.

나는 은하수 가게 앞에 서서 공사장을 한참 바라보았다. 은하수 계집은 여태 잠을 자는지 오후 네시가 되어가는데도 나오지 않는다. 입간판이 문앞을 가리고 있는 걸 보아 외출한 것 같지는 않다. 벗은 여자의 실루엣이 그려진 간판은 귀퉁이가 심하게 깨어지고 여기저기 흠집이 나 있다. 가게 위에 매달린 간판 역시 색이 바래고 더러워져 글자를 알아보기 힘들 정도다. 간판 가장자리에 두른 전구는 대부분 깨어졌거나 빠져 있다. 은하수 유리문에도 손가락보다도 얇은 전구가 총총히 매달려 있지만 불이 꺼져 있는 날이 더 많다.

은하수라는 이름은 그가 생각해낸 것이다. 그녀는 엘리제 아니면 에나멜이라는 이름을 고집했다. 에나멜이라고 말하는 그녀의 얼굴은 한없이 달콤해 보였다. 하지만 그는 은하수라는 이름의 간판을 해가지고 와 사다리를 올라 직접 매달았다. 그가 그녀의 말을 듣지 않은 것은 그때가 처음이었다.

아래층 페인트집 내보내고 우리 가게 하나 해요. 나, 심심해 죽겠어. 응? 응? 그냥 밥도 하고 음료수도 팔고, 자기 나 음식 잘한다고 했잖아…… 지금도 그녀의 카랑카랑한 목소리가 들리는 것 같다.

면허정지만 아니었어도 그녀가 가게를 하겠다고 그렇게까지 졸라대진 못했을 것이다. 당분간 트럭운전을 할 수 없었고 그런 좋은 기회를 놓칠 그녀가 아니었다. 처음엔 은행나무집에서처럼 백숙이며 백반들을 팔았는데, 시간이 흐를수록 은하수 유리문에는 검정 코팅이 칠해지고 좁은 내부에는 칸막이가 생기기 시작했다. 그가 다시 트럭운전을 하고 지방으로 내려갈 때마다 은하수는 점점 더 수상한 모습으로 변해갔다.

그녀가 밤을 지새는 날이 많아지면서 은하수는 사람들의 웃음소리로 가득 찼다. 나는 그가 없는 날이면 은하수 앞에 앉아 사람들의 웃음소리 속에서 그녀의 목소리를 골라내며 달이 이우는 모습을 지켜보았다. 달무리의 농도에 따라 다음날의 날씨를 점치기도 하고, 달의 지도를 펴고 이름을 외우기도 하면서.

그가 돌아오는 날에 그녀는 은하수 문을 일찍 닫고 저녁준비를 한다고 수선을 피웠다. 그는 고추기름을 넣은 육개장이나 북어무곰을 더 좋아했는데 그녀는 주로 포크커틀릿이나 감자샐러드를 만들었다. 저녁준비가 끝나면 그녀는 마늘냄새 나는 손으로 내 머리를 땋아주곤 했다. 눈이 찢어지도록 머리카락을 잡아당기는 그녀의 손끝은 언제나 차고 매웠다.

아빠가 와서 좋겠구나, 기차 구경이나 하렴. 말은 그렇게 했지만 그녀는 기차를 좋아하지 않았다. 기차가 지나갈 때면 집 주위로 몰려드는 아이들과 방바닥으로 전해지는 기차바퀴 소리, 기차가 지나간 후 남는 알싸한 냄새까지도 그녀는 늘 못마땅해했다. 애들은 왜 저렇게 구질구질하게 화물차 꽁무니를 쫓아다니는지 몰라, 그녀는 눈을 흘기며 은하수로 숨어버리곤 했다.

가게문이 열리고 은하수 계집이 나온다. 문앞에 세워진 간판을 내놓고 배꼽이 다 보이도록 기지개를 켠다. 분명 나를 보았을 텐데 내게는 눈길도 주지 않고 공사장만 바라보고 있다. 인부들 중에 아는 얼굴이라도 있는지 환하게 웃으며 손을 흔들어대기까지 한다.

그가 떠나고 혼자 남은 나는 은하수 앞에 '여종업원 모집'이라고 써
붙였다. 일년도 더 지나 저 계집이 온 것이다. 멍투성이인 허벅지하며
기름기가 다 빠져나가 푸석푸석한 얼굴이 몹시 피로해 보였다. 가방
하나 달랑 들고 무턱대고 들어와서는 더이상 갈 곳도 없다는 듯 소파
에 기대앉아 눈을 감는 계집의 모습은 꼭 개수대 속에서 녹고 있는 언
행주 같았다.

계집을 받아들이기로 결정한 것은 계집의 몸에서 풍겨오던 냄새 때
문이었다. 비에 젖은 털냄새, 그건 두려움에 떠는 날짐승의 냄새였다.
몸속 깊이 배어 있는 교태로도 숨길 수 없는 강렬한 냄새가 나를 잡아
끌었다. 아마 그였더라도 계집을 받아들였을 것이다. 고속도로에 트
럭을 세우고 그녀의 은행나무집 백숙을 먹으러 갈 때 그 역시 그랬으
니까.

나는 계집에게 잘 곳과 가게를 제공하고 계집은 내게 은하수에서
번 돈의 절반을 준다. 은하수에 붙어사는 처지에 잘 보이고 싶어서였
겠지만, 계집은 가끔 조갯살을 넣은 부침개나 직접 밀어 만든 칼국수
를 들고 이층으로 올라오곤 한다. 외출을 않는 내게 시장을 보아다 주
거나 동네 소문을 전해주는 것도 계집이 하는 일이다. 어쩌다 술이 잔
뜩 취해와서는 치근덕대는 손님들에 대해 욕설과 푸념을 늘어놓다가
잠들 때도 있다. 술취한 계집의 입에서 썩은 홍시냄새가 난다. 그 시
큰달큰한 냄새를 맡고 풀어진 눈동자를 보면서도 나는 계집의 말을
끝까지 들어준다. 기분이 내키면 아침 일찍 일어나 고춧가루를 많이
푼 콩나물국을 끓여주기도 한다.

계집의 시선은 여전히 공사장에만 가 있다. 나는 재빨리 앞을 가로
막고 계집을 노려본다. 그제야 계집은 지금 막 나를 발견한 것처럼 아

는 척을 한다.

"어머, 너 있었구나! 너 봤지? 저기 건물공사가 다시 시작되는가 봐. 이제 여기도 좀 사람 사는 데 같겠다 애. 저게 도대체 몇층이나 되는 거라니? 하나 둘 세엣…… 애, 저 정도 건물이면 공사가 꽤 걸릴 거야, 그치?"

계집의 목소리는 한껏 들떠 있다. 나를 슬쩍 보고는 다시 건물 층수를 헤아리기까지 한다. 난 한발 더 다가서서 계집을 노려본다. 결국 계집은 멋쩍은 듯 내 어깨에 붙은 머리카락을 떼어내며 헛기침을 해댄다.

"장사가 잘돼야 너한테도 좋은 일 아니겠어?"

계집의 손가락끝에서 뻣뻣한 머리카락 몇올이 떨어진다.

"내 머리카락 내놔!"

나는 계집의 손목을 비틀며 낮게 말한다. 계집은 눈을 동그랗게 뜨고 행동을 멈추어버린다.

"내 머리카락 찾아내란 말야!"

"무슨 머리카락? 그걸, 그걸 어떻게 찾니? 어디 날아가버렸겠지!"

계집이 허둥대기 시작한다. 말도 더듬거리고 낯빛도 금세 발개졌다. 나는 계집의 긴 머리채를 움켜쥐고 내 앞으로 바싹 잡아당긴다.

"어쨌든 찾아내. 안 그럼 쫓아낸다."

입을 씰룩거리며 나를 쏘아보지만 어떻게 해서든 머리카락을 찾아낼 수밖에 없다는 것을 잘 알고 있다. 계집이 치마를 모으고 앉아 땅바닥에 손을 짚어가며 머리카락을 찾는 동안 나는 셔츠 사이로 봉긋 솟아오른 가슴을 훔쳐본다. 서른이 훨씬 넘은 나이에도 계집은 제법 탱글탱글한 가슴을 유지하고 있다. 가슴도 가슴이지만 계집의 엉덩이는 정말 탐스럽다. 표주박 두 개를 나란히 놓은 듯 완만한 곡선을 이루다가 톡 불거지는 모습이 여간 아니다. 은하수에는 씻을 곳이 마땅치 않기 때문에 계집은 종종 이층으로 올라와 뒷물을 하거나 목욕을 한다. 나는 문틈에 눈을 대고 숨을 죽인 채 계집의 엉덩이를 훔쳐보곤 한다. 엉덩이 사이로 손가락을 쑥 넣거나 체벌을 하듯 엉덩이를 찰싹찰싹 때리는 상상을 하면서.

그녀도 나와 함께 목욕탕에 간 적이 있다. 그녀가 먼저 옷을 훌훌 벗어던지고 탕으로 들어가면 나는 오들오들 떨며 옷을 벗었다. 뱀의 허물처럼 바닥에 늘어진 그녀의 원피스를 볼 때마다 내 몸에는 소름이 돋았다. 그녀의 옷까지 챙겨 사물함에 넣고 나서야 겨우 탕 안으로 들어가 찬 몸을 녹일 수 있었다. 나는 구석에 혼자 앉아 대야에 손을 담그고 오글오글한 손가락만 바라보았다. 고개를 들어보면 목욕대 위로 휘감기는 그녀의 허기진 몸뚱이와 그 허기를 채워주려는 듯 힘차게 움직이는 때밀이의 손이 보였다. 그녀는 다리가 들리고 젖가슴이 출렁거리는데도 눈을 꼭 감고 있었다. 그녀가 내 등을 밀어준다거나 머리를 감겨준 일은 기억나지 않는다.

한참 지나서 계집이 머리카락 한올을 찾아낸다. 머리카락에는 먼지가 잔뜩 붙어 있다. 건네받은 머리카락을 주머니에 넣은 다음 계집에게 마지막 일침을 놓아준다.

"공사장 인부들이 술렁거린다고 너까지 까불면 가만 안 둘 거야."

한동안 입을 씰룩거리던 계집이 가게문을 소리나게 닫고 은하수로 들어가버린다. 화가 난 것 같지만 계집은 오늘밤 만사 제쳐놓고 이층으로 올라오게 될 것이다. 은하수에서 먹다 남은 오징어다리나 튀김 같은 걸 가지고서 말이다. 때로 연둣빛 과일이나 방울토마토를 담아오기도 하지만 난 먹을 것엔 관심없다. 내가 좋아하는 건 은하수 손님들이 하는 것처럼 계집의 엉덩이를 만지기도 하고 가슴을 주무르기도 하면서 자는 것이다.

벽에 손을 짚어가며 좁은 계단을 오른다. 계단을 오를 때마다 나는 심한 현기증을 느낀다. 천길 낭떠러지로 끌어내리는 에스컬레이터를 탄 채 허겁지겁 위로 올라가는 것만 같다. 나는 겨우겨우 계단을 올라 방으로 들어온다.

계집에게 머리카락을 찾아내라고 소리친 것이 꼭 계집을 으르기 위해서만은 아니다. 계집이 아니었더라도 내가 찾아내고 말았을 것이다. 머리카락을 꺼내 보석함 안에 넣는다. 그녀의 화사한 귀고리가 담겨 있던 보석함이다. 나는 이 안에다 손톱 자른 것, 빠진 머리카락, 상처에서 떼어낸 딱정이들을 모아둔다.

두께를 보니 이건 분명 왼쪽 엄지발톱에서 잘라낸 것이다. 한번 작정을 해야만 자르게 돼 크고 두꺼울 수밖에 없다. 발톱이 살을 파고 들어가 두툼해진 것을 그도 기억하고 있을 것이다. 그의 엄지발톱 역시 내 것처럼 휘어지고 딱딱했으니까. 차가운 방안에서 등을 잔뜩 구부린 채 발톱을 깎고 있을 그의 모습이 그려진다. 팔목에 붙어 있던 티눈도 들어 있다. 티눈연고를 발라 녹여낼 수도 있었는데 그렇게 하지 않았다. 면도칼로 티눈의 결을 가차없이 잘라내었다. 그녀의 오른손에 붙어 있던 티눈과 비슷한 크기였다.

손톱이나 발톱을 깎아 아무데나 버리면 그 조각을 까치가 물어간다고 그가 가르쳐주었다. 까치는 그것들을 험담하기 좋아하는 여편네들의 입에 넣어서 두고두고 그 사람 욕을 하게 만든다고 했다. 그가 떠나고 한동안 동네 아줌마들이 그와 나에 대해 험담을 늘어놓은 것이 사실이다. 슈퍼마켓이나 약국 정육점에서도 우리 얘기가 들렸다. 내가 그의 말을 흘려듣고 함부로 버렸기 때문일 것이다.

보석함을 집어넣고 창밖을 내다본다. 차들이 거북걸음으로 철로를 넘어서고 있다. 귀가를 서두르는 사람들의 조급함으로 국도와 철로는 그만큼 더 몸살을 앓게 될 것이다. 이제 철로 곁으로 하루살이떼가 몰려들 시간이다. 은하수의 작은 전구들에도 불이 들어올 테고 계집은 손님 맞을 준비에 분주해질 것이다.

미리 뜬 반달이 창백한 낯빛으로 녹슨 철로를 내려보고 있다.

국도 앞 건물공사가 재개되자 여기저기 땅을 고르거나 측량을 하는 곳이 늘기 시작했다. 동네가 시끌벅적해지면서 은하수에도 제법 많은 손님들이 들고 있다. 공사장 인부 중 몇은 일이 끝나기도 전에 은하수로 와 밤새도록 술을 마시는 것 같았다. 술취한 사내들이 철로에 오줌을 싸거나 토악질을 하는 일이 부쩍 늘었다. 화장실을 찾으려고 2층으로 올라와 문을 두드리는 일까지 있었다. 은하수 간판에 매달린 깨진 전구들도 밝고 깨끗한 전구로 바뀌어 은하수를 환히 비추기 시작했다.

계집은 형편없이 취해 올라왔다. 취한 와중에도 해물을 넣은 부침개를 두 장이나 새로 구워갖고 와 이런저런 소문을 들려주었다. 조만간 철마산 아래 미군부대가 없어진다고 했다. 사람들이 미군부대 철수하라고 풍선을 들고 인간띠 잇기대회를 열었고 그 자리에는 아파트단지와 테마공원을 만들기로 했다고 한다. 오늘 아침에는 군복을 입은 청년들이 철로 주변에 자란 풀들을 베어내고 쓰레기들을 모두 치워가기까지 하더라고 했다. 그러고는 무슨 좋은 일이 있는지 연신 히죽대면서 부침개를 내게 들이밀었다.

계집은 저녁 내내 푸른색 모자를 쓴 남자와 같이 있었다고 한다. 그 남자에 대해 얼마나 떠들어대던지, 제 장딴지보다 굵은 팔뚝과 군살 하나 없는 잘록한 허리 큼직한 코를 그려내라면 실제로 본 듯이 그려낼 수 있을 정도다. 계집이 그 남자를 그리 좋아하게 된 것은 풀냄새 때문이다. 정확히 말하자면 풀냄새 나는 무덤 때문이다.

"그치가 말이야, 나한테서는 풀냄새가 난대. 신선하잖니? 풀냄새라니. 근데 나중에는 자기 할머니 무덤에 가면 풍기는 냄새 같다는 거야. 내 참 무덤이라니. 좀 으스스하잖니?"

"왜 하필이면 무덤이야?"

"넌 그 큰 머리로 그걸 모르겠니? 할머니 품처럼 나한테 안기고 싶다, 이 말이야. 무덤이 뭐야, 그거 가리키는 거 아니겠어? 얘, 얼마나 시적이니. 난 기분이 좋기만 하던걸."

나는 부침개에서 조갯살을 골라먹으며 봄날처럼 이리저리 변하는 계집의 얼굴을 바라본다. 계집은 흥얼흥얼 콧노래까지 부른다.

"그치는 말야, 다른 놈팽이들과는 좀 다르단 말이야. 나한테 함부로 하지 않거든. 아예 살림을 차리자고 할까봐, 히힛. 나도 애새끼 낳고, 알콩달콩……"

한참을 더 떠들어대던 계집이 열이 오르는지 입고 있던 옷을 훌훌 벗어던진다. 계집은 브래지어를 빙글빙글 돌리기도 하고 셔츠를 위로 던지기도 하면서 흥에 부풀어 있다. 팬티만 남기고 옷을 다 벗은 계집이 갑자기 고꾸라져 잠을 자기 시작한다. 잠을 자면서도 입가에는 희미한 미소가 가시지 않는다.

촉촉하고 따뜻한 무덤 속, 계집의 무덤 속으로…… 조심조심 계집의 팬티를 벗겨낸다. 작은 팬티는 골반뼈에서 잠깐 걸렸다가 도르르 말려내려온다. 계집은 고른 숨을 내뿜으며 깊은 잠에 빠져 있다. 계집의 낡은 무덤 곁에 머리를 기대고 눕는다. 계집이 숨을 쉴 때마다 무덤이 들썩들썩한다. 봉곳하게 솟은 계집의 무덤에서 향긋한 풀냄새가 나는 듯하다. 두덩에서 안쪽으로 결을 고른 풀들은 윤기가 흐르고 진한 색을 띠고 있다. 계집의 풍성한 풀들에서 비옥한 대지를 엿볼 수 있다.

나도 팬티를 벗어 계집의 작은 팬티 위에 얹어놓는다. 계집의 것에 비하면 내 것은 노인의 거죽처럼 처지고 볼품없어 보인다. 듬성듬성 제멋대로 뻗은 털들 사이로 보이는 누렇게 질린 두덩과 밋밋하게 뻗은 얇은 틈. 꼭 낙석주의 표지판이 있는 국도 같다. 메마른 황토와 돌덩이가 후둑후둑 떨어지는 잘려진 산허리. 내 무덤 위에는 검은 그물이 쳐져 있다.

계집의 비옥한 대지 위에서 은행나무를 심기도 하고 맨발로 뛰어다니기도 하며 한참을 노닌다. 무성한 풀밭에 숨은 무당벌레 한마리를 잡아 손바닥 위에 올려놓고 입으로 후후 불기도 한다.

무릎을 세워 두 팔로 감싸안고 벽에 기대앉는다. 가랑이 사이로 비닐장판의 찬기운이 느껴진다. 엉덩이를 들썩일 때마다 비닐장판이 쩝쩝 입맛을 다신다. 계집은 두 팔을 위로 올린 채 미동도 않는다. 더없이 평온한 계집의 얼굴을 보자 갑자기 가슴 한 귀퉁이로 물이 차오르는 듯한 기분이 든다. 계집에게 조금쯤 화가 났는지도 모른다. 계집의 맘을 흔들어놓은 푸른 모자 사내에게 질투를 느끼고 있는지도.

발치에 있는 신문지를 편다. 계집이 부침개를 덮어 왔던 신문지다. 기름이 밴 신문지에서는 갓 볶아낸 은행냄새가 난다. 기름이 밴 부분은 반대편 글자가 다 보일 정도로 투명하다.

'안개 자욱한 아침. 온 나라 구름 조금 끼겠음. 아침 기온 3-11℃ 낮기온 15-22℃로 어제보다 낮겠음. 물때 부산 9:48 인천 9:20······ 베를린 흐림, 리우데자네이루 맑음, 홍콩 흐리고 비, 델바이브 맑음.'

델바이브, 처음 듣는 지명이다. 낯선 도시의 맑음은 어떤 빛깔일까. 안개 자욱한 어느날 아침, 델바이브에서는 맑은 하늘을 볼 수 있었을까? 문득 델바이브의 맑은 하늘 아래서는 푸른 모자가 필요하겠다는 생각이 든다. 그가 닫힌 창살을 지우고 말끔한 얼굴로 내게 돌아오면 푸른 모자를 쓰라고 하겠다. 높은 운전석에 앉아 왼쪽 팔을 차창 밖으로 내리고 고속도로를 달리던 때처럼.

그가 마지막 길을 떠나던 날 아침에도 안개가 자욱했다. 철길과 은행나무의 형체도 구분할 수 없는 날이었다. 그는 사흘 후에나 돌아올 거라고 했다. 나는 그와 조금이라도 더 같이 있고 싶어 책가방을 챙겨 미리 조수석에 앉아 있었다. 그가 없는 동안 나는 다시 침목 수나 세며 철로 곁을 어슬렁거려야 했으니까. 은하수 앞에서 우리를 배웅하는 그녀의 입가에는 옅은 미소가 번지고 있었다. 그가 시동을 걸자마자 그녀는 곧장 은하수로 들어갔다. 그는 운전대에 손을 올려놓고 닫힌 은하수 문을 한참 동안 바라보았다.

학교에 도착할 때까지도 그는 아무 말이 없었다. 다른 때처럼 구겨진 내 옷깃을 바로잡아주거나 한참 어울려다니던 친구들에 대해서도 묻지 않았다. 교문 앞에 나를 내려주고 그는 순식간에 사라져버렸다. 나는 트럭의 꽁무니를 바라보며 한참을 그대로 서 있었다.

안개가 걷히는 듯싶더니 비가 내리기 시작했다. 그가 알려준 대로라면 아침에 안개가 끼면 맑고 쾌청한 날이어야 했는데. 운동장 굵은 모래에 빗방울이 후둑후둑 떨어졌다. 매캐한 흙냄새가 났다. 빗방울과 함께 불안한 미풍이 내 몸에 휘감겼다.

그는 그때 이미 모든 것을 준비하고 있었는지도 몰랐다.

어떻게 저 길을 건널까.

그를 만나러 가기 위해서는 철로를 건너야만 한다. 철로를 건너 사거리를 지나 동쪽으로 가다보면 그가 있는 곳에 닿을 수 있다. 어둠속에 철로의 가느다란 다리가 보인다. 철로를 향해 걸음을 떼어본다. 철로에 가까이 갈수록 강한 전류가 느껴진다. 철로를 밟는 순간 몇만 볼트의 전기에 감전돼 새카맣게 타버릴 것 같다. 철로는 강력한 힘으로 나를 밀쳐내고만 있다. 언젠가 기차가 다시 오게 되면 저 길을 건널 수 있을까. 나는 철둑에 자란 풀들만 짓밟으며 괜히 은하수에 눈을 흘긴다.

계집은 어제오늘 이층에 올라오지 않았다. 새벽까지 술추렴 소리가 들려왔다. 나는 은하수 앞을 얼쩡거리면서 계집이 나오기를 기다렸다. 그러나 계집은 안에서 다 지켜보고 있다는 듯 통 나타나질 않았다. 손님들을 배웅하기 위해 나왔다가도 바쁜 일이 있는 것처럼 금세 가게 안으로 들어가버리곤 했다. 어디서 한잔 걸치고 온 듯한 사내들이 시끌벅적하게 은하수로 들어간 지 시간이 제법 흘렀는데도 아직까지 노랫소리가 들린다. 그들은 문앞에 앉은 내 존재에는 아랑곳하지 않았다. 거추장스런 짐짝을 치우듯 나를 함부로 밀쳐내며 은하수 안으로 들어갔다.

나는 사내들의 노랫소리와 고함소리를 들으며 은하수 앞에 꼼짝 않고 앉아 있다. 계집의 웃음소리도 들린다. 국도를 지나가는 차들이 뜸해지고 간간이 풀벌레 소리가 끼여든다. 하늘을 올려본다. 달이 환하다. 오른쪽 귀퉁이가 조금 뭉개져 있다. 곧 만월이 될 것이다.

노랫소리가 그치고 사내들이 은하수 문을 열고 나온다. 마지막 손님이다. 문앞에서 인사를 하는 계집의 목소리는 한껏 부풀어 있다. 어정쩡하게 엉덩이를 들고 계집을 바라본다. 계집은 문앞에 앉아 있는 나를 보고도 그냥 들어가버린다. 문 잠기는 소리가 들린다. 간판 불이 꺼진다.

은하수로 들어가 계집의 머리채를 끌고 나왔으면 좋겠다. 은하수 문에 손을 대본다. 문은 안에서 잠겨 있다. 나는 무기력하게 발걸음을 옮겨 집으로 향한다. 건물 입구로 막 들어가려는데 문 두드리는 소리가 들린다. 유리문에 부딪치는 짧고 경쾌한 노크소리 네 번. 나는 난해한 암호를 해독하듯 양미간을 모으고 그 소리를 곱씹어보다가 고개만 내밀어 은하수 쪽을 바라본다.

푸른 모자를 쓴 사내가 서 있다. 문이 열리고 계집이 나온다. 사내가 모자를 벗어 탈탈 털더니 은하수로 들어간다. 다시 문 잠기는 소리가 난다. 나는 순간적으로 어둠속에 몸을 숨겼다. 심장이 마구 뛰기 시작한다. 꼼짝할 수가 없다. 사내가 모자를 벗은 순간 나는 사내의 얼굴에 붙들리고 말았다. 나를 사로잡은 사내의 얼굴은, 눈가에 약간 주름이 잡힌 너그러우면서도 강직한 표정의 그 얼굴은, 낯선 얼굴이 아니었다. 애써 정을 떼려는 듯 냉정해 뵈기도 하고 한달음에 달려와 내 몸을 번쩍 안아 빙글빙글 돌려줄 것처럼 포근하기도 한 그의 얼굴. 나는 트럭 창으로 내민 그의 얼굴을 떠올리고 있었던 것이다.

방으로 올라와서도 심장은 여전히 격렬한 박동질을 해대고 있다. 숨을 고른다. 아무리 깊게 숨을 내쉬어도 진정되지가 않는다. 나는 아예 이불을 뒤집어쓰고 누워버린다. 눈을 감아도 눈을 부릅뜨고 천장을 노려보아도 내 눈에는 푸른 모자의 사내와 그의 얼굴이 번갈아 나타났다. 이제 그가 돌아오는가. 고개를 저으며 애써 잠들려고 노력해본다.

된장찌개 냄새가 난다. 압력솥 방울소리, 세탁기 돌아가는 소리, 라디오에서 흘러나오는 광고음악 소리가 한데 뒤섞여 잠을 깨우고 있다. 천천히 눈을 떠본다. 나는 밤새 기차에 밟히는 꿈을 반복해서 꾸었다. 머리가 무겁고 어지럼증이 인다. 앞치마를 두른 채 아침밥을 짓고 있는 계집의 뒷모습이 보인다. 아직 꿈을 꾸고 있는 것만 같다. 겨우 몸을 일으켜 벽에 기대앉아 손등으로 눈을 비벼댄다. 흥얼거리며 밥상을 차리는 것은 분명 계집이다. 계집이 앞치마를 벗고 밥상 앞으로 나를 잡아끈다.

밥상 위에는 막 무쳐낸 미나리나물과 직접 재어 구운 김과 오징어볶음이 차려져 있다. 플라스틱통이 아니라 접시에 가지런히 담긴 배추김치도 보인다. 계집은 바글바글 끓고 있는 계란찜 뚝배기를 들고 와 밥상 위에 얹는다. 반찬들을 내 쪽으로 밀어주며 많이 먹어, 한다. 계집이 이렇게 아침 일찍부터 새 반찬을 만들어준 적은 없었다. 은하수 앞에 앉은 나를 보고도 그냥 들어간 것이 미안하기도 했을 것이다. 말끔한 밥상을 보자 얼었던 마음이 일순간에 녹아내리며 계집을 너그럽게 용서해주기로 마음먹는다. 나는 거드름을 피우며 숟가락을 든다.

"그런데 말야, 저 방은 왜 그냥 비워두니?"

계집이 밥을 먹다 말고 몸을 배배꼬며 물어온다. 가슴이 내려앉는다. 뜨거운 계란찜이 훌떡 넘어가버린다. 목구멍이 홧홧하다. 아무렇지도 않은 듯 밥을 먹으며 겨우겨우 대꾸한다.

"못 쓰는 방이라고 했잖아!"

"못 쓰긴 왜 못 써? 언뜻 보니까 니 방보다 크던걸? 그리고 남향이 잖아. 왜 좋은 방 놔두고 그 좁은 방을 쓰니?"

"너 저 방 들어갔었어? 내가 들어가지 말라고 그랬지?"

나는 버럭 소리지른다. 입안에 들어 있던 김칫조각이 튀어나와 계집의 얼굴에 붙어버린다. 목줄기가 뻣뻣해져온다. 계집은 내 눈을 피해 저 방에 들어갔던 것이 분명하다. 저 방문만은 절대로 손대지 말라고 몇번이고 일러두었는데. 그가 떠난 후 나는 저 방에 들어가지 않았다. 머릿속으로 방문에 대못을 박은 다음 방을 지워버렸다. 그것은 문이 아니라 벽이고, 방이 아니라 허공일 뿐이었다.

그날 방문 앞에 둘러진 노란 띠가 떠오른다. 노란색 띠는 막 짜낸 레몬즙처럼 예리해 보였다. 위험한 느낌을 발산하는 그 노란색 때문만은 아니었다. 그에게 던져진 순간 이미 내가 넘지 말아야 할 문지방이 있다는 걸 깨달았다.

계집은 물론 나 또한 그 방에는 절대로 들어갈 수 없다. 방에 대해서 더이상 말도 못 붙이게 해야 하는데 아무런 생각도 나지 않는다. 목이 따끔따끔하고 머리가 무거워지기 시작한다.

"그러지 말고, 니가 안 쓸 거면 세라도 주지 그러……"

허우적허우적 일어나 계집을 끌어낸다. 계집은 영문도 모르고 입을 벌린 채 아래층으로 굴러떨어진다. 계집의 앙칼진 목소리가 층계를 타고 들려온다. 식어빠진 밥상 옆에 앉아 단단히 잠긴 방문을 올려본다. 꼭뒤가 서늘해지도록 암울한 방, 그를 떠나게 한 방. 좁은 문틈으로 불길한 기운이 새어나오고 있다.

기억은 때로 녹슨 철로처럼 선명하지 않다. 내가 방문 앞에 있을 때 그가 온 것인지 아니면 그가 나를 끌고 가 방문을 열게 만들었는지 나는 가끔 혼동이 되곤 한다.

　꿈속이다. 황삿바람이 일고 있다. 은행나무가 이리저리 몸을 뒤채고 스티로폼 조각들이 날아다닌다. 나는 눈을 즈려감고 모랫바람 속을 걷고 있다. 건물공사장이 보인다. 바람을 피해 공사장 안으로 들어간다. 바닥에서 기다란 못이 튀어나와 발바닥을 찌르고 철근이 머리를 후려친다. 그런데도 나는 주문에 걸린 듯 계속 앞으로 나아간다. 황사가 걷히고 건물의 늑골 사이로 환한 달빛이 들어오기 시작한다. 보름달이다.
　물소리가 들린다. 누군가 공사장 한가운데서 환한 달빛을 받으며 목욕을 하고 있다. 그는 푸른 모자를 썼다. 곧고 부드러운 등허리로 물방울이 흘러내린다. 방울방울 달빛이 서려 있다. 그를 불러본다. 그는 귀머거리가 된 것처럼 계속 물만 끼얹는다. 그에게 다가갈수록 머리가 무거워져 걸을 수가 없다. 머리를 질질 끌며 끈질기게 기어간다. 조금만 더 가면 그에게 닿을 수 있다. 손을 뻗어 그의 살갗을 만져보려 한다. 조금만, 조금만 더…… 그는 자꾸 뒷걸음질친다.
　무언가가 나를 꿈에서 끌어내려 하고 있다. 거대한 몸집의 동물이 걸어오는 듯한 규칙적인 울림이 내 몸을 흔들어 깨우고 있다. 그를 만질 수 있었는데, 그에게 닿을 수 있었는데. 나는 여전히 꿈결을 헤매며 그의 이름을 부른다. 그의 단단한 등을 만졌던 것만 같다. 손끝에 그의 체온이 분명히 남아 있다.
　사위는 꿈속보다 어둡다. 거실 마룻바닥에 엎드린 채 방문을 바라보고 있었는데 언제 잠이 들었는지 얼마나 잤는지 알 수 없다. 나를 깨운 동물의 발걸음 소리가 점점 가까워지고 있다. 경박한 쇠종소리와 기적소리가 들린다. 기차다. 녹슨 철로 위를 지나가는 기차바퀴의 파열음이 어둠을 찢고 들어온다.

기억의 가시들이 하루살이떼처럼 달려들기 시작한다. 캄캄한 밤이었다. 나는 방문 앞에 앉아 문틈으로 새어나오는 거친 숨소리를 듣고 있었다. 문을 조금 열어 안을 들여다보았다. 그녀의 알몸 위에 올라앉은 낯선 남자의 엉덩이와 그 위를 감아돌던 그녀의 하얗고 긴 다리, 바닥으로 전해져오는 규칙적인 울림과 점점 더 빨라지는 숨소리. 나는 뒤엉켜 있는 붉은 살덩이에서 눈을 떼지 못하고 방문틈에 바싹 기대앉아 있었다. 그때 그가 돌아왔다. 나는 그가 들어왔는지도 모르고 그녀의 다리가 자꾸 머리 위로 치켜올라가는 것을 바라보고 있었다.

어느 순간 그의 눈동자가 내 눈 속으로 들어왔다. 그의 눈 속에서 은행나무 한그루가 타오르고 있었다. 화염에 휩싸인 가지가 타닥타닥 튀어올랐다. 그의 목덜미에 푸른 핏줄이 불거지는 것을 보며 나는 아무 소리도 낼 수 없었다. 두꺼운 팔뚝이 불끈거리더니 내 목덜미를 잡았다. 내 몸은 가볍게 들렸다. 그는 현관문을 열고 나를 내던졌다. 나는 문밖으로 나동그라지며 그의 손에 들린 잘 벼린 칼 한자루를 보았다.

그는 이미 계획된 일을 치르듯 시린 칼질을 하였다. 남자의 등허리에 푸른 초승달이 수없이 새겨졌다. 그녀의 얼굴과 젖가슴에도 초승달이 뜨고 피가 솟구쳤다. 끝이 보이지 않는 나락으로 떨어지며 그녀의 피가 내 다리 사이로 흘러들어오는 것을 보았다. 그리고 기차가 왔다. 온 땅을 흔들며, 고꾸라진 내 머리를 짓이기며, 문지방을 넘어선 나를 벌주며, 기차가 지나갔다.

녹슨 기억이 가시를 돋우고 달려들고 있다. 생채기 난 몸이 쓰라리다. 머리가 무겁다. 왜 기차가 다시 지나가는 걸까. 그가 떠난 후 저 방문에 손도 대지 않았는데, 문지방을 넘어서지도 않았고 훔쳐본 것도 없는데, 왜 기차가 다시 나타난 걸까. 꿈속에서 매일 보는 기찬데, 그렇게 기다려왔던 기찬데 머리를 들 수가 없다. 기차가 지나가는 걸 차마 볼 힘도 없다. 다만 깊은 어둠속으로 숨고 싶다. 은하수 계집의 무덤 속으로, 뿌리 깊은 은행나무 속으로.

현관문 열리는 소리가 들린다.

"괜찮아, 이 방은 늘 비어 있는 방이야."

계집의 목소리. 계집은 내가 거실에 웅크리고 있는 것이 보이지 않는 모양이다. 누군가 계집의 손끝에 끌려오고 있다. 푸른 모자의 사내다. 나는 고양이처럼 몸을 웅크리고 얼른 구석에 숨는다.

"가겟방은 싫다고 했잖아. 자, 빨리이."

"그래도…… 저, 주인이 깨면 어쩌려고."

"괜찮다니까. 내가 다 얘기해놨어. 어차피 비어 있는 방, 세논 셈치면 되는 거지. 그렇다고 또 지가 뭐 우릴 쫓아내기야 하겠어?"

사내의 가슴에 매달린 계집이 한손으로 방문을 연다. 방문이 닫히고 계집과 사내가 사라진다. 밖에선 여전히 기차 지나가는 소리가 들린다. 숨을 죽이고 방을 향해 촉각을 세운다. 아무 소리도 들리지 않는다. 그러나 불안한 욕정이 열린 문틈으로 문지방까지 흘러나오고 있었다.

저 방안에는 도대체 무엇이 있는 걸까? 겨울잠을 자기 위해 똬리를 튼 뱀이라도 있는 것은 아닌지. 무덤 속에서 나온 그녀와 남자가 엉겨 붙어 있을지도 모른다. 방문 손잡이에 손을 대본다. 굳게 잠긴 줄만 알았던 방문이 소리없이 밀린다. 문틈으로 막막한 어둠이 쫓겨나듯

밀려나온다.

방 한가운데 계집과 사내가 앉아 있다. 그들은 벌거벗은 서로의 몸을 매만지고 있다. 다리를 서로 휘감고 한 덩어리인 것처럼 꽉 껴안는다. 그리고 나는 계집의 눈에서 말간 눈물이 흐르는 것을 보고 말았다. 사내의 어깨에 머리를 파묻은 계집의 몸뚱이는 가장 행복한 순간을 맞고 있는 듯하다.

정신이 아득해져온다. 가슴 한쪽에서 뜨거운 덩어리가 솟구쳐올라온다. 나는 방으로 뛰어들어간다. 그리고 그가 했던 것처럼 팔을 마구 휘두르기 시작한다. 누구를 향해 팔을 휘둘렀는지 모른다. 푸른 모자가 튀어오른 것 같기도 하고 계집의 찢어지는 목소리를 들은 것도 같다.

나는 구르듯 아래층으로 내려온다. 계단이 길고 길게 느껴진다. 철길 앞에 서서 낡은 이층집을 뒤돌아본다. 은하수 간판에 전구들이 작은 별무리처럼 반짝이고 있다. 기차가 다 지나갔는데 고장난 신호기는 계속 경보음을 울려대고 있다. 제어할 힘도 없는 신호기의 짧은 손이 가까스로 올라간다. 철로에서 기차냄새가 느껴진다. 알싸한 매연냄새, 석탄냄새, 그리고 그의 냄새.

철로에 발끝을 대본다. 맨발에 차가운 쇠의 느낌이 전해져온다. 나는 감전되지 않는다. 은행잎 하나가 날아와 발부리에 닿았다가 철로 사이에 몸을 누인다. 심호흡을 한번 하고 철길을 넘어선다. 그리고 그가 걸었던 길을 조심조심 밟아 걷는다. 발을 디딜 때마다 잠든 곤충들의 낮은 숨소리가 들린다.

집으로부터 한없이 멀어지는 내 머리 위로 무수한 달빛이 쏟아진다. 더이상 차오를 수 없는 보름달은 스스로 몸을 허물어 경계를 지우

리라. 나는 전속력으로 뛰기 시작한다. 달려드는 바람 속에서 나는 점
점 아득해진다. 국도를 따라 늘어선 은행나무 가지마다 막 여물기 시
작한 푸른 은행알들이 달빛에 환하다.

—『세계의 문학』 2001년 여름호

눈

뚜껑에 붙은 아이스크림에 혀끝을 살짝 대어본다. 혀의 돌기마다 전해오는 감칠맛에 나는 안달이 난다. 빨리 나를 먹어

보

봐, 부라보콘은 달콤하게 속삭인다. 보란 듯이 한입 크게 베어물고, 빨리 그 몸 구석구석을 파고들고 싶다. 하지만 성급

라

하게 굴지 않는다. 목구멍을 뜨겁게 달구며 내 혀를 부추기는 욕망이 자라나도록 그냥 둔다. 그것이 점점 더 살이 올라

콘

목구멍과 가슴 한복판을 지나 복사뼈를 짓누를 때까지 참고 견디며 포장지에 붙은 아이스크림을 빤다.

눈보라콘

어머니가 온다.

잔교(棧橋)를 건너 남항동 철공단지를 나와 신선국민학교 높은 담을 따라 지금 집으로 오고 있다. 낡은 차들이 검은 연기를 쿨럭이며 겨우 올라오는 가파른 길을 어머니는 힘 하나 들이지 않고 사뿐사뿐 올라온다. 고무 작업복과 머릿수건이 담긴 보자기를 들고, 신선동으로.

부산시 영도구 신선동. 신선이 살았다고 믿기에는 너무 낡고 더러운 곳이다. 옹색한 집들로 향하는 좁은 골목마다 집요한 악다구니가 아침부터 저녁까지 이어지고, 악다구니가 끝나면 사내아이들이 모여 담배를 피우거나 벌거벗은 여자들의 사진을 돌려보고, 아이들이 사라지면 쥐들의 차지가 되는 동네.

나는 악다구니와 벌거벗은 여자들과 쥐들의 골목을 나와 담 위에 앉아 시시각각 다른 빛이 되는 항구를 바라보며 시간을 보낸다. 때로 선박 아래에 이는 흰 포말과 잠루(岑樓)에서 반짝이는 싱싱한 금속성 눈부심을 보기도 하고, 해안을 따라 자리잡은 상점과 술집들이 그려내는 주홍빛 소묘를 보기도 한다. 그리고 항구가 완전히 어둠에 잠기면 어김없이 담 위에 올라앉아 집으로 돌아오는 어머니를 기다리는 것이다.

내가 앉아 있는 콘크리트담은 산의 목언저리까지 바락바락 기어오르는 판잣집들과 고갈산을 가르는 경계선이다. 담이 최후방어선이라도 되듯 산은 더이상 집들을 받아들이지 않고 저 혼자 숲을 이룬다.

손을 뻗어 보안등 스위치를 올린다. 보안등을 켜기 위해 이곳까지 올라오는 사람은 없다. 흐린 불빛을 찾는 것은 고개를 쳐들고 몰려드는 날벌레들뿐이다. 벌레들의 날갯짓에 불빛이 흔들린다. 불빛이 흔들릴 때마다 나도 흔들린다. 내 마음은 이미 어머니의 부드럽고 깨끗한 손을 향해 달려가고 있다.

어머니는 망치를 들고 선박의 녹 떼어내는 일을 하지만 아직까지 싱싱하고 부드러운 손을 갖고 있다. 그건 어머니가 녹을 이해하고 있기 때문이다. 녹을 이해하는 것은 얼음을 이해하는 것과 같다고 어머니는 말하곤 한다.

곡괭이를 꽂으면 쩡, 얼음 갈라지는 소리가 나. 갈라진 틈에 곡괭이를 몇번 더 질러넣고 망치질을 하면 조각조각 떨어지는 녹덩이를 볼 수 있단다. 무턱대고 망치를 휘두르면 표면만 바스러져. 얼음도 그렇지 않니? 막 내린 눈과 사람이 밟아 단단해진 눈을 치우는 건 다르거든. 녹꽃은 살짝 긁어내야 하는 거야, 성긴 눈처럼. 끌로 긁어내면 사박사박 눈 밟는 소리가 나. 파도가 만든 녹덩이는 얼음을 가르듯 일격에 금을 내야 해. 무조건 두들겨팬다고 되는 게 아니거든. 차가운 것일수록 더 세심한 배려가 필요한 법이란다.

나는 녹을 설명하는 어머니의 나긋나긋한 목소리를 좋아한다. 영도로 시집와 십여년을 살았는데도 어머니는 부산 말을 쓰지 않는다. 특히 녹과 얼음을 말할 때 어머니 목소리는 저절로 흘러나오는 꽃향기나 음악처럼 그윽하게 퍼진다. 그것은 공기 속으로 사라져버리는 소리가 아니라 한입 베어문 아이스크림처럼 목젖을 간질이며 내 속 깊은 곳으로 흘러들어온다. 그 웅숭깊고 달콤한 목소리가 좋아 몇번이고 얼음 이야기를 해달라고 어머니를 조르게 된다. 그렇다고 내가 어머니의 말을 모두 이해하는 것은 아니다. 나는 두껍게 앉은 얼음덩이를 깨어본 적이 없다. 처마끝에 매달린 고드름이나 소복이 쌓인 눈을 만져보지도 못했다. 그것은 내가 신선동에서 태어나 신선동에서 자랐기 때문이다.

신선동에 함박눈이 내리는 것은 십몇년에 한번쯤이나 있을까. 눈이 내려도 바닥에 닿자마자 녹아버리거나 다음날 아침이면 시침을 뚝 떼고 흔적도 없이 사라지기 일쑤여서 눈 덮인 신선동을 보기란 그리 쉬운 일이 아니다. 중학생이 되도록 나는 눈사람을 만들어보지 못했다. 신발이 젖을 만큼 눈을 밟아본 적도 없다. 어머니가 끌로 긁어내는 녹꽃의 사박거림은 언제 들을 수 있을까.

어머니는 산복도로 횡단보도 앞에 서서 저녁 찬거리를 꼽아보고 있을 것이다. 지금 내려가면 중복도로 즈음에서 어머니를 만나 손을 마주잡고 집에까지 걸어올라올 수 있다. 이제 담에서 내려 어머니를 맞을 시간이다. 바지에 묻은 흙을 털어내고 어머니가 오는 곳으로 향한다.

　　신선미용원 앞에 소녀가 서 있다. 소녀의 손에는 아이스크림이 들려 있다. 점집 가시나, 사람들은 소녀를 그렇게 부른다. 국민학교 때 같은 반인 적도 있지만 말은 해보지 못했다. 어깨 위에 동자보살을 얹고 영도다리 밑에서 점집을 하는 어머니 때문에 아이들은 소녀와 친구가 되려고 하지 않았다. 소녀 또한 까불거리는 아이들 따위에는 별 관심이 없다는 듯 고개를 빳빳이 세우고 혼자 다니곤 했다. 소녀는 어머니와 함께 매일 밤 고갈산을 올라 기도를 드린다. 내가 담에서 내려오면 소녀가 담을 차지하고 다 녹은 아이스크림을 핥거나 붉은 사탕 따위를 오물거리며 점쟁이 어머니를 기다리기 시작한다.

　　소녀가 아이스크림을 베어문다. 움푹 패는 것을 보아 오래 들고 있었던 모양이다. 소녀는 일부러 내가 오기를 기다렸다가 아이스크림 포장지를 벗기는지도 모른다. 소녀의 입가에 묻은 하얀 아이스크림을 슬쩍 올려다본다. 손등 위로 아이스크림이 녹아내린다. 녹은 아이스크림이 팔뚝을 타고 흘러내리는데 소녀는 혀끝을 살짝살짝 대기만 할 뿐 서두르지 않는다. 오히려 그걸 보는 내가 안타까이 아이스크림을 훔쳐보며 침을 삼키게 되는 것이다. 밭게 침을 삼켜도 혀 아래에서 자꾸 침이 솟아오른다.

　　소녀의 손에 들린 것은 부라보콘이다. 언제부턴가 나는 부라보콘을 운명적으로 받아들이기 시작했다. 부라보콘은 내가 태어난 1970년 4월에 출시되었다. 우리나라 최초의 현대적인 아이스크림과 나이가 같다는 사실만으로도 부라보콘을 운명적으로 여기는 것이 당연하게 느껴졌다. '부' 하고 입술을 부딪쳐 입안의 공기를 밀어내다가 입천장에 혀끝을 딱 붙이며 '콘' 하고 마무리짓는 부라보콘의 발랄하고 향긋한 이름을 처음 들었을 때, 나는 그 운명적인 이름을 몇번이고 발음해보았다. 그 순간 강력한 승리감에 몸의 가닥가닥을 휘어잡힌 채 부라보 콘에 빠져버리고 말았다.

　내 이름은 용수다. 표용수. 발음하기도 어렵거니와 부라보콘처럼 명쾌하지도 매혹적이지도 않은 시시한 이름이다. 내 이름을 지은 아 버지는 이발소에서 바닥을 쓸거나 머리를 감겨주는 보조이발사였다. 3, 4분이면 꼬마녀석들의 머리를 깎아내는 이발사 밑에서 잔일이나 하 던 아버지의 꿈이 이발사인 것은 당연한 일이었다. 그런 아버지가 옥 편까지 빌려와 바리깡을 손에 든 채 만들어낸 이름이 바로 '용수'였 다. 얼굴 용(容), 지킬 수(守). 얼굴을 지킨다, 아버지에게 그보다 더 좋은 이름이 있었을까?

　아버지는 내가 태어난 지 이태 만에 교통사고로 세상을 떠났다. 용 수라는 이름에 아버지의 꿈이 주술처럼 남아 내 삶을 강요하지는 않 을까 두려워지곤 한다. 그러나 나는 이발사가 되거나 얼굴을 지키는 그 어떤 일도 하지 않을 것이다. 죽은 아버지나 이름이 나를 구속할 수는 없는 일이다. 오직 부라보콘만이 내 운명에 관여할 수 있는 존재 였다.

　내가 부라보콘에 빠져든 것은 이름 때문만은 아니다. 부라보콘은 결단코 최고의 아이스크림이라 부를 수 있다. 훌훌 벗겨내는 비닐포 장지의 삼강하드나 사카린과 색소를 적당히 섞어 만든 아이스께끼의 싼 맛과는 질적으로 다른 최고의 아이스크림.

　소녀는 왜 최고의 아이스크림을 몰라보고 저렇게 들고만 서 있는 걸까. 소녀를 밀쳐내고 부라보콘을 빼앗고 싶다. 진정 부라보콘을 사 랑하는 자만이 그걸 먹을 자격이 있는 것이다. 나는 자리에 우뚝 서 부라보콘을 훔쳐먹는 상상을 한다. 눈을 감는다. 부라보콘이 내 손에 있다.

전체를 휘어잡게 만든 원뿔형의 부라보콘은 냉정한 육체를 가졌다. 그러나 내가 손에 쥐는 순간 그 차가운 몸뚱이는 뜨거운 잔상을 남기며 맹렬히 안겨온다. 표면에 생긴 물방울이 손금 사이사이로 스며들면 다른 손바닥에도 슬그머니 땀이 찬다. 비밀의 문을 열듯 조심스럽게 옷을 벗겨낸다. 돋을새김이 되어 있는 콘의 표면은 소름이 살짝 돋은 발가벗은 여자의 몸처럼 안쓰럽기까지 하다. 아이스크림의 질감을 훼손하지 않을 정도로 바삭바삭하면서 촉촉한, 그 어떤 콘도 따라올 수 없는 아슬아슬한 균형감각. 나는 부라보콘 맨살을 아주 세심히 쓰다듬는다.

뚜껑에 붙은 아이스크림에 혀끝을 살짝 대어본다. 혀의 돌기마다 전해오는 감칠맛에 나는 안달이 난다. 빨리 나를 먹어봐, 부라보콘은 달콤하게 속삭인다. 유혹의 손길을 뻗는 부라보콘을 보란 듯이 한입 크게 베어물고, 빨리 그 몸 구석구석을 파고들고 싶다. 하지만 성급하게 굴지 않는다. 목구멍을 뜨겁게 달구며 내 혀를 부추기는 욕망이 자라나도록 그냥 둔다. 그것이 점점 더 살이 올라 목구멍과 가슴 한복판을 지나 복사뼈를 짓누를 때까지 참고 견디며 포장지에 붙은 미세한 아이스크림을 샅샅이 빤다. 그러면 부라보콘은 제 몸을 촉촉이 풀어내며 봉긋 솟아오르게 된다. 이제 가장 탐스러운 부분에 이빨을 들이댈 때다. 살 속 깊숙이 이를 박으면 나를 짓누르던 욕구가 순식간에 방출되며 화사한 황홀경이 찾아온다. 입천장을 뜨겁게 후려쳤다가 부드럽게 목젖을 통과하고 종내는 말간 침에 의해 단 기억이 지워지는 일련의 과정. 천천히 그러나 격정적으로 부라보콘의 몸을 탐한다. 초콜릿이 살짝 묻은 꼬랑지가 남을 때까지. 손가락 한마디쯤 되는 부라보콘 뿔을 입에 넣는 순간 정신의 한 부분이 내 몸을 이탈해 무한한 공간 속으로 빨려가는 것 같다. 그러면서도 한편으로는 어머니의 젖꼭지를 입에 물고 있는 듯 편안해지기도 하는 것이다. 아쉬우면서도 만족스러운 마지막 한입. 그 허망하면서 풍만한 달콤함.

별안간 사타구니가 뜨뜻해져온다. 팬티가 축축하다. 녹은 아이스크림처럼 미끈미끈한 액체가 허벅지를 스친다. 동년배에게 기습을 당해 흘리는 당혹스럽고 부끄러운 코피처럼 끈끈하고 불쾌한 감촉. 순간 서늘한 기운이 아랫도리를 스치고 지나간다. 부르르 몸이 떨리고, 얼굴이 홧홧해져온다. 눈을 뜬다.

소녀는 아이스크림을 반쯤 남겨두고 있다. 거의 매일 소녀와 마주치게 되는 것이 영 불편하다. 반바지 아래 드러난 가느다란 허벅지와 동그랗게 솟은 무릎과 손에 들린 부라보콘도 편하지가 않다. 소녀는 왜 꼭 부라보콘만 먹는지, 아이스크림이 녹도록 놔두다가 왜 내가 나타나야 포장지를 뜯는지. 부라보콘을 들고 내게 시선을 떼지 않는 소녀의 당돌한 눈에 주눅이 들고 만다. 빨리 소녀에게서 벗어나고 싶은데 꿈쩍도 할 수 없다. 무언가 거대한 힘이 내 발목을 움켜쥐고 있는 듯하다.

될 수 있는 한 자연스럽게 보이려 애를 쓰며 심상한 표정으로 소녀 곁을 지나간다. 아주 서투르지는 않다. 골목을 돌아 안전한 곳에 이르러 소녀를 본다. 소녀는 엉덩이를 빼고 언덕길을 올라가고 있다. 그 씰룩거리는 엉덩이가 나를 조롱하고 있는 것 같다.

어머니가 집에 도착했는지도 모른다. 물매 싼 내리막길을 달리기 시작한다. 빨리 어머니의 손을 잡고 집으로 돌아가 부라보콘처럼 달콤한 어머니의 목소리를 듣고 싶다. 보송보송한 눈과 사박사박 눈 밟는 소리에 대해. 그러나 속력을 낼수록 어머니 목소리는 들리지 않고 날벌레들의 날갯짓 소리만 귓가를 때린다.

어머니가 온다, 어머니가 온다. 좁은 골목을 내달리며 줄곧 그 생각만 했다.

항구는 쇠 두드리는 소리와 벌건 쇠똥으로 가득 차 있다. 까마득하게 높은 곳에서 어머니는 나무 비계를 타고 망치질을 한다. 하루 아홉 시간 배 옆구리에 매달려 망치질하는 품삯으로 3800원을 받는다. 제일 오른쪽에 매달린 사람이 어머니라는 것을 나는 단박에 알아본다. 고무 작업복 속에 숨겨진 가느다란 허리와 유연한 팔놀림은 어머니만이 가질 수 있다.

녹이 떨어져나간 배는 심한 피부병을 앓고 있는 괴물 같다. 깡깡이 아지매들이 녹을 다 떼어내면 흰옷으로 갈아입고 오호츠크해나 남태평양으로 항해를 떠나게 된다. 어머니는 녹을 다 제거할 때까지 배 옆구리에 포박당한 채 쉬지 않고 망치질을 해야 한다.

어머니 옆에 있는 사람은 하봉의 어머니다. 하봉은 고개를 바짝 쳐든 채 손나발을 하고 엄마를 부르고 있다. 하봉의 목소리는 망치질 소리에 묻히고 만다. 어머니들은 해가 질 때까지 배에서 내려오지 않는다. 점심을 먹거나 오줌을 눌 때조차 줄을 타고 선박 위로 올라가 허겁지겁 일을 본다. 그걸 알면서도 하봉과 나는 학교가 파하자마자 어머니가 일하는 남항동으로 달려간다. 그래야만 하루를 시작할 수 있는 것처럼 책가방을 둘러멘 채 타박타박 그곳으로 가 어머니를 올려다본다. 그리고 난폭하고 수선스러운 괴물의 정강이를 걸어찬 후 어머니를 구해내는 상상에 빠지곤 하는 것이다.

하봉이 주머니에 손을 찔러넣고 영도다리로 발걸음을 돌린다. 언제 어머니를 불렀냐는 듯 노래를 하기 시작한다. 영도다리 난간 위에 초 생달만 외로이, 초생달만 외로이. 남항동을 지날 때마다 영도다리를 건널 때마다 자갈치시장을 구경할 때마다 하봉은 제목도 모르는 그 노래를 불렀다. 하봉이 아는 부분은 그 구절뿐이다. 영도다리 난간 위 에 초생달만 외로이.

"용수야, 니 영도다리를 받치고 있는 기 뭔지 아나?"

하봉이 갑자기 노래를 멈추고 물어왔다. 나는 어머니의 잔허리가 아른거려 심드렁하게 대답한다.

"다리지 뭐꼬?"

"바로 담치다."

하봉의 허풍이 시작되었구나. 나는 이똥이 덕지덕지 앉은 하봉의 앞니를 흘끗 쳐다보고는 고개를 돌려버린다.

하봉은 축농증이 심해 입을 헤벌리고 다니는데다 하는 짓도 되통스 러워 친구들에게 면박을 당하곤 한다. 그런 친구들의 시선을 끌기 위 해 하봉은 종종 허풍을 친다. 허풍쟁이 하봉이라지만 영도다리에 대 해서만은 거짓말을 하지 않는다. 아버지가 영도다리 부양장치 기사로 일했다는 사실을 자랑스럽게 여기는 그에게 영도다리는 일종의 우상 이었다. 영도다리에 대해서라면 누구도 그를 대적할 수 없다. 하지만 아무리 영도다리 박사라 해도 담치가 다리를 받치고 있다는 것은 도 저히 믿을 수 없는 일이다.

"니는 그 조갠한 담치가 다리를 받칠 수 있다고 생각하나!"

"내사 잠수부한테 직접 들은 얘기다! 잠수부가 안전검사 한다꼬 호 스 끼고 안 들어갔나. 근데 다리기둥 가운데 틈이 보인다 아이가. 눈

구녕 대고 자세히 들여다보니까 시커머이 뭐가 박혀 있더라 이 말이다. 그게 바로 팔뚝만한 담치라 안카나.”

“니 팔뚝만한 담치 봤나, 니는 와 맨날 이상한 소리만 주와갖고 다니노? 니가 원캉 이상한 소리만 하니까 아덜이 싫어하는 거 아이가!”

“거짓말 아이라카이! 내도 첨엔 안 믿었다. 근데 아는 사람은 다 아는 얘기라카드라. 첨에는 어떻게 빼볼까도 했는데, 그랬다가는 다리가 무너지게 안 생겼나. 그래서 새끼치고 살라고 내버려뒀다 아이가. 진짜다. 대교다리 지은 거 보믄 모르겠나? 담치가 죽아뿌믄 다리 무너질까봐, 그래서 대교다리 지은 거라 이 말이다. 영도다리도 곧 없어진다 안카드나.”

하봉의 목소리는 단호하다. 더이상 하봉과 얘기하고 싶지 않다. 다리 한가운데 잠시 걸음을 멈추고 교각을 내려다본다. 정말 커다란 담치가 살고 있을까? 내가 밟고 있는 것이 콘크리트가 아니라 검은 담치일까. 어선 한 척이 영도다리를 빠져나와 자갈치시장 선착장으로 향하고 있다. 매캐한 연기가 바람을 타고 코끝을 스쳐지나간다. 나는 침을 가득 모아 바다를 향해 뱉는다.

하봉이 다시 흥얼거리며 걸음을 재촉한다. 대형화물차가 지날 때마다 다리는 움찔움찔 놀라며 몸을 비튼다. 서로 티는 내지 않고 있지만 우리는 조금씩 긴장하고 있다. 오늘은 하봉과 할 일이 있다. 배를 타고 자갈치시장으로 건너가지 않은 것도 그 때문이다. 다른 때 같으면 왕복선을 타고 자갈치시장으로 가 곰장어 껍질을 벗기는 능숙한 손놀림의 일꾼들과 배배꼬인 곰장어 맨살을 보거나, 낚싯줄을 드리우고 깡소주를 먹는 아저씨들을 기웃거리다가 돌아왔을 것이다. 하지만 오늘은 며칠 전부터 계획한 것을 실행해야 했다.

주위를 두리번거리며 하봉과 함께 광복동 거리를 걷는다. 광복동에는 남항동의 소란스러움과는 전혀 다른 분주함이 있다. 무언가 붕 뜬 것 같기도 하고 유쾌한 웃음소리가 까르르 튀어오를 것 같은 거리. 하봉과 나는 차와 사람이 뒤섞인 광복동 도로를 훑으며 느리게 걷는다.

가능한 한 나이든 운전사여야 한다. 너무 늙어서도 안된다. 젊은 여자손님이 타고 있으면 더욱 좋다. 차가 밀리기 시작한다. 좋지 않은 징조다. 아무래도 차들이 빠질 때까지 기다려야 할 모양이다. 발빠른 하봉은 벌써 작업할 택시를 점찍었는지 내게 턱짓으로 신호를 보낸다.

막 횡단보도를 지나 속도를 올리려는 택시 쪽으로 하봉을 슬쩍 밀치면서 우리의 계획은 시작된다. 하봉이 절묘하게 택시 앞으로 넘어진다. 하봉의 왼발이 택시 앞바퀴에 끼여 있다. 누군가의 비명소리가 들린다. 운전사가 차에서 내리는 순간 하봉이 울음을 터뜨리고 택시를 중심으로 사람들이 모여든다. 앞머리가 벗겨진 늙은 운전사의 얼굴은 파랗게 질려 있다. 모든 것이 순식간에 일어난 일이다. 선박 밑에서 엄마를 부르듯 엄마를 외치며 우는 하봉의 연기는 정말 대단하다. 발을 움켜쥔 채 눈물 콧물을 짜내는 모습이 정말 발을 다친 게 아닐까 싶을 정도다. 그러나 나는 하봉의 발이 괜찮다는 것을 안다. 하봉은 일부러 앞창이 긴 형 신발을 신고 왔다. 차바퀴가 발등을 올라탄 것이 아니라 단지 신발부리만 밟았다는 사실을 운전사나 구경꾼들은 모르고 있다.

병원에서 사진을 찍는 동안 나는 택시 앞자리에 앉아 기다린다. 팬티만 입고 오토바이를 탄 가슴 큰 여자가 내 쪽을 향해 혓바닥을 내밀고 있다. 여자의 맨발 밑 달력에는 사흘마다 한번씩 빨간 동그라미가 쳐져 있다. 달력대로라면 이 늙은 운전사는 휴일 다음날 어린아이의 발을 깔아뭉개는 일진 사나운 날을 맞은 셈이다.

거스름돈 주머니에서 동전 몇개를 꺼내 주머니에 집어넣는다. 택시로 돌아온 운전사는 전화번호를 적은 쪽지와 천원짜리 지폐 몇장을 하봉에게 건네주며 몇번이고 괜찮으냐 물어왔다. 택시가 시야에서 완전히 사라진 것을 확인한 후에 우리는 전화번호 쪽지는 버리고 돈만 집어넣는다.

모든 것이 계획대로 되었지만 언제까지 이 짓을 할 수 있을지는 미지수다. 왜소한 하봉의 몸집을 감안하더라도 우리가 중학생인 걸 알면 어떤 운전사도 쉽게 넘어가주지는 않을 것이다. 번잡한 분식점에 가서 내지도 않은 지폐의 거스름돈을 달라고 우기거나 백화점 창고에서 훔쳐낸 스케치북을 아이들에게 몇푼 받고 파는 것도 국민학교 때나 가능한 일이다. 중학생이 되는 것은 의심받기 쉬운 나이가 된다는 것이다. 세 명만 모여도 가게주인들은 의심의 눈초리로 우리의 주머니를 살피곤 한다.

또또문방구로 달려가 하봉은 판박이 나이키 스티커를, 나는 점찍어놓은 샤프펜슬을 산다. 흔들기만 하면 심이 나오는 신형 모델이다. 아이스크림 냉동고 앞에 선다. 하봉은 폴라포를 집는다. 올 여름 출시된 폴라포는 얼음 알갱이가 들어 있어 선풍적인 인기를 끌었다. 냉동고에는 폴라포를 비롯해 포포포 파사삭 등 비슷비슷한 빙과류가 대부분이다. 색소가 지나치게 많이 들어간 정체불명의 얼음과자에는 관심이 없다. 나는 눈보라콘을 집는다. 아직 부라보콘 살 돈은 남아 있다. 부라보콘 가격이면 눈보라콘 두 개를 먹을 수 있다. 가격 때문이 아니더라도 물론 눈보라콘을 택했을 것이다.

눈보라콘은 부라보콘에 가장 근접한 콘이다. 나는 부라보콘을 먹는 것과 똑같은 방법으로 눈보라콘을 먹는다. 원뿔 모양의 콘을 두 손으로 꼭 쥐었다가 껍질을 벗기고 맨 위 땅콩 한알을 이빨로 조심스럽게 들어낸 다음 아이스크림을 먹는다. 눈보라콘은 내게 부라보콘의 달콤함과 하얗게 휘몰아치는 눈보라를 동시에 맛보게 해준다. 그리고 어머니의 녹꽃 긁는 소리도 듣는다. 사박사박.

하봉은 벌써 폴라포를 다 먹어간다. 하봉에게 아이스크림은 중요하지 않다. 하봉을 붙들고 있는 것은 오직 나이키 스티커뿐이다. 다리미로 꾹꾹 눌러붙인 나이키 상표는 두 번만 빨아도 떨어지게 마련이지만, 하봉은 나이키와 가장 비슷한 스티커를 구하기 위해 영도다리 건너 문방구까지 샅샅이 훑고 다닌다. 하봉은 필통이나 도시락, 가방, 공책에까지도 나이키를 그려넣는다. 아무리 가짜라고 놀려도 개의치 않고 꾸준히 그려대는 하봉의 모습은 신념에 찬 선지자로 보일 정도다. 하봉은 조금 남은 폴라포를 입에 털어넣고 스티커를 들여다보기 시작한다.

"진짜랑 똑같제?"

"우예 이게 똑같노? 니는 눈도 없나?"

"그래도 나이키 아이가, 아무것도 없는 거보다 안 낫나? 역시 또또 문방구에서 파는 게 진짜랑 제일 똑같다. 그렇제?"

"진짜 나이키는 이렇게 안 얇다. 끄트머리는 또 너무 올라간 거 아이가. 파이다."

"니 진짜 나이키 있나? 있지도 않으면서 니가 우예 그리 잘 아노?"

"암튼 이렇게는 안 생겼다. 어차피 짜가 갖고 뭘 그라노!"

"그라믄 니는 와 눈보라콘을 묵노? 묵을라믄 부라보콘을 묵어야제."

"눈보라콘은 부라보콘하고 똑같다. 니도 묵어보믄 알 거 아이가, 폴라포하고는 질적으로 다르다 이 말이다. 니가 뭘 안다고 자꾸 까부노?"

눈을 부릅뜨고 윽박질러서 하봉의 입은 막았지만 찜찜한 기분은 어쩔 수 없다. 하봉의 말도 틀리지는 않다. 아무리 눈보라콘이 부라보콘과 비슷하게 생겼어도 부라보콘을 따라갈 수는 없다. 서걱거리는 아이스크림의 질감하며 허여멀건 콘 과자 색깔부터가 다르다. 조악하게 흉내낸 해태상표나 빨간색 파란색 하트 모양도 부라보콘보다 어둡게 인쇄되어 있다. 초콜릿도 들어 있지 않은 아이스크림이 어찌 부라보콘이라 할 수 있겠는가.

하지만 나는 눈보라콘을 좋아한다. 눈보라콘 속에는 부라보콘을 향한 욕망과 열망이 들어 있다. 눈보라콘도 나처럼 부라보콘을 숭배하고 있는 것이다. 눈보라콘이 부라보콘의 대용물밖에 될 수 없겠지만 그래도 눈보라콘에는 다른 가짜들과는 구분되는 무언가가 분명히 존재한다. 나는 눈보라콘에게 동지애까지 느낀다.

하봉과 나는 동시에 발걸음을 멈추었다. 눈보라콘을 먹느라 나이키 스티커를 들여다보느라 복천사까지 와버린 것이다.

"우리 한번 들어가볼래?"

하봉이 나이키 상표를 주머니에 넣으며 말한다.

"여긴 미친 중이 안 사나? 안 갈란다."

절이면 산 깊은 곳에 있어야지 산속도 아닌 중복도로변에 자리잡은 것부터도 그렇지만, 담을 넘어 나온 빽빽한 나무들하며 복천사를 둘러싼 이상한 소문들은 왠지 두렵기도 하고 거부감까지 생긴다. 이 절에는 자기 성기를 꺼내놓고 내 자지만한 것 보았냐고 자랑을 하는 늙은 중이 산다고 한다. 그 늙은 중의 자지는 송도 앞바다에서 방금 잡아올린 개불처럼 큰데다가 살구빛이 돌 정도로 탱탱하더라는 얘기도 들었다. 제일 기분 나쁜 소문은 늙은 중의 작은 골방에서 나오는 소문이다. 그곳은 몸 보시를 받는 곳인데 신기하게도 그 땡추에게 보시한 여자들 중 과부는 시집을 가고 역마살 낀 남편이 돌아오고 입 돌아간 서방은 뛰어다니더라는 얘기가 아줌마들 사이에서는 이미 널리 알려져 있었다. 보시라는 말을 들었을 때 나는 보지나 자지라는 말과 겹쳐져 몸이 비비꼬이면서 헛웃음이 나왔다.

"어무이도 보시하믄 아부지가 돌아올까?"

하봉이 절 안을 기웃거리며 중얼거린다. 아무리 땡추가 요술을 부린다 해도 사람을 찌르고 일본으로 도망간 하봉의 아버지가 돌아올 리는 없다. 하봉의 아버지에게 찔린 남항카바레 주인이 아직까지 눈에 불을 켜고 찾고 있는 터에 영도로 되돌아오는 것은 곧 죽음을 의미함을 그도 잘 알고 있을 것이다. 하봉이 어떻게 도망친 아버지 생각 따위를 하는지 도무지 납득할 수 없다.

나는 어머니만 있으면 된다. 어머니의 손을 잡고 어머니의 목소리를 듣고 어머니의 품에서 잘 수만 있으면. 내게 필요한 것이 더 있다면 아버지가 아니라 어머니를 닮은 부라보콘뿐이다. 어머니의 부드러운 손이 미친 땡추의 커다란 자지를 거머쥔다는 것은 상상할 수도 없는 일이다.

어느결엔가 나는 눈보라콘 꼬랑지를 후닥닥 먹어치우고 복천사의 반쯤 열린 문을 열고 안으로 들어가고 있었다. 절 안은 생각보다 훨씬 넓다. 빽빽이 찬 나무들이 빛을 가로막고 서 있어 아직 해가 지지 않았는데도 어스레하다. 바람소리와 새소리만 들릴 뿐 정적이 흐른다.

선연한 주홍빛의 능소화 한 떨기가 담그늘에 서 있는 돌부처의 어깨 위에 내려앉아 있다. 몸통을 기괴하게 꼰 향나무들과 담벼락에 치렁치렁 매달린 능소화가 묘한 분위기를 자아내고 있다. 하봉과 나는 밀치거니 주춤하니 하면서 점점 더 깊숙이 들어가기 시작한다.

소풍 때 통도사나 범어사에서 보았던 탑이나 법고 따위는 찾아볼 수 없다. 울창한 나무와 작은 법당이 하나 있을 뿐이다. 법당의 문은 잠긴 채이고 움직임을 느낄 수 있는 그 무엇도 없다. 법당에 매달린 풍경만 간간이 흔들리며 정적을 몰아낸다. 법당 뒤로 돌아 눈을 부라린 괴물들의 그림을 훑어보고 다시 돌부처를 마주할 때까지 산 것의 흔적은 보이지 않았다. 잘 가꾸어진 정원수가 아니라면 이미 오래 전에 버려진 곳이라 여겨질 정도였다.

"별것도 아인 것 갖구 괜히 쫄았다 아이가!"

하봉이 내 어깨에 팔을 두르며 말한다. 누가 먼저랄 것도 없이 하봉과 나는 풀어헤쳐진 능소화 줄기에서 꽃을 따기 시작한다. 이유도 없이 키득키득 웃음이 나온다. 주홍 꽃송이가 축축한 바닥으로 떨어진다. 꽃이 떨어질 때마다 한번도 못 본 중에게 알 수 없는 악의가 솟구쳤다. 땡추새끼, 자지새끼, 보지새끼, 속으로 욕설을 퍼부으며 꽃대를 부러뜨린다. 시간이 얼마나 흘렀을까, 손이 닿는 데는 거의 다 따내었을 무렵 갑자기 하봉이 행동을 멈추고 내 옷자락을 잡아 늘어뜨린다. 나는 이제 막 꺾어낸 탐스러운 꽃송이를 들고 뒤를 돌아본다.

"와 그라노? 미친 중이라도 봤나?"

내가 본 것은 흰 고무신이었다. 흰 고무신 위에 드러난 두툼한 발등과 그 위를 가로지르는 힘줄. 서서히 고개를 들자 품이 넓은 승복바지에 메리야스만 입은 남자가 눈에 들어왔다. 기다란 귓불과 툭 튀어나온 광대뼈, 벌어진 어깨 때문에 큰 키가 더욱 우람해 보인다. 짧은 은회색 머리카락이 아니라면 근육질의 항구노동자라 생각될 정도로 나이를 분간할 수 없는 노인이다. 그리고 가느다란 눈매 가운데 자리잡은 흔들리지 않는 눈동자를 보았다. 그 속에서 가까스로 억제하고 있는 불길을 보았을 때, 내가 능소화 꽃송이를 마구 꺾어대고 있다는 사실을 깨달았다. 눈앞이 하얘진다. 바람소리만 들린다. 나는 사력을 다해 뛰기 시작한다. 하봉이 내 옷자락을 놓치고 휘청거리며 쫓아오는 것이 어렴풋이 느껴진다.

남항시장에 이를 때까지 정신없이 내달린다. 돼지국밥집을 지나 어묵 튀기는 후끈한 기름솥을 스쳐지나 남항카바레 앞까지 뒤도 안 돌아보고 무작정 뛰기만 한다. 저녁 장을 보는 사람들 속에 숨어서야 가까스로 거친 숨을 내쉴 수 있었다. 도둑질을 하다가 들켰을 때보다 훨씬 숨막히고 긴 도주였다. 언제 떨어졌는지 하봉도 보이지 않는다.

집에 도착해서야 그때까지 내가 손을 꼭 쥐고 있었음을 알았다. 손을 편다. 손바닥에는 능소화 한송이가 처참히 짓뭉개져 있다. 비릿한 냄새가 난다.

겨울방학이 시작되었다. 기말고사를 볼 때쯤 국제시장에 큰 불이 났고 우리나라에서 올림픽이 열리기로 확정되었다. 나는 가으내 키가 부쩍 컸고 겨드랑이털도 생겼다.

그동안 나는 복천사 근처도 가지 않았다. 그쪽으로 지나가야 할 때면 일부러 먼 길을 돌아갔다. 그러나 가끔 흰 메리야스를 입고 붉은 능소화 덩굴로 아랫도리를 가린 늙은 중이 꿈속에 나타나곤 했다. 얼굴은 없고 붉은 능소화만 선연한 중을 볼 때면 매번 내 고추가 움찔거리며 커지기 시작했다. 고추가 움직이지 않도록 의식하면 할수록 애초부터 내 몸에는 그것밖에 없었던 것처럼 아주 엄청나게 커지며 온몸을 장악해갔다. 나는 숨을 쉴 수가 없어 소리도 못 지르고 캑캑거리다가 결국 불쾌하고 축축한 기분으로 잠에서 깨어나곤 했다.

그후로는 모든 게 뒤죽박죽이었다. 더이상 눈보라콘도 사먹을 수 없게 되었다. 심벌즈 때문이었다.

하봉과 나는 국군에게 보낼 위문품이 음악실에 있다는 정보를 입수했다. 야간 자율학습이 끝나고 화장실에 숨었다가 숙직실을 제외한 학교의 모든 불이 꺼지기를 기다려 어렵지 않게 음악실에 들어갈 수 있었다. 캄캄한 음악실 구석에 앉아 자루에 담긴 세탁비누나 치약 양말 내복 등에서 아이들에게 얼마간 돈을 받고 팔 수 있는 것들을 골라 가방과 주머니에 쑤셔넣었다. 더 넣을 수 없을 만큼 주머니가 가득해질 때쯤 어둠에도 익숙해졌다. 여유를 부리며 음악실 내부를 둘러보기 시작했다. 그때 심벌즈가 눈에 들어온 것이다.

나는 심벌즈를 처음 보았다. 그것은 먼 외계에서 특별한 전갈을 갖고 온 비행선 같았다. 그것을 본 순간 내가 선택된 인간이라는 강렬한 메시지가 전해져왔다. 심벌즈는 나를 강하게 끌어당기고 있었다. 홀린 듯 걸어가 심벌즈에 손을 대보았다. 차가운 쇠의 기운이 섬뜩하고 낯설었지만 매혹적인 힘을 느낄 수 있었다. 심벌즈를 들고 가볍게 마주 쳐보았다. 빙그르르 돌면서 귓가를 간질이는 차가운 쇠의 유혹. 손끝에 전해져오는 떨림. 어둠의 결을 풀어내는 맑고 경쾌한 진동. 바르르 떨리는 공기의 호흡.

숨이 멎는 것 같았다. 그리고 조금 세게, 점점 더 세게 심벌즈를 마주 치기 시작했다. 외계에서 보내온 전갈은 점점 더 강렬하게 손끝을 잡아당기며 온몸으로 퍼져나갔다. 귓가에는 온통 파르라니 떨리는 심벌즈 소리뿐이었다. 몸이 조금씩 떠오르기 시작했다. 그리고 푸른 불빛이 내 눈을 찢고 들어왔다.

나는 당직선생에게 뒷덜미를 세게 움켜잡힌 채 당직실로 끌려갔다. 음악실을 나오면서 혼자 나뒹굴고 있는 심벌즈를 보았다. 풍금 뒤에 숨은 하봉의 옷자락도 보였다. 무릎을 꿇고 어머니를 기다리는 내내 내 귓가에는 심벌즈 소리만 울렸다.

파랗게 질린 어머니의 얼굴을 맞닥뜨리고 나서야 심벌즈 소리가 멎었다. 그때까지 나는 현실세계가 아닌 먼 우주공간을 날고 있었던 것 같다. 교문을 나서서 집에 도착할 때까지 어머니는 아무 말도 하지 않았다. 어머니의 침묵이 슬픔 때문인지 화가 났기 때문인지 분간할 수 없었다. 다만 내 어깨를 짚은 어머니의 손이 심하게 떨리고 있다는 것만 느껴졌을 뿐. 어머니는 목도리를 벗어 벽에 걸고 나서야 어정쩡하게 서 있는 내게 시선을 주었다. 그러고는 오랫동안 생각해왔고 지금이 아니면 안된다는 듯 확실하고도 분명한 어조로 말했다. 아버지가 계셨으면…… 말끝을 흐리긴 했지만 그 말은 내 심장 깊숙이 와 박혔다. 그것은 내겐 너무 가혹하게 들렸다. 아버지가 계셨으면 내가 그런 일을 하지 못했을 거라는 건지 아니면 몹시 혼이 났을 거라는 건지는 분명하지 않았다. 막연하게 어머니한테 영원히 버림을 받게 될지도 모른다는 생각이 들었다. 다시는 눈보라콘이나 부라보콘을 먹지 않겠다고 결심했다. 모든 것은 눈보라콘을 먹기 위한 노력이었을 뿐이니까.

어머니는 요즘 깡깡이 일을 하지 않는다. 새벽에 자갈치시장에 나가 생선 선별작업을 하고 낮에는 신발공장에서 본드칠을 하다가 자정이 되어야 돌아온다. 내가 담 위에 앉아 보내는 시간도 그만큼 길어졌다.

바람이 분다. 바다에서부터 온 찬바람이 고갈산 나무마다에 휘감겨 바삭바삭 마른 이파리를 베어문다. 벽에 부딪쳐 돌풍을 일으키며 나자빠진 바람이 다시 힘을 회복해 내 얼굴을 후려치기도 한다. 바람이 세어질수록 밤 항구의 불빛은 더욱 선명해진다. 수많은 방들이 따뜻한 불빛을 올리는 신선동도 아름다워질 것이다. 광복교회에 매달린 크리스마스 트리처럼 반짝이며 하늘로 솟아오르는 불빛들.

어머니가 일하고 있을 남항동 어디쯤을 바라본다. 어머니의 손은 깡깡이질을 할 때보다 훨씬 더 거칠어지고 있다. 어머니는 이제 산복도로 횡단보도 앞에 서서 저녁 찬거리를 꼽는 대신 다음날 피울 연탄 수를 헤아린다.

눈이라도 왔으면 좋겠다. 흰눈이 신선동을 덮으면 어머니 마음도 풀어질까? 어머니 손을 잡고 얼음 이야기를 들으며 길을 걸어본 적이 언제였는지. 괜히 검은 하늘에 대고 눈을 흘겨본다. 눈은 오지 않을 것이다, 별들이 수만개의 눈빛을 반짝이며 그렇게 말하고 있었다.

어디선가 딱딱한 돌멩이 같은 것이 날아와 머리를 때리고 바닥으로 떨어진다. 동그랗고 붉은 사탕이다. 제수용 사탕. 소녀가 왔다. 소녀는 두 팔을 뒤로 꼬고 보안등에서 두어 발짝 떨어져 나를 쳐다보고 있다. 너무 놀라 하마터면 담에서 굴러떨어져 소녀의 발부리에 코를 박을 뻔했다.

한동안 소녀를 보지 못했다. 수업시간에도 학교 운동장에서 볼을 차다가도 문득문득 소녀가 떠올랐다. 담 위에 앉아서도 영도다리 쪽 불빛만 보면 그 밑에 있을 점집과 소녀가 생각났다. 소녀가 생각날 때면 어김없이 부라보콘의 달콤한 향도 따라 풍겨왔다. 나는 부라보콘을 지워버리려고 더 열심히 볼을 찼다.

담에서 내려가 소녀를 반갑게 맞아야 할지 아니면 소녀의 얼굴을 한대 갈겨주기라도 해야 할지 머리를 굴려본다. 어떻게든 다 이상해 보이는 일이다. 나는 고개를 떨구고 아무 생각도 하지 않으려고 애를 쓴다.

"자, 무라. 니 이거 좋아하제."

불쑥 내민 소녀의 손에 아이스크림이 들려 있다. 부라보콘이다. 눈보라콘인가? 어둠속이라 잘 구분되지는 않지만 원뿔형의 아이스크림 콘이다. 나도 모르게 손이 나가려는 걸 가까스로 참아낸다.

"한겨울에 무신 아이스크림이고, 치아뿌라."

너무 무뚝뚝하게 말해버리고 말았다. 입을 꼭 다물고 있다가 엉겁결에 내뱉은 말이라 목소리 끝이 갈라지기까지 한다.

"그라믄 그냥 버리뿐다."

소녀가 앞으로 바싹 다가와서는 아이스크림을 던지는 시늉을 한다. 그렇다고 콘을 덥석 받아든다면 나를 비웃을 것이 틀림없다. 바로 내 앞에 있는 부라보콘을 외면하는 것도 결코 쉬운 일은 아니다. 나는 고개를 꼿꼿이 세워 항구를 바라본다. 불빛이 반짝일 때마다 입안에 침이 고인다.

"내도 거기 올리도."

"가시나가 어디 올라온다고 그라노!"

한참 딴전을 피운 다음 콘부터 받아 조심스레 담 위에 올려놓고 소녀에게 손을 내민다. 소녀는 내 손을 잡고 담벼락에 한발짝 도움닫기를 한 후 어렵지 않게 담 위에 올라앉는다. 소녀의 머리카락이 얼굴을 스쳐지나간다. 어지럼증이 인다. 무슨 말이든 해야 하는데 아무 생각도 떠오르지 않는다. 약한 모습을 보이면 안된다. 나는 앞만 보며 겨우 말을 꺼낸다.

"와 요즘엔 산에 안 가노?"

"이젠 안 간다. 아무리 기도를 해도 안된다 아이가."

"뭐가 안되는데?"

"울엄마, 동자보살 좀 보내달라꼬."

"느이 어무이, 동자보살 없나?"

"원래부터 동자보살 같은 건 있도 않았다."

"그라믄 이제 점집 몬하나?"

"어데! 아부지도 없는데 점집 안하믄 우예 사노?"

"니도 아부지 없나?"

"지금 감옥 가 있다 아이가."

"와?"

"가짜 휘발유 만들다 안 잡혀갔나."

소녀가 아이스크림을 먹기 시작한다. 나도 따라 아이스크림을 먹는다. 너무 성급하게 포장지를 벗겨냈다. 아무 맛도 느낄 수 없다. 소녀는 입술로 아이스크림을 빨아먹는다. 소녀에게 부라보콘 먹는 법을 알려주어도 될까. 입술이 아니라 입 전체로 아이스크림을 먹는 법. 포장지를 벗기는 방법부터 꼬랑지에 입을 대고 어머니 젖을 빨듯 마지막 달콤함을 맛보는 법.

"니 가짜 휘발유에 젤 많이 들어간 게 뭔지 아나?"

소녀가 느닷없이 물어왔다. 나는 머쓱해져 부라보콘을 한입 베어물고 대답한다.

"물 아이가?"

후후훗, 짧고 경쾌한 웃음소리가 귓가를 스쳐지나간다.

"그라믄 어떻게 차가 가겠노? 그랬다가는 당장 들통나쁘는데. 그 속에 젤로 많이 들어 있는 거는 진짜 휘발유다. 무슨 얘긴 줄 알겠나?"

머리를 끄덕이긴 했지만 그게 무얼 의미하는지는 잘 모르겠다. 가짜에도 진짜가 들어 있다는 말인가? 진짜로 가짜를 만든다는 얘긴가? 내가 벗겨낸 아이스크림 포장지를 들여다보았다. 부라보콘이 아니라 눈보라콘이다. 여태까지 소녀가 먹고 있던 것이 부라보콘이라는 생각은 잘못이었다. 부라보콘 먹는 법을 소녀에게 알려주려던 생각을 접었다.

"아빠는 가짜 휘발유를 만들고 엄마는 가짜 점쟁이고, 내도 가짜가 아닌가 모르겠다."

소녀가 이번엔 손으로 입을 가리고 후후훗, 웃는다. 소녀의 손을 잡는다. 그래야만 할 것 같았다.

소녀와 나는 아주 오래된 친구처럼 조용조용 얘기를 나누었다. 어머니와 심벌즈와 눈보라콘과 영도다리를 받치고 있는 커다란 담치에 대해. 말을 하지 않을 때에는 손을 잡은 채 항구에 내려앉은 별빛 수를 헤아리기도 했다. 꼭 어머니 손을 잡고 있는 것만 같았다.

신선동에서 마지막 밤이다.

저녁 나절에 꾸린 짐이 머리맡에 놓여 있다. 어머니는 짐을 싸면서 많은 것을 버렸다. 내가 쓰던 앉은뱅이책상과 벽돌로 키를 맞춘 낡은 찬장도 치웠다. 내일 아침이면 우리가 덮고 있는 이 이불마저 버려질 것이다. 꾸리는 것보다 훨씬 많은 양의 살림을 버리면서 어머니는 조금도 아까워하는 것 같지 않았다. 오히려 약간 흥분한 듯 보이기까지 했다.

　어머니는 신발공장에서 만났다는 웬 낯선 남자를 데리고 와서는 내 아버지가 될 거라고 말했다. 손바닥이 유난히 두툼한 그 남자의 꿈은 나이키보다 멋진 신발을 만드는 것이라고 했다. 그 남자를 보았을 때 위문품을 훔치다 걸린 날 어머니가 내뱉은 말이 떠올랐다. 아버지가 계셨다면…… 내가 만약 그날 음악실에 들어가지 않았다면 어머니가 아버지라는 사람을 데리고 오는 일은 일어나지 않았을까?

　나는 복천사를 의심했다. 복천사의 불결한 중이 아버지를 끌고 온 것이 틀림없다. 혹시 어머니도 복천사에 갔던 것은 아닐까. 어머니는 두 손을 가지런히 모으고 깊은 잠에 빠져 있다. 어머니 손 위에 내 손을 얹어본다. 이제 어머니 손을 잡고 길을 걷는 일은 없을 것 같다. 소녀와 담 위에 앉아 눈보라콘을 먹으며 항구를 바라보는 일도 없을 것이다. 애써 잠을 청해보지만 쉽게 잠이 들 것 같지 않다.

　어디선가 고양이 울음소리가 담을 넘어온다. 어머니에게서 몸을 빼고 방을 나온다. 골목 구석에서 쓰레기를 뒤지던 쥐새끼들이 빠르게 흩어진다. 차가운 바람이 볼살을 잡아당긴다.

　나는 복천사로 향하고 있다. 딱히 무슨 계획이 있는 것은 아니었다. 어머니와 짐을 쌀 때까지만 해도 당장 복천사로 달려가 불결한 중에게 비극적인 죽음을 선사하리라는 생각이 들기는 했다. 하지만 복천사 문앞에 이르자 이상하리만치 마음이 편안해지는 것이었다.

　문은 안쪽에서 빗장이 질려 있다. 나는 고양이처럼 몸을 구부리고 복천사 담을 넘는다. 바람이 불 때마다 빽빽한 나무들이 파도소리를 낸다. 털고무신 한 켤레가 놓인 방문 앞에 서서 잠시 숨을 고른다. 방문을 열고 안으로 들어간다. 옅은 향냄새가 맡아진다. 이불을 턱까지 올리고 자는 중의 모습이 어렴풋이 보인다. 어둠은 두렵지 않다. 늙은 중도 두렵지 않다. 나는 중의 얼굴이 선명히 들어올 때까지 머리맡에 서서 좀처럼 사라지지 않는 어둠을 노려보았다.

복천사에서 빠져나오기 전에 담벼락에 붙어 서 있는 돌부처 머리에 오줌을 누었다. 모락모락 김이 올라왔다. 그리고 나는 돌부처 머리를 딛고 조용히 담을 넘었다. 담을 넘으면서 문득 지난 여름 돌부처 어깨 위에 앉은 주홍색 능소화가 떠올랐다. 내 손에 뭉개졌던 능소화 비린 냄새가 코끝을 찔렀다.

담 위에 앉아 작별인사를 한다. 신선동의 골목들과 항구의 불빛들에. 항구는 출어를 준비하는 배들의 불빛으로 환하다. 그들은 곧 찬 바다를 따라 올라온 명태와 오징어를 잡으러 바다로 향할 것이다. 손바닥으로 담을 쓸어본다. 소녀의 체온이 느껴지는 듯하다.

볼따구니에 무언가 차고 축축한 것이 와닿는다. 눈이다. 조금씩 흩날리는가 싶더니 어느새 커다란 눈송이가 되어 떨어지기 시작한다. 고개를 들고 눈이 오는 환한 하늘을 올려다본다.

눈 오는 밤 가로등 아래 서서 하늘을 올려다보아라. 한알 한알 불빛을 머금은 눈발이 알전구 주변을 서성이다가 돌연 하늘로 솟구치며 그려내는 파사한 춤사위를 보아라. 그것은 오징어떼를 모으는 집어등의 화사한 불빛이며, 다닥다닥 붙은 산동네 판잣집의 따스한 속삭임이며, 짝을 부르기 위해 점멸하는 반딧불이의 처연한 눈부심이다.

그것을 보았으면 눈의 속살을 맛보아야 한다. 차갑게 부딪쳐서는 화끈 녹아내리며 양볼에 홍조를 띠는 눈의 속살. 이내 복숭아향을 품은 바람이 코끝을 간질이고 따스한 복숭아꽃 이파리가 이마 위에 사뿐 내려앉을 것이다. 귀를 기울이면 계곡을 굽이도는 정아(靜雅)한 물소리 새소리 들리고, 검은 망막 위로 생생한 도원(桃園)의 풍경이 펼쳐진다.

혀를 내밀어 눈을 받는다. 향긋한 냄새와 함께 눈보라콘의 단맛이 느껴진다. 혀끝이 따스하다. 눈보라콘 속에서 나는 늘 행복했다.

—『창작과비평』 2001년 여름호

당신

등을 돌리고 누운 당신의 뒷모습에서 죽은 곰장어의 모습이 보인다. 온도에 민감한 곰장어는 수족관의 온도가 조금만 올

의

라가도 몸을 말고 죽어버린다. 동그랗게 말린 채 굳은 근육은 꼭 억울하게 죽은 여자의 부릅뜬 눈을 연상시킨다.

바다

그 단단한 시위. 슬쩍 당신의 어깨에 손을 대본다. 굳은 당신의 어깨, 수족관처럼 차갑다. 당신에게서 훈훈한 체온을 느

껴본 적이 있던가. 당신에게서는 언제나 찝찔하고 서늘한 바닷바람이 불었다.

당신의 바다

밤새 당신이 그곳에서 무얼 하고 있었는지 알아.

당신은 온몸에 찬기운을 묻힌 채 이불 속으로 파고든다. 이불을 들치고 눕는 당신의 몸은 지금 막 몽유(夢遊)에서 돌아와 아무것도 기억할 수 없다는 듯 시침을 떼고 있다. 당신의 움직임이 너무나 조심스러워 여태 내 옆에 자고 있다가 뒤채임을 할 뿐이라고 착각될 정도이다. 하지만 나는 당신이 아침볕을 받으며 방으로 들어오는 것을, 방 한가운데 앉아 깊게 숨을 들이마시고 양말을 벗는 것을 벌써부터 느끼고 있었다. 메마른 발끝에서 양말이 벗겨지는 소리를 들으며 당신의 발을 생각했다. 당신의 맨발. 희고 긴 발가락, 그 발가락 중간에 난 몇가닥의 털들, 복숭아빛 뒤꿈치.

눈을 감는다. 당신의 흰 발이 눈앞에 히뜩 나타났다가 다시 깊이를 알 수 없는 어둠이다. 당신이 밤새 머물렀던 그곳도 이처럼 암담했을까? 드럼통을 개조한 네 개의 테이블과 원형의자, 도매상 스티커가 잔뜩 붙은 냉장고와 작은 주방이 전부인 실내포장마차. 외떨어져 자리를 차지하고 있는 수족관과 그 속에 웅크리고 있는 곰장어들.

당신이 가게에서 밤을 새기 시작한 것은 수족관을 설치하면서부터였다. 닭똥집이나 꼴뚜기데침에 진력이 난 손님들을 위해 우리는 산 곰장어구이를 생각해냈다. 당신은 온도조절기와 정화장치가 고장난 수족관을 구해왔다. 얼음주머니를 넣어 온도를 조절하고 이틀에 한번씩 근처 횟집에서 정화된 바닷물을 길어와 갈아줘야 하는 커다란 어항에 불과한 것이었다.

결코 당신 뒤를 밟으려고 한 것은 아니었다. 당신은 집으로 오다가 수족관을 살피고 오겠다며 가게로 돌아가는 날이 많았다. 어제도 당신은 집앞에 이르러 불현듯 발걸음을 옮겼다. 냉정하게 돌아서는 당신의 뒷모습에 한기가 느껴졌다. 당신이 골목을 돌아 사라질 때까지 나는 오한에 떨어야 했다. 나도 모르게 당신을 따라 가게로 향했다. 가게에서는 아무 불빛도 새어나오지 않았다. 당신은 거기 없는 것 같았다. 건물 뒤로 돌아 부엌으로 통하는 문 앞에 서서 나는 긴 숨을 내쉬었다. 부엌문은 쉽게 열렸다. 벽에 손을 짚어가며 가게 안으로 들어갔다. 숨이 끊기듯 냉장고가 조용해지고 세걱세걱, 산소공급기 돌아가는 소리만 어둠을 몰아내고 있었다. 어둠의 결에 익숙해지기 위해 한참을 문가에 서 있어야 했다. 퍼렇게 질린 불빛 사이로 수족관 옆 바닥에 웅크리고 있는 동물의 그림자 같은 것이 보였다. 수족관의 탁한 물속에 몸을 말고 있는 곰장어와 그 앞에 나란히 누운 당신의 뒷모습. 나는 당신에게 한발짝도 다가갈 수 없었다.

내가 그곳에 갔었다는 것을 당신은 알까? 등을 돌리고 누운 당신의 뒷모습에서 죽은 곰장어의 모습이 보인다. 곰장어는 온도에 민감해서 수족관의 온도가 조금만 올라가도 몸을 말고 죽어버린다. 동그랗게 말린 채 굳은 근육은 꼭 억울하게 죽은 여자의 부릅뜬 눈을 연상시킨다. 그 단단한 시위.

나는 이불을 젖히고 일어나 앉는다. 당신은 여전히 꼼짝도 않고 누워 있다. 침묵하는 당신의 등에서 거대한 이빨을 가진 고기떼가 무섭게 튀어나와 내게로 달겨들 것만 같다.

"나 물 좀 줘."

침묵을 찢고 나온 당신의 목소리는 물속 곰장어의 움직임을 닮았다. 빠르지도 높지도 않은 음성. 당신에게 정말 물이 필요한 걸까? 수족관을 뛰쳐나온 물고기 같아. 맨바닥에서 몸부림치다 죽기 직전에 이른 물고기. 그 나른한 눈빛. 당신 목소리는 언제나 낮고 분명하지 않다. 가게에 드나드는 손님들도 당신의 말을 알아듣기 위해 몇번을 되물어야 할 정도니까.

정적을 깨며 천장에서 쥐들이 뛰어다니는 소리가 난다. 쥐들이 움직일 때마다 모랫가루와 흙더미들이 벽지 틈을 타고 바닥까지 떨어져 내린다. 나무판자의 결을 단단히 움켜쥐는 날카로운 발톱이 내 머리통을 쥐어뜯는 듯하다. 신경이 곤두선 나는 기어이 당신을 향해 소리지르고 만다.

"이 집은 온통 소리가 나. 천장 위로 쥐가 지나갈 때마다 시멘트 가루가 떨어진단 말야. 그뿐인 줄 알아? 조금만 기다려봐, 주인여자가 그놈의 노래방기계를 틀고 또 남행열차를 부를걸? 그렇게 노래를 불러대면서 아직까지 앞 소절도 못 외웠어, 맨날 비 내리는 호남선, 비 내리는 호남선……"

당신은 아무 대답이 없다. 어떤 일렁임도 없는 바다의 침묵. 당신은 말없이 몸을 일으켜 냉장고를 향해 걸어간다. 당신이 움직일 때마다 먼바다에서 육지를 향해 몰려오는 묵직한 파도소리가 들리는 듯하다. 당신은 냉장고 문을 열고 물병과 컵을 꺼내 조심스럽게 물을 따르기 시작한다. 의식을 치르고 있는 듯한 당신의 움직임. 당신은 물을 다 따르고서도 한참 컵만 바라보고 있다. 당신의 눈동자는 컵에 고정되어 있는 것 같지만 어딘지 먼 곳을 향해 있는 것 같기도 하다. 도저히 당신의 시선을 따라잡을 수 없다. 당신은 천천히 물을 마신다. 목울대가 위아래로 심하게 움직이는데도 물 넘어가는 소리는 나지 않는다. 음소거버튼을 누른 텔레비전 화면을 보고 있는 것 같다.

"저기 천장 내려앉은 거 보여? 눈이 있으면 좀 보란 말야. 뭐라 말 좀 해봐, 응?"

"곧 외우겠지, 아니면 그 소절이 정말 좋던가……"

늘 한박자 늦게 반응하는 당신. 당신과 한 이불 속에 있으면서도 나는 실감이 나지 않는다. 꼭 죽은 사람을 안고 있는 것 같아. 당신처럼 느긋해지려 해도 난 자꾸 조바심만 나. 당신은 등을 돌린 채 물통과 컵을 다시 냉장고에 넣는다. 한동안 냉장고 문을 잡고 서 있다가 방문 쪽으로 느릿느릿 걸어간다.

"당신한테는 산소기 소리가 난다구! 알아?"

내 목소리는 용수철처럼 튀어올랐다. 당신은 멈칫 고개를 돌리는 듯하다가 그대로 부엌으로 내려선다. 삐걱거리며 수도꼭지 돌아가는 소리가 들린다. 호스를 타고 내려오는 물줄기. 지하수 펌프가 돌아가며 온집안의 공기를 와락 움켜쥔다.

"밤새 수족관 옆에 누워서 뭘 하다 오는 거야, 도대체? 그렇게 산소기 소리를 내면서……"

　방문을 열어젖히며 당신에게 소리지른다. 방문이 벽에 부딪쳤다가 맥없이 멈춰선다. 당신은 아무 대답 없이 부엌 바닥에 쭈그리고 앉아 양말을 빤다. 당신의 손 가득 거품이 인다. 대야에서 물이 넘쳐흐른다. 당신이 양말을 헹구는 대야에서는 아무 소리도 나지 않는 것 같다. 모든 소음을 당신이 흡수하고 있는 걸까. 조금씩 채워지는 물만 쳐다보며 나를 외면하는 당신의 머리. 그 머리를 고집스럽게 받치고 있는 가느다란 목과 어깨.

　당신의 굽은 어깨에서 천길 낭떠러지가 보인다.

　곰장어는 남해 깊은 바다에서 산다. 파도도 없고 온도의 변화도 심하지 않은 푸른 남해바다…… 비늘도 등뼈도 없고 턱도 없이 흉측하게 생긴데다 성질까지 포악해 어떤 어류하고도 어울리지 못하는 곰장어. 주글주글한 몸피에 수컷의 생식기를 닮은 주둥이까지, 도저히 정을 붙일 수가 없다. 저것들만 보면 나는 괜히 울화가 치밀어오르곤 한다. 수족관을 굳이 쇼윈도우 가까이 내보일 필요는 없었는지 모른다. 간혹 젊은 여자들이 산 곰장어의 흉측한 생김새를 보고 찡그린 얼굴로 수족관을 피해 돌아가는 모습을 보기도 한다.

　맥박처럼 팔딱이는 햇살이 수족관에 떨어지고 있다. 아침 나절만 해도 바닥을 기어다니던 몸이 실한 곰장어가 언제부턴지 구석에 몸을 돌돌 만 채 죽어 있다. 저것들을 건져내야 하나? 곰장어를 가지러 간 당신은 돌아올 시간이 지났는데 아직 소식이 없다.

　푸른색 썬팅을 한 쇼윈도우에는 차림표와 가격표 등이 붙어 있어 밖을 내다볼 수 없다. 유리창에 썬팅이 되지 않은 곳은 수족관이 있는 부분뿐이다. 나는 수족관 앞에 쭈그려앉아 밖을 살펴본다. 수족관 밖에 커다란 바퀴가 멈추어선다. 상가들을 돌아다니며 신문지나 병들을 모아 가는 고물할머니의 수레다. 지저분한 상자와 쇠붙이들이 쌓인 수레에 또 무언가가 올려지고 있다. 가게 뒤편에 내놓은 빈 병들이 없어지고 있다는 것을 안다. 때로 김치냄새를 없애기 위해 햇빛에 널어놓은 플라스틱통들이 없어지기도 한다. 문득 고물할머니에게서 그것들을 빼앗고 싶어진다. 당장 문을 박차고 나가 수레를 뒤엎으며 악다구니라도 하면 기분이 좀 좋아질까? 수레가 시야에서 사라진다.

초등학교 하교시간이 되었는지 몰려나온 아이들로 거리가 부산하다. 아이들은 떼로 몰려 오락실로 들어가거나 앞 문구점에서 플라스틱 공에 숨겨진 장난감을 뽑을 것이다. 저녁이 되면 문구점 앞에는 아이들이 발로 부수어버린 플라스틱 조각들이 어지럽게 널린다. 옆 오락실에서 흘러나온 음악소리, 총소리, 고함소리가 뒤섞여 햇빛을 조각내고 있다.

만화캐릭터가 그려진 작은 신발이 수족관 앞에 나타난다. 뒤축을 구겨 신은 신발에 흙이 잔뜩 묻어 있다. 아이가 수족관에 얼굴을 바싹 들이대고 곰장어를 들여다보는가 싶더니 돌연 주먹을 쥐고 수족관을 치기 시작한다. 느닷없는 공격에 곰장어는 동그랗게 말았던 몸을 풀고 이리저리 도망을 다닌다. 사방을 비집고 다닌다 해도 물속 깊은 진동에서 벗어날 수는 없을 것이다.

나는 수족관에 얼굴을 바싹 들이대고 밖에 있는 아이를 노려본다. 아이와 나는 수족관을 사이에 두고 있다. 어서 썩 꺼지지 못해! 아이를 향해 소리친다. 아이에게 내 목소리가 들릴 리 없다. 수족관 저편 아이의 얼굴이 물살에 따라 일그러진다. 수족관 이편의 나는 입을 크게 벌려 소리를 지른다. 저리 썩 꺼져! 아이의 입이 좌우로 길게 벌어진다. 아이는 웃고 있는 것 같다. 어쩌면 울음을 터뜨렸는지도 모른다. 아이가 벌떡 일어나 수족관 바깥으로 사라진다. 수족관을 통해 밖을 바라보면 제어할 수 없는 악의가 솟구치곤 한다. 고물할머니나 아이는 스스로 사라진 것이 아니라 내가 쫓아낸 것인지도 모른다.

몸을 일으켜 홀 안을 둘러본다. 주방 가까이 있는 식탁 위에는 아직 치우지 못한 그릇들과 곰장어를 구웠던 판이 놓여 있다. 다 먹고 난 식탁에는 정적이 흐른다. 그 적요(寂寥). 장구벌레의 알들이 끊임없이 부화하고 있는 한여름의 웅덩이처럼 폭발을 내포한 고요함. 불 위에서 머리 없이 꿈틀대던 곰장어들, 벽까지 튀는 기름, 엉망으로 잘려나간 상추의 끄트머리, 흘러넘치는 술, 모든 것이 멈춘 식탁. 부러진 이쑤시개들. 이쑤시개 끝에는 붉은 피나 누런 고깃점이 묻어 있다. 그냥 자근자근 씹혀 침이 잔뜩 묻은 것도 보인다.

부엌에서 행주와 쟁반을 들고 나와 식탁을 닦기 시작한다. 힘을 줄 때마다 드럼통이 덜컹거리며 신경을 곤두세운다. 이쑤시개 하나가 행주에서 빠져나와 손가락을 찌른다. 나는 이쑤시개를 사용한 손의 주인을 알고 있다. 검버섯이 군데군데 피고 힘줄이 불거진 그 손은 내가 반찬들을 내려놓을 때 내 손을 스치며 반찬그릇을 받아놓는다. 내가 곰장어를 뒤집으면 집게를 빼앗으며 슬그머니 손등을 만지는 손. 마지막 술잔을 앞에 놓고는 이쑤시개를 꺼내 끊임없이 이를 후벼파고 양쪽 끝이 문드러지면 가운데를 부러뜨려 다시 그 뾰족한 부분으로 잇사이를 쑤시는. 그 손은 내 손을 감싸며 돈을 건네주고 그렇게 거스름돈을 받는다. 그 손의 주인은 당신이 터미널에 갔을 때나 정화수를 구하러 간 틈에 나타나곤 한다. 그러면 나는 당신이 오기를 기다리며 수족관만 바라본다.

더러운 행주를 쥐고 있는 내 손을 들여다본다. 손목 근처에 초승달 모양의 덴 자국과 고춧가루가 묻어 있다. 곰장어를 뒤집다가 뜨거운 판에 손목을 데곤 한다. 고춧가루가 묻어 있는 이 손에 붉은 펜자국이 지워지지 않던 날이 있었다. 내 손은 활자들 사이를 활보하면서 하루 열 시간씩 교정을 보았다. 집으로 돌아오는 버스 안에서야 내 눈에 생채기 같은 붉은 자국이 보이곤 했다. 좁은 계단을 올라 책과 종이들이 가득한 사무실로 들어서면 언제나 가슴이 턱 막혔다. 코끝이 맵도록 많은 종이들. 창문이 없어 환기가 잘 안되는 사무실. 나는 책장으로 둘러싸인 구석자리에 앉아 하루 수백장의 교정지를 넘겼다. 신국판 싸이즈의 종잇장에서 고개를 들어 주위를 둘러보면 여전히 사각형의 책들과 사각형의 좁은 공간이 가로막고 있었다. 펜을 들고 교정지를 넘기다가 팔뚝에서부터 손목까지 길고 힘차게 선을 긋곤 했을 것이다. 붉은 펜이 책들 사이에 끼여 있다가 손바닥에 뭉뚝한 자국을 남기기도 했겠지.

내가 당신을 만난 곳도 바로 그곳이다. 당신은 대필원고나 교열지를 넘기기 위해 사무실에 오곤 했다. 언제부터인지 당신이 오는 날이면 나는 사무실 좁은 공간에서 몰래 빠져나와 당신이 기다리는 지하다방으로 달려갔다. 다방으로 들어서면 드링크 광고가 새겨진 등받이 천을 일률적으로 덧댄 소파와, 정면에 매달린 텔레비전이 보였다. 당신은 항상 구석 소파 끝에 엉덩이를 걸친 채 인스턴트 커피를 마셨다.

집을 짓고 싶어. 당신이 낡은 탁자의 모서리를 만지작거리며 내게 말했다. 나는 입술을 조금 들썩여 나온 그 음성을 알아들을 수 없었다. 당신이 무슨 말인가 했는지조차 확신하기 어려웠다. 제대로 알아들었다 하더라도 의미를 파악하기에는 시간이 꽤 걸렸을 것이다. 아무 대답 없이 당신을 바라보는 내게 당신은 한 음절씩 끊어 말해주었다. 집을 짓고 싶어, 까마귀처럼, 벼랑이나 큰 바위 틈새 같은 곳에…… 당신은 그 집을 아무도 찾지 못했으면 좋겠다고 했다. 성급한 나는 그것을 특별한 청혼쯤으로 받아들였다. 우리는 구민회관에서 간단한 결혼식을 올렸다. 하객은 많지 않았지만 나는 여느 신부들처럼 한껏 부풀어 있었다.

그러나 당신은 이미 알고 있었던 것이다. 집을 짓기가 얼마나 어려운가를. 당신과 결혼하고 얼마 지나지 않아 출판사는 문을 닫았다. 퇴직금은 고사하고 몇달치의 밀린 월급조차 받지 못했다. 당신과 나는 동시에 직장을 잃었다. 당신이 말한 대로 집은 바위 틈새에 끼여 곧 부서질 것 같았다.

"벌써 손님이 있었어?"

당신이다. 당신은 문을 비켜서 겨우 들어올 만한 아이스박스를 들고 서 있다. 아무런 기척도 없이 들어선 당신을 보고 나는 소스라치게 놀란다. 당신은 한참 전부터 거기에 서 있었던 것 같다. 나는 앞치마에 손을 훔치고 그릇들을 쟁반에 옮겨담는다. 부러진 이쑤시개들도 행주에 묻어 쟁반으로 옮겨진다.

"좀 늦었네. 왜 옆 복덕방 아저씨 있잖아, 어제 당신이 잡아놓은 고기로 냈어. 죽은 고기밖에 없다는데도 달라잖아."

나는 시선을 내리간 채 말한다. 당신은 나를 보고 있지 않다. 당신의 눈은 가게를 들어서기 전부터 이미 수족관을 향해 있었을 것이다.

아이스박스를 붙인 테이프를 조심스럽게 뜯는다. 아이스박스 뚜껑을 열자 물만 남은 주머니가 보인다. 여느 때 같으면 얼음이 어느정도

녹지 않고 남아 있었을 텐데 물만 남기고 형태도 없이 사라졌다. 공기를 넣어 잔뜩 부풀린 비닐을 뜯어낸다. 곰장어들은 서로 몸을 휘감고 있다. 배를 뒤집고 도르르 말린 것도 있다. 당신은 죽은 곰장어를 플라스틱 그릇에 옮겨담기 시작한다. 죽은 것들의 입에서는 그들이 죽으면서 토한 액이 흘러나오고 있다. 곰장어의 상태를 확인하는 당신의 손이 심하게 떨린다. 죽은 곰장어를 냉장고에 넣고 설거지를 하는 동안 당신은 근처 횟집에서 정화된 바닷물을 구해온다. 수족관 속에서 죽은 곰장어들을 건져내고 물을 갈면서 당신은 종종 행동을 멈추곤 했다.

수족관의 차가운 물속으로 들어간 곰장어들은 산소공급기 쪽으로 휘돌다가 다른 곰장어들 틈을 비집고 들어간다. 곰장어들은 새로운 환경을 만나면 제 피부에 막을 만들어낸다. 그 막이 유일한 공격수단이지만 오히려 숨통을 막아 죽을 수도 있다. 당신은 수족관 속에 손을 넣어 말간 막을 건져낸다. 벌써 여러번 건져내었는데도 막이 계속 생겨났다. 당신의 눈동자는 수족관에 붙박여 있다. 수족관의 양쪽 끝을 휘도는 곰장어를 따라 당신의 눈도 조금씩 움직인다.

슬쩍 당신의 어깨에 손을 대본다. 굳은 당신의 어깨, 수족관처럼 차갑다. 당신에게서 훈훈한 체온을 느껴본 적이 있던가? 당신에게서는 언제나 찝찔하고 서늘한 바닷바람이 불었다.

"노름에 미친 아버지를 찾으러 부산에 간 적이 있었어, 일곱살 때였던가……"

느닷없이 튀어나온 당신의 목소리가 낯설다. 당신이 한꺼번에 두마디 이상의 말을 할 때 나는 겁이 난다. 당신에게 어린시절 얘기를 들어본 적이 없다. 어린시절뿐 아니라 나를 만나기 전에 당신이 어떻게 살아왔는지조차 잘 알지 못한다. 당신은 마치 스물 몇해를 인큐베이터 안에 있다가 세상에 나온 사람 같았다. 그런데 일곱살 때라니.

"어머니는 생선을 광주리에 이고 행상을 다니셨고 난 친척집 어디에 풀어졌지. 아버지는 부산에서 사천으로 사천에서 통영으로 떠돌아다녔고, 아주 가끔 어머니의 전대를 찾으러 오곤 했어. 아버지는 어머니가 다니는 골목골목을 기가 막히게도 잘 찾았다지. 어머니는 광주리를 머리에 인 채 하루치의 다리품을 아버지에게 그대로 건네줄 수밖에 없었겠지."

"………"

"……꼭 아버지를 찾겠다고 떠난 건 아니었어."

산소기 돌아가는 소리만이 당신을 휘감고 있다. 당신은 내게 끼여들 틈을 주지 않는다. 당신은 나를 향해서 말하는 것이 아니라 먼바다를 향해 혼잣말을 하고 있는 것 같다. 아이스박스 안에서 굵은 곰장어 한마리를 꺼내들고 말을 잇는다.

"운이 좋았는지 운전사가 버스 엔진 위에 나를 앉히고 마산에서 부산까지 데려다주었어. 한참 엔진 뚜껑에 앉아서 조는데 엉덩이가 뜨거워지는 거야. 나중엔 너무 뜨거워서 일어나고 싶은데 그럴 수가 없었어. 내가 운전석 옆에서 꼼지락거리면 마산으로 다시 돌려보내질 거 같았거든."

당신은 곰장어를 꼭 쥐고 있다. 곰장어가 움직일 때마다 끈끈한 액이 당신 손에 흘러내린다. 팔뚝이 온통 곰장어 액으로 범벅이 되는데도 당신은 곰장어를 놓지 않는다. 몸을 비꼬며 막을 만들어내는 곰장어가 처연하다.

"……그랬을까? 곰장어들도 어쩔 수 없었겠지?"

"뭐가?"

나는 침을 삼키며 당신에게 묻는다. 침 삼키는 소리가 유난히 크게 들린다. 당신은 이제 막 깊은 잠에서 깨어나 도대체 여기가 어딘지 모르겠다는 표정으로 나를 쳐다본다.

"그래서 아버지는 만난 거야?"

당신 손에서 곰장어가 미끄러져 수족관 속으로 떨어진다. 수족관에서 물방울이 튀어올라 당신의 얼굴을 덮친다. 당신은 빠른 속도로 과거로부터 벗어나 냉정한 얼굴을 하고 수족관 속 곰장어를 바라본다.

"차가 고장나서 고속도로에 세 시간씩이나 서 있었던 모양이야. 화물칸이 얼마나 더웠겠어. 아이스박스 안의 얼음이 다 녹을 정돈데. 찬 바다에 있던 놈들이 말야……"

"아버지를 만나긴 했냐구?"

당신은 대답이 없다. 당신의 꽉 다문 입술이 더이상 아무 말도 하고 싶지 않다고 강변하고 있다. 당신은 한줄기 빛도 들지 않는 깊은 바닷속에 들어섰고 오직 침묵만이 흐를 뿐인 깊은 심연 속에 빠져 있다. 당신의 눈. 멍한 응시. 당신의 어린시절을 엿보기 위해 내가 할 수 있는 일이란 없다. 그저 바닷속을 들여다보듯 당신의 눈을 들여다보는 수밖에.

주인여자의 노래는 두 시간째 계속되고 있다. 차가운 바닥으로 스피커의 울림이 느껴진다. 보일러를 고쳐달라고 한 것이 지난주였다. 그러나 주인여자는 그게 왜 고장났을까 하고는 그만이다. 창틈을 비집고 들어오는 서늘한 바람과 냉골의 방. 더 추워지기 전에 수리공을 불러 직접 고치는 수밖에 없다. 주인여자도 그걸 계산에 두고 있었을 것이다.

 처음 이 방을 구할 때 주인여자는 어디를 가도 그 가격에 이만한 집을 찾기는 어려울 거라고 강조했다. 전세를 빼서 가게를 구하고 남은 돈으로 단독을 구하리라고는 애초부터 생각하지 않았다. 마당이라고 해봤자 두 사람이 겨우 지나갈 만한 통로에 불과했고 좁은 공간에 주인집을 포함해 네 세대가 살고 있었다. 부엌 겸 목욕탕으로 쓰이는 공간에서 빨래라도 할라치면 벽에 엉덩이가 닿을 정도였다. 부엌 위 공간을 차지하고 있는 다락방에는 쥐가 득실거렸다. 서쪽으로 난 작은 창으로는 빛이 들지 않았다. 당신과 내게 선택의 여지는 없었다.

 주인집 방 한 벽면을 차지하는 노래방기기는 주인남자가 들여왔다. 물건을 판 외판원이 여자였는지 실랑이하는 소리가 마당까지 울렸다. 그 일말고도 주인집은 여자문제로 마당까지 나와 드잡이를 하곤 했다. 주인여자는 세 개의 셋방 사람들이 모두 나올 때까지 수선을 피웠다. 여자의 고함과 발길질, 옆에 선 두 아이의 울음. 바닥에 주저앉아 헛울음을 놓으며 하는 신세타령. 남자는 눈을 부라리며 이년이, 이년이 소리만 지를 뿐이다. 결국 남자가 녹슨 철문을 소리나게 닫고 밖으로 나가면 신발이나 세면대에 있는 대야 따위를 던지는 것으로 싸움은 끝났다. 그리고 시작되는 여자의 억센 노랫소리. 그렇지 않고 여자가 한시간 이상 노래를 부른다는 것은 남자가 외박을 했다는 뜻이다. 여자의 남행열차가 벌써 수십번 호남선을 탔다.

 당신도 어제 집에 들어오지 않았다. 내가 장을 보러 나간 사이에 당신은 더 초췌한 모습을 하고 나타날 것이다. 핏발이 서고 푸석푸석한 얼굴이 되어 방으로 들어와 냉장고 문을 열겠지. 새벽이면 조심스럽게 들어오던 당신의 귀가시간이 점점 늦어지고 있다. 당신이 짓고 싶어하던 집이 이런 것이었을까?

당신은 내가 없는 방에 잠시 앉았다가 옷을 갈아입고 곰장어를 가지러 터미널에 갈 것이다. 매일 10킬로그램씩 부산에 주문을 한 적도 있지만 요즈음은 일주일에 한번 새 곰장어를 받는다. 그런데도 당신은 매일 인천 터미널에 간다. 어쩌면 당신은 그동안에도 곰장어를 가지러 간 것이 아닐지 모른다. 다만 버스들이 떠나고 도착하는 터미널에 간 것인지도.

주전자 한가득 물을 끓여 보리차 티백을 넣는다. 당신은 장이 좋지 않아 찬물을 마시면 안된다. 당신이 올 때쯤이면 적당히 식어서 따뜻한 물을 마실 수 있을 것이다. 나는 옷을 단단히 입고 집을 나선다. 시장에 들러 몇가지 채소를 사 가게에 들여놓은 다음 수족관을 알아보기 위해 시내로 향한다. 온도조절기와 정화장치가 있는 수족관을 설치하면 당신이 가게에서 밤을 새는 일이 줄어들지도 모른다. 열대어와 수족관 제작을 함께 하고 있는 상점에 들어간다. 고급스럽게 제작된 수족관은 가게에 들여놓기엔 터무니없이 비싸다. 온도조절기도 열대어를 위해 따뜻한 온도를 유지하는 것뿐이다.

나는 수족관 속에 화려하게 장식된 수초들과 모형물들을 오래 바라보았다. 훤하게 드러난 수족관 속에 물고기들이 편안하게 숨을 수 있도록 만든 모형물. 산소방울에 밀려 돌아가는 물레방아와 기와집이 눈에 띈다. 난파된 배와 보물상자는 수족관 속을 더욱 풍요롭게 만들고 있다. 산호와 정교한 수초로 멋을 낸 고급수족관 속에는 유럽풍 성이 한채 들어 있다. 뾰족지붕에 창문이 여러개 달려 새끼손가락만한 물고기들이 그곳을 드나든다. 따뜻한 온도를 유지하고 먹이만 제대로 준다면 성이나 수초 근처에 알을 까고 번식을 할 수도 있다고 점원이 말해준다.

수소문해서 찾아간 횟집용 수족관 전문상점도 비싸기는 마찬가지였다. 지금 살고 있는 집을 뺀다 하더라도 수족관을 맞추기에는 턱없이 모자랐다. 상점문을 열고 나오자 차가운 바람이 기다렸다는 듯 몰아닥친다. 수족관을 구한다면 당신을 잡을 수 있을까? 뽀글뽀글 공깃방울이 올라오고 푸른 수초가 너울대고 자갈마당이 있는 수족관. 그 속에 우리집도 있을까?

왁자하게 가게로 들어오는 사내들을 따라 싸늘한 바람이 몰려든다. 밖은 흑백사진 같은 부윰한 어둠이다. 이미 전작이 있었는지 얼굴들이 불콰하다.

"아줌마, 우리 2인분하고 소주요, 큰 잔에 쓸개 꼭 담아주구요. 뭐냐, 양념구이말고 통구이로 줘요, 알죠?"

사내는 의자에 엉덩이를 대기도 전에 주문부터 한다. 곰장어 2인분에 꼭 쓸개를 달라고 하는 사내들. 내장에서 쓸개를 발라내야 하는 당신의 씁쓸한 얼굴이 뇌리를 스친다. 사내들은 삐딱이 앉아서 수족관을 보고 있다. 나는 쟁반을 들고 부엌으로 간다. 당신은 사내들이 들어오는 순간 이미 주방으로 들어가 냉장고 문을 바라보며 서 있었다.

"2인분이요."

내 말이 떨어지자마자 당신은 긴 숨을 내쉰다. 당신은 수족관으로 곰장어를 꺼내러 가기 전에 꼭 그렇게 한숨을 쉰다. 수족관으로 가기 전에, 수족관 앞에 서서, 그리고 곰장어를 잡기 위해 도마 앞에 서서. 내가 야채와 양념 준비를 다 하도록 당신은 수족관 위에 부유하고 있는 액들만 걷어내고 있다.

사내들은 곰장어가 물 밖에서 파닥거리며 보여주는 드라마를 기다린다. 통구이를 시키는 사람들이 다 그렇듯 곰장어가 입속으로 들어가기 전까지 판 위에서 좀더 오래 꿈틀거리기를 바란다. 나는 그들을 위해 쇠판에 곰장어를 올려놓은 다음 꿈틀거리는 곰장어를 누른 집게를 슬며시 놓아주기도 한다. 그러면 신경이 살아 있는 곰장어는 마지막 발악을 하듯 과격한 몸부림을 친다. 아직 완전히 익지 않았을 때 가위질을 하면 잘려진 상태로 한참 더 꿈틀거리게 마련이다. 나는 가능한 한 오래 꿈틀거리게 하는 방법을 잘 안다.

한 사내가 엉덩이를 들고 당신의 행동을 의아하게 쳐다보고 있다. 보다못해 사내가 아저씨 큰 놈으루다 잡아줘요, 한다. 나는 재빨리 사내들의 시선을 가로막고 식탁 위에 깻잎과 양념장들을 올려놓는다. 사내들은 그제야 식탁으로 시선을 돌린다. 알루미늄 호일을 깐 쇠판에 참기름을 두르고 마늘과 양파를 올린다.

당신은 여전히 막을 걷어내고 있다. 도대체 언제까지 그러고 있을 거야? 빈 쟁반을 옆구리에 낀 채 당신을 밀쳐내고야 만다. 내가 할게. 아냐, 그냥 둬. 당신의 목소리는 단호하다. 당신은 어깨로 나를 밀어내며 수족관 속에 손을 넣는다. 가장 크고 느리게 움직이는 것 한마리와 중간치의 곰장어를 꺼내 통에 담는다. 당신은 통 밖으로 주둥이를 내밀려는 곰장어 입을 손으로 막고 있다. 투정부리는 어린아이를 달래는 것처럼 세심하고 인자하게.

"오늘 안으로 고기 먹을 수 있는 거요?"

사내가 등뒤에서 소리친다.

나는 당신에게서 곰장어가 든 통을 빼앗아 부엌으로 간다. 당신이 부리나케 쫓아와 내 손에서 곰장어 통을 빼앗는다. 부엌 뒤로 화장실과 통하는 작은 공간이 곰장어를 잡는 곳이다. 예전에 카운터로 썼던 나무 테이블이 곰장어를 잡는 도마다. 당신은 송곳과 작은칼, 펜치를 챙겨서 도마 앞에 선다. 곰장어를 잡는 것은 언제나 당신 몫이다. 당신은 내게 곰장어 잡는 모습을 보이기 싫어한다. 그걸 아는 나는 항상 그쪽으로 갈 일이 있어도 등을 돌리고 기다린다. 그런데 웬일인지 곰장어 잡는 당신을 정면으로 보고 싶어진다.

"피, 튀어. 뭐 좋은 거라고, 들어가 있어……"

당신은 나를 한번 쓱 보고는 다시 곰장어로 시선을 돌린다.

"당신이 그렇게 수족관 옆에 붙어 있는 이유가 이거 때문이라면, 내가 잡을게."

"그런 거 아냐! 들어가."

당신 말을 무시하고 곰장어가 담긴 통에 손을 댄다. 당신은 재빠르게 통 안의 곰장어 한마리를 집는다. 당신이 그렇게 빠르게 움직인 것은 처음 본다. 곰장어가 꼬리를 치켜들더니 당신의 손목을 휘감는다. 당신 손이 바르르 떨린다. 눈에서 희뜩 빛이 비치더니 재빠르게 곰장어의 입에 송곳을 찔러넣는다. 곰장어 머리에 박힌 송곳. 송곳을 쥔 당신 손이 시리도록 하얗다. 곰장어는 꼬리를 치켜들며 당신의 팔뚝을 감아오른다. 당신은 팔에서 비비꼬인 꼬리를 떼어 도마에 바싹 붙인다. 당신 손은 곰장어에서 나온 타액으로 범벅되어 있다. 당신은 어느새 작고 날렵한 칼을 쥐고 있다. 곰장어 목에 칼집을 낸다. 암적색 피가 칼을 따라 새어나온다.

"칼집을 내면 피가 꼬리로 몰려."

당신 목소리에 힘이 들어가 있다. 칼을 내려놓고 펜치를 집어드는 당신은 어느새 차갑고 사무적인 외과전문의가 되어 있는 것 같다. 펜치로 목 부분의 껍질을 잡는다. 껍질을 당기는 당신의 팔뚝이 톡 불거진다. 나는 당신의 능숙한 손놀림이 낯설다. 잇사이에서 낮은 신음소리가 난다. 목에서 꼬리로 껍질이 조금씩 벗겨지면서 곰장어의 살이 드러난다. 곰장어 살이 뽀얗다.

"어릴 때 이 뽑아봤지? 잇몸에서 이가 쑥 빠질 때 소리 알아? 껍질을 벗길 때도 그런 소리가 나."

마치 당신은 내게 기술을 전수하려는 사람처럼 말한다. 껍질이 붙어 있는 곳은 이제 거의 꼬리 부분만 남았다.

"지금이야!"

크고 힘있는 목소리에 놀란 나는 당신을 올려보았다. 당신 얼굴이 창백해,라고 생각하는 순간 곰장어의 꼬리에 몰린 피가 내 얼굴로 튀었다. 어깨까지 올라간 당신 손, 그 손에 단단히 쥐어진 펜치, 그리고 도르르 말려서 흔들리고 있는 곰장어의 붉은 껍질. 마치 비디오테이프의 정지버튼을 누른 것 같다. 앞으로 나아갈 듯한 등장인물들의 표정, 지지직거리는 화면. 나는 정지화면에서 혼자 나와 부엌으로 간다.

"쓸개, 터뜨리지 말고……"

왜 하필 쓸개가 생각났을까? 혀끝에 쓴맛이 핑 돈다. 당신은 여전히 곰장어 빈 껍질을 들고 서 있다.

가게문을 연 지 벌써 다섯 시간째, 당신은 수족관 옆에 의자를 가져다놓고 앉아 수족관만 바라보고 있다. 석고상처럼 뻣뻣하게 앉아 있는 당신의 등을 쏘아보고 있기가 그리 쉬운 일은 아니다. 요식협회에서 협회비를 받으러 왔을 뿐 저 단단히 닫힌 문은 누구 하나 손을 대려 하지 않는다. 나는 괜히 주방을 서성이며 양념통의 찌든 때를 닦아내거나 그릇들을 정리한다. 양푼들이 부딪치고 물소리가 어수선한데 당신은 아무 동요 없이 수족관만 바라본다.

아홉시가 지나자 오락실로 향하는 아이들의 발길도 끊기고 수족관을 통해서 보이는 것은 빈 거리뿐이다. 날이 점점 매서워지면서 마을버스에서 내린 사람들은 옷깃을 단단히 여미고 어디론가 부산히 사라지곤 했다. 가게 주변에 대형 고깃집이 생기면서 손님들도 부쩍 줄었다. 그나마 곰장어를 유난히 좋아하는 몇몇 사람들만 가끔 가게에 들러 산 곰장어를 먹고 갔다.

당신이 곰장어 손님들에게 보내는 서늘한 눈빛. 그 경멸스러운 눈빛을 본 손님들이라면 입에 물고 있던 곰장어조차 뱉어내야 할 것 같은 생각이 들 정도다. 손님이 별로 없는 요즈음 당신은 오히려 평온해 보인다. 수족관 속 곰장어들도 평온하게 바닥에 누워 있다.

"아버지를 만났냐고 물었었지?"

선제공격과도 같은 느닷없는 목소리. 당신은 여전히 등을 보인 채 말을 하고 있다.

"어느날 학교에서 돌아와보니까 아버지가 방에서 주무시고 있더라. 이틀을 꼬박 잠만 자던 아버지는 아랫목에 군용모포를 깔아놓고 화투짝을 만지작거렸지. 어머니는 아버지가 다시 나갈까봐 행상을 그만두고 집앞에 조그만 생선가게를 차리셨어. 어머니는 어쨌든 집에 있는 아버지가 고마워서 갈치며 납새미를 끼니마다 올리곤 했지. 들고 나간 생선을 모두 팔 때까지 집으로 들어오지 않던 어머니가 말이야. 아버지가 집앞에서 죽기 전까지……"

"집앞에서?"

"그래. 집앞 길바닥에 납작하게 깔려서."

"사고였어?"

"아버지가 대문을 열고 뛰어나갔는데 마침 화물차가 지나간 거야. 아버지가 워낙 급하게 뛰어들었대. 나중에 보니까 아버지 주머니에 돈이 들어 있더라. 우리가 살고 있던 집의 보증금이었어."

순간 내 머릿속에는 커다란 바퀴 밑에 깔린 고양이나 개 따위가 떠올랐다. 네 쪽의 다리는 제멋대로 퍼져버리고 오징어처럼 납작하게 눌린 몸통 위로 피에 엉긴 머리를 쳐들고 있는. 언젠가 새벽녘 국도에서 보았거나 보았다고 말하는 것을 들어본 적이 있는 하나의 살풍경이 당신의 등에 선명하게 그려지는 것이다.

"손님도 없는데 일찍 문닫자. 수족관에 얼음 채울 필요도 없겠는 걸, 날이 추워서. 정리하고 갈게, 당신 먼저 들어가라."

당신에게서 어떤 비수를 든 복병이 또다시 튀어나올지 모르겠어, 나는 눈이 시리도록 당신 등을 쳐다보며 말한다. 당신은 수족관 속 곰장어에게 차갑도록 빠르게 시선을 거두며 몸을 일으킨다. 가게문을 닫고 함께 집으로 가자고 하거나 아니면 한 손님이라도 기다려보자는 말을 당신에게 기대한 것은 아니지만, 내 말이 끝나기 무섭게 가게문을 박차고 나가는 당신이 너무 낯설게 느껴진다. 문을 나서며 수족관 속 곰장어를 잠시 보았을 뿐 당신은 내 시선을 끝끝내 외면하고 있었다.

나는 당신의 뒷모습을 보면 두려워진다. 언제든지 떠날 준비가 되어 있는 듯한 당신의 등. 왜소한 그 등을 보이고는 당신은 영영 돌아오지 않을 것 같다. 가게문을 안쪽에서 잠그고 부엌 불을 제외하고 홀 안의 형광등과 간판 불을 끈다. 가스밸브까지 확인하고 부엌 뒤로 돌아 부엌문에 자물쇠를 채울 때까지 우주복을 입고 메마른 땅을 밟고 있는 우주인이 된 것 같았다. 조금만 움직여도 몸은 자꾸 공중으로 뜨고 땅을 내딛는 발부리가 낯설고 무겁게만 느껴졌다.

길에서 바라본 가게는 하나의 거대한 수족관 같다. 가게 안에 있는 식탁과 의자들은 하나같이 사각의 공간에 갇힌 채 붙박여 있다. 곰장어들은 저 혼자 살아 수족관 속 조형물들을 누비듯이 천천히 몸을 움직인다.

내 앞에 펼쳐지는 거대한 수족관을 지워버리듯 힘차게 셔터를 끌어내린다.

며칠째 방치해둔 수족관 안쪽에는 더러운 물이끼가 앉았다. 곰장어들이 몸을 털어낸 액들이 몽글몽글 뭉쳐져 수족관 위를 떠다니고 있다. 그것들은 제각기 꿈을 꾸듯 몽연하다. 내려진 셔터의 틈새를 비집고 들어온 햇빛 한줄기가 수족관을 비추고 있다. 수족관 옆 탁자에는 인공수초와 모형물들이 놓여 있다. 나는 어제 상점에 들러 미역을 닮은 인공수초와 창이 많이 달린 집 한채를 샀다.

차단기를 내린다. 냉장고가 조용해지고 산소기 소리가 멎는다. 수족관 속에 손을 담근다. 물이 따뜻하다. 손끝에 더러운 막이 들러붙는다. 수족관 속에서 산소기를 꺼내고 수족관 양 모서리를 잡고 흔들기 시작한다. 물이 출렁인다. 신발 위로 뜨뜻한 물이 쏟아진다. 드디어 수족관이 균형을 잃고 넘어진다. 죽었거나 아직 목숨이 붙은 곰장어가 뒤섞여 더러운 물과 함께 바닥으로 쏟아진다. 어떤 것들은 꼬리로 바닥을 툭툭 치며 움직이고 의자 밑으로 미끄러져 들어가 꼼짝도 안 하는 것도 있다. 나는 바닥에 주저앉아 바닥에 널브러진 곰장어들을 본다. 뜨뜻한 물이 엉덩이를 적신다. 곰장어 막이 옷과 신발에 들러붙는다.

당신은 떠났다. 당신은 이제 아침이 되어도 집으로 돌아오지 않는다. 당신은 긴 몽유에 빠져들었을지 모른다. 어쩌면 내 옆에 있던 당신이 지독한 몽유병을 앓고 있었는지도.

바닥에 납작하게 늘어져 있는 곰장어 한마리를 들어올린다. 곰장어의 입에서 누런 액체가 떨어진다. 두 손으로 곰장어를 꼭 쥐고 부엌 뒤로 돌아간다. 도마 위에 곰장어를 올려놓는다. 도마 위에는 당신이 쓰던 송곳과 펜치와 칼이 얌전히 놓여 있다. 한손으로 송곳을 쓰다듬어본다. 서늘한 송곳에서 당신의 체온이 느껴질 것 같다.

도마 위 곰장어가 길게 몸을 뻗는다. 곰장어 입에 송곳을 꽂는다. 곰장어는 꼼짝도 하지 않는다. 곰장어에서 나온 분비물로 도마가 허옇다. 칼을 집어든다. 곰장어 목에 칼집을 낸다.

칼집을 내면 피가 꼬리로 몰려.

당신 목소리가 들리는 듯하다. 칼로 목의 껍질을 조금 벗겨낸다. 펜치를 들어 껍질을 잡는다. 껍질이 목에서 꼬리로 조금씩 벗겨지면서 곰장어의 살이 드러난다. 곰장어의 살은 누렇게 변해 있다.

잇몸에서 이가 빠질 때 소리가 나잖아. 껍질을 벗길 때도 그런 소리가 나.

썩은 이를 뽑듯 껍질을 잡아당긴다. 아무 소리도 나지 않는다. 껍질을 자꾸 놓쳐 몇번을 되집어야 했다. 껍질이 붙어 있는 곳은 이제 거의 꼬리 부분만 남았다.

지금이야!

힘껏 펜치를 잡아당긴다. 곰장어에서 분리된 껍질이 등뒤로 획 날아간다. 곰장어의 꼬리에서 피가 새어나온다. 꼬리에서 나온 검붉은 피가 분비물과 몽알몽알 뭉쳐진다. 곰장어의 배를 가르고 심장과 쓸개를 도려낸다. 무딘 칼끝이 쓸개를 터뜨린다. 쓸개는 형태도 없이 초록색 액체만 남기고 사라져버린다. 곰장어 몸뚱이는 누렇게 떠 있다. 나는 한참 동안 곰장어의 벗은 몸을 쳐다보았다.

곰장어를 손에 꼭 쥐고 가게 안으로 들어온다. 엎어진 수족관을 일으켜세운다. 수족관 앞에 무릎을 꿇고 앉는다. 수족관은 텅 비어 있다. 수족관 속에 인공수초와 집모형을 집어넣는다. 수족관 모서리에서 물이 콸콸 쏟아지는 것 같다. 수초가 푸른 물속에서 너울댄다.

곰장어를 수족관 속에 넣는다. 말간 곰장어가 꼬리를 파닥이며 수족관 속에서 길을 찾는다. 어서 가, 네가 왔던 바다로. 당신, 지금쯤 푸른 바다에 도착했을까? 남해의 푸른 바다. 아버지를 찾았던 바다.

깊은 바다로 침잠해 들어가는 곰장어의 힘찬 물질소리가 조금씩 멀어지고 있다.

—『황해문화』 2000년 겨울호

등

남자에게 여자는 지긋지긋한 날벌레에 불과했다. 환한 빛깔을 향한 하루살이의 맹목적인 질주. 여자는 아무리 남자가 모

욕을 주고 쫓아내도 다음날이면 아무렇지도 않은 표정으로 남자 앞에 나타나 새살거리고, 손 하나 대지 않고 돌려보낼

밑반찬을 남자의 냉장고에 풀곤 했다. 그때마다 남자는 여자의 몸이 이상한 열기를 가진 병균으로 가득 찬 벌레처럼 느

껴지곤 했다. 여자로부터 위험이 감지되었고 여자를 철저히 거부하는 것만이 몸에 유익할 것 같았다.

등뼈

여자가 떠났다. 아무런 징후나 예고도 없이 순식간에. 입술을 너무 깨물어 입가에 선 실핏줄이 곧 터질 것 같다는 생각을 하는 순간 여자는 남자 앞에서 사라지고 없었다.

여자가 남기고 간 푸른 실핏줄의 잔상이 서서히 사라지고, 조금 전까지 여자의 머리통에 가려져 있던 액자가 시야에 들어왔다. 액자에 그려진 노란 잠수함이 남자에게는 너무나 터무니없게 느껴졌다. 이제 여자는 돌아오지 않을 것이다. 남자는 비로소 여자로부터 자유로울 수 있게 되었다.

사실 남자에게 여자는 지긋지긋한 날벌레에 불과했다. 환한 빛깔을 향한 하루살이의 맹목적인 질주. 여자는 남자가 아무리 모욕을 주고 쫓아내도 다음날이면 아무렇지도 않은 표정으로 나타나 새살거리고, 손 하나 대지 않고 돌려보낼 밑반찬을 남자의 냉장고에 풀곤 했다. 그

때마다 남자는 여자의 몸이 이상한 열기를 가진 병균으로 가득 찬 벌레처럼 느껴지곤 했다. 여자로부터 위험이 감지되었고 여자를 철저히 거부하는 것만이 몸에 유익할 것 같았다.

그러나 아무리 부인하려 해도 여자는 어김없이 남자 앞에 현실로 다가와 있었다. 실체는 없으나 결코 거부할 수 없는 힘을 가진 중력처럼. 아무리 높이뛰기를 해도 그 힘에 의해 결국 제자리로 돌아오게 되듯 남자는 여자로부터 벗어날 수 없었다. 그러던 여자가 스스로 힘을 잃고 사라져주었다. 이제야 발목을 거머쥐고 있던 여자의 손아귀에서 벗어나 우주인처럼 한없이 가벼워지게 된 것이다. 당장이라도 초속 십일킬로미터의 속력으로 대기권을 뚫고 우주공간으로 자유롭게 날아갈 수 있을 것 같았다. 그러나 남자는 부양장치가 고장난 잠수함에 갇힌 것처럼 어두운 바닷속으로 깊숙이 빨려들어가고만 있었다.

남자는 여자의 돌변을 이해할 수 없었다. 그녀는 결코 그렇게 쉽게 물러날 만만한 여자가 아니었다. 여자를 대하는 남자의 태도가 참지 못할 지경에 이르렀다 하더라도 이렇게 순식간에 사라질 수는 없는 일이었다. 혹시 눈을 감고서 열을 센 후 다시 뜨면 입술을 악문 조금 전의 얼굴로 남자 앞에 나타나는 것은 아닐까?

눈을 감는다. 여자가 눈 속 검은 공간을 가득 채웠다. 한없이 멀어지기도 하고 바싹 다가오기도 하면서 여자가 서 있었다. 검은빛의 긴 머리카락이 휘날렸다. 지독히 검고 큰 눈동자와 숱 많은 눈썹은 왠지 두렵고 위협적인 느낌마저 풍기고 있었다. 여자의 검은 눈은 겁도 없이 이쪽을 살피는 듯하다가 설핏 서늘한 기운에 휩싸이기도 했다. 그리고 어딘가 불안한 구석이 있는 광대뼈. 입술을 악물면 불거지는 턱뼈.

여자는 뼈가 유난히 도드라졌다. 동그랗게 솟은 어깨뼈와 새가슴,

시폰감의 치마 사이로 드러난 무릎뼈와 쾡하니 드러난 발목의 복사뼈까지. 여자가 무언가 강렬히 억누르고 있거나 모욕을 견뎌낼 때 그 뼈들은 시위를 하듯 일제히 솟아올랐다. 그때마다 남자의 몸 깊은 곳에서는 여자를 짓밟고 싶은 충동이 더욱더 강렬히 솟구치곤 했다. 그 욕구는 몸속 깊이 숨은 종양덩이와 같아서 남자의 의지와는 상관없이 무한한 번식력으로 자라났다. 그러나 지금 남자의 눈 속에 들어 있는 여자의 뼈들은 터무니없게도 매혹적으로 보였다. 남자를 질식시키고 불쾌하게 만들었던 뼈들이 갑자기 매력적인 것으로 바뀐 이유를 납득할 수 없었다.

여자를 향해 손을 뻗어보았다. 남자의 손이 몸에 닿는 순간 여자가 입술을 좌우로 길게 일그러뜨렸다. 입술과 함께 여자의 얼굴근육이 뻣뻣하게 굳었다. 그 경직된 얼굴의 뻣뻣함 속에 가능한 모든 감정변화의 여지가 느껴졌다. 안개 낀 아침에 한낮의 열기에 대한 예감이 감도는 것처럼. 별안간 여자가 긴 머리카락을 펄럭이며 고개를 돌려버렸다. 머릿다발이 남자의 뺨을 후려친 듯했다. 여자의 뒤통수가 불길하고 섬뜩했다. 정전이 된 듯 남자의 눈 속에 암흑만 남았다.

남자는 가까스로 눈을 떴다. 어둠의 채찍에 후려치인 것처럼 눈알이 쓰벅쓰벅했다. 여자는 다시 나타나지 않았다. 오른뺨이 화끈화끈했다. 뺨을 쓰다듬어보지만 현실감이 들지 않았다. 남자가 여자를 원한 적은 한번도 없었다. 그저 남자 앞에 바싹 다가오는 여자를 뿌리칠 궁리만 해왔었다. 그런데 여자가 사라진 지 불과 몇분이 지나지도 않은 지금 남자는 여자의 도드라진 뼈와 검은 털과 눈동자가 그리워지는 것이었다. 육신 밑바닥 창자 속까지 자리잡고 있던 무언가가 송두리째 뽑혀나간 듯했다.

그토록 지겹고 넌덜머리나던 여자가 스스로 사라져주었는데……
느닷없는 여자의 사라짐에 대해 남자의 가슴에는 안도와 불안이라는
상반된 감정이 생성되고 동시에 소멸되었다.

여자를 잡을 수 있었다. 잡아야 했는지도 모른다. 그러나 여자가 떠
나리라고는 생각해본 적이 없기 때문에 남자는 붙잡는 법을 몰랐다.
설령 무작정 옷깃을 부여잡았다 하더라도 여자는 떠났을 것이다. 그
렇지 않고서는 이렇게 공격적인 방법으로 사라지지 않았을 테니까.

노란 잠수함이 그려진 액자에서 고개를 틀어 조금 먼 곳으로 시선
을 돌렸다. 실내는 어두웠다. 공룡의 등뼈처럼 거대한 환기통이 천장
의 중심을 가르고 있었다. 환기통을 가운데 두고 맨살을 그대로 드러
낸 전선이 갈비뼈처럼 좌우로 길게 뻗어나갔다. 전선 중간중간에 쇠
집게로 연결된 조명등이 위험하게 매달려 있었다. 조명등이 빛을 발
사하고 있는 액자에는 크고 작은 잠수함이 그려져 있었다.

그러고 보니 이곳은 잠수함의 내부를 닮았다. 꽉 막혀 있는 원형창
과 텅텅, 간헐적으로 들리는 깊은 쇠의 울림. 까페 한가운데 자리잡은
가느다란 기둥은 수면 위 동태를 살필 수 있는 잠망경 통로 같았다.
출입문에 달린 둥글고 커다란 손잡이를 돌리면 차갑고 시커먼 물줄기
가 벼락처럼 쏟아져 들어올 듯했다.

남자는 '노란 잠수함'이라는 까페를 어렵게 찾아왔다. 그녀가 일러
준 대로 버스를 타고 여섯 갈래로 갈라진 로터리에서 내려 횡단보도
를 두 번 건너 까페에 도착하는 동안 남자는 몇번이고 되돌아가고 싶
었다. 그러나 위치를 알려주던 여자의 목소리 속에 돋아 있던 가시가
남자를 거부할 수 없게 만들었다. 삐걱거리는 계단을 밟으면서, 육중
한 까페 문을 밀면서, 지하 까페의 서늘한 공기를 들이마시면서, 남자

는 미미하게나마 여자의 사라짐을 예감했는지 모른다. 여자가 언제까지나 남자를 따라다닐 거라고 성급하게 믿어버린 때문이었을까, 남자는 미미한 예감을 무심결에 흘려보내고 말았다.

네 개의 테이블과 주방 겸 카운터로 쓰이는 작은 공간이 전부인 까페에는 단 한사람도 보이지 않았다. 조금 전까지만 해도 옆 테이블에서 붉은색 음료를 마시고 있던 사람들도 없어졌다. 남자는 그들이 음료값을 지불하고 나가는 것을 보지 못했다. 테이블에는 여전히 그들이 마시던 음료가 반쯤 남겨진 채였다. 남자가 이곳에 들어오자 턱을 괴고 앉아 있다가 눈만 희뜩 뜨고 말았던 주인여자도 없었다. 작당을 한 듯 남자를 제외한 모든 사람들이 사라졌다. 어딘가 다른 차원으로 통하는 장치가 있어 모두들 그곳으로 가버린 걸까?

남자는 전혀 낯선 곳에 와 있는 듯한 기분이 들었다. 속임수와 복잡한 술수를 부리며 고동치는 영악한 지능의 기계장치에 갇혀버린 것은 아닌지. 남자는 더이상 이곳에 머물러서는 안되겠다고 생각하며 몸을 일으켰다.

별안간 무수한 별들이 눈앞에 떨어지면서 통증이 찾아왔다. 숨이 가빠왔다. 남자는 테이블 귀퉁이에 손을 짚은 채 주저앉고 말았다. 엄청난 괴력을 가진 물건이 남자의 허리를 으깨는 듯한 통증. 허리에서 시작된 통증은 어느새 척추를 타고 올라가 어깨뼈와 목뼈까지 뻐근하게 만들고 있었다. 갈비뼈가 툭툭 부러지는 소리가 들렸다. 부러진 갈비뼈가 날카롭고 무자비한 칼이 되어 심장을 찔렀다. 남자는 딱히 어느 곳이라고 말할 수 없는 온몸에 통증을 느끼며 눈을 치켜떴다. 여자가 앉아 있던 소파에 움푹 팬 자국이 보였다. 낡은 천소파는 아직까지 여자의 몸을 기억하고 있었다. 그리고 서서히 스펀지의 원형을 회복

하며 여자에 대한 기억을 지워내는 중이었다.

여자는 떠났다. 좀더 정확히 말하자면 떠난 것이 아니라 증발한 것이다.

한번쯤 영원한 증발을 꿈꾸어보지 않은 사람이 있을까? 아무런 이유나 설명도 없이 일상에서 완전히 떠나고 마는 사라짐. 엑스레이 사진을 찍기 위해 방사선실에 들어와 있거나 철지난 잡지를 들고 화장실 변기 위에 앉아 있다가 문득. 명확한 해명도 납득할 만한 근거도 없는 완벽한 사라짐.

남자의 허리 부분을 대충 만져본 의사는 곧장 엑스레이 사진을 찍어보자고 했다. 의사의 건조하고 가느다란 손가락이 허리에 닿자 기다란 쇠꼬챙이에 찔린 듯한 통증이 다시 시작되었다. 남자는 등을 펴지 못한 채 방사선 기사를 따라 방사선실로 들어갔다. 방사선실은 거대한 음모가 진행되는 냉혹한 공간처럼 차고 낯설게 보였다. 남자는 방사선실에 서서 잠깐 완벽한 증발을 상상했다. 방사선 기계의 작동 버튼을 누르면 살과 뼈와 피로 이루어진 물질구조에서 다른 차원의 물질구조로 변하게 되는 증발.

—의자에 등을 붙이세요. 금방 되니까 움직이지 마시고. 턱은 아래로 살짝 잡아당기세요. 팔은 자연스럽게 내리시면 됩니다.

능숙하게 자세를 잡아주는 사내의 목소리가 남자를 몽상에서 끌어낸다. 남자는 사내의 말대로 등을 빳빳이 세우고 정면을 바라보았다. 정면에는 사용법을 알 수 없는 거대한 기계가 자리잡고 있었다. 등을 곧추세울수록 통증이 점점 심해졌다. 사내는 어깨를 누르며 움직이지 말라고 재차 강조하고 검은 쪽창이 있는 곳으로 사라졌다. 발전기 소리 같기도 하고 엔진소리 같기도 한 진동이 공간 전체를 휘감아돌았다. 사내가 쪽창에서 고개만 내민 채 쇠로 만들어진 침대를 가리켰다. 남자는 신을 벗고 사내가 시키는 대로 옆으로 누웠다. 움직이지 않도록 몸을 고정한 후 남자는 엑스선이 피부와 살과 핏줄을 통과해 뼈들을 추려내는 것을 상상했다. 살가죽이 벗겨지고 근육과 핏줄이 하나씩 사라진 후 흰 뼈들이 남자의 눈앞에 나타났다. 방사선이 남자의 몸을 통과하는 아주 짧은 순간 동안 하얀 뼈들은 손등에 앉은 눈처럼 어른거리다가 소리없이 사라져갔다.

잠시 후 남자의 등뼈는 필름 위에 현상되어 진료실 형광등판에 끼워져 있었다. 의사는 남자를 불러앉혀놓고 심각한 표정으로 등뼈를 바라보았다. 의사가 바라보는 눈동자의 움직임을 쫓아 남자도 자신의 뼈들을 무심히 쳐다보았다. 그것은 남자에게 해독 불가능한 지형도처럼 보였다. 그저 희거나 검은 한장의 필름. 몸의 형태를 규정하고 주요신경의 통로라는 척추가 희미하게 드러나 있었다. 그러나 그것은 남자의 것이 아니라 남자와는 전혀 상관없는 먼 세계의 것 같았다. 의사가 기다란 봉으로 척추를 찌르며 요추디스크라는 판정을 내렸다.

—우리가 흔히, 목뼈에서 골반까지를, 척추라고 하지요. 여기 조금 가는 게 목뼈고, 여기까지가 등뼈, 그 다음 다섯 개가 허리뼈, 그리고 마지막, 골반이에요.

마디끝마다 톤을 살짝 높여 말하는 의사의 말투는 꼭 유치원생을 달래는 여선생 같았다. 남자는 무릎 위에 손을 가지런히 올려놓고 의사의 지휘봉이 가리키는 곳을 따라 시선을 옮겼다.

—여기 네번째 다섯번째 요추를, 잘 보세요. 조금 어긋난 게 보일 겁니다. 요놈이 신경을 누르고 있어 허리가 아픈 거구요.

의사의 가느다란 봉이 다섯번째 허리뼈를 가리켰을 때, 남자는 엉덩이를 살짝 들어 그 끝을 들여다보았다. 넓적하게 퍼진 골반 위에 마지막 허리뼈. 왼쪽으로 조금 기울어 보이기도 하고 네번째 허리뼈와 겹쳐 있는 것 같기도 했다. 심하면 연골에 물이 차기도 하는데 엑스레이 사진으로 봐서 그 정도까지는 아니어서 물리치료와 약물치료를 병행하면 어렵지는 않겠다고 의사는 느릿느릿 설명했다.

말을 마친 의사가 가느다란 봉을 능숙하게 접어 탁자에 올려놓았다. 의사의 설명이 아주 명쾌하다는 듯, 쇠로 만들어진 봉이 맑은 소리를 내며 유리탁자에 부딪쳤다. 의사는 병명을 설명해주던 유치원 선생의 목소리에서 어느새 사건종료를 알리는 형사의 목소리로 돌변해 이제 나가서 물리치료실로 가라고 말했다. 척추를 보여주던 형광등이 꺼졌다. 필름 위에 희미하게 드러나던 뼈들이 형체를 알아볼 수 없도록 까맣게 되었다. 의사는 거침없이 필름을 뽑아 책상 위에 던져놓았다. 남자는 등뼈 사진을 뒤로 한 채 쫓겨나듯 물리치료실로 향했다.

물리치료실에서 뜨겁게 달구어진 팩 찜질과 이온치료와 전자치료를 번갈아 받았다. 어렴풋이 커튼을 여닫는 소리와 팩 온도에 대해 불평하는 늙은 여자의 목소리가 들렸다. 남자는 일정한 간격으로 살을 자극하는 전기의 강도를 느끼며 그 가느다란 떨림이 뼈 깊숙한 곳으로 스며드는 것을 상상했다. 그것은 뼈 모양을 상상하는 것보다 더 어려운 일이었다. 전기 강도가 세어질 때마다 진찰실에서 보았던 등뼈가 남자의 눈 속에서 해체되었다가 다시 모이곤 했다.

물리치료가 끝나고 병원비를 계산하면서 남자는 자신의 뼈를 찍은 엑스레이 필름을 요구했다. 남자에게 이런저런 자세를 알려주던 방사선실 기사가 난감한 표정을 짓다가 주민등록번호와 연락처 등을 기재한 후에야 필름을 건네주었다.

약봉지와 필름이 든 서류봉투를 옆구리에 끼고 병원을 나왔다. 남자가 마지막 계단을 밟았을 때 잠시 잊고 있던 통증이 다시 찾아왔다. 엑스레이 필름이 들어 있는 서류봉투에서 알 수 없는 힘이 느껴졌다. 몸안에 존재를 숨기고 있다가 압력에 의해 겨우 드러난 악령처럼 비밀스럽고 강렬한 힘. 그 힘은 간헐적으로 찾아오는 통증과 함께 남자의 몸을 끊임없이 공격해왔다.

남자는 햇빛이 잘 드는 유리창에 엑스레이 필름을 붙였다. 골반까지 나온 정면 사진과 S자로 휘어져 보이는 측면 사진. 유리창에 붙은 뼈들은 하얗게 실체를 드러내고 있었다. 뼈 사진을 보며 등뒤로 손을 뻗어 척추의 개수를 헤아려보았다. 아무리 세심히 세려 해도 열일곱 개의 뼈마디가 모두 만져지지는 않았다. 팔을 어깨 뒤로 돌려보기도 하고 허리로 올려보기도 했지만 끊기지 않고 등뼈를 세는 것은 불가능했다. 등뼈 수를 세는 대신 필름에 드러난 등뼈에 혈관을 깔고 살을 붙여 등 모양을 연상하기 시작했다. 그러나 그 역시 완벽한 등의 모습을 떠올리기란 쉽지 않은 일이었다.

남자는 자신의 등을 한번도 제대로 바라본 적이 없었다. 누군들 자기 등을 제대로 볼 수 있겠는가. 하물며 더러운 때조차 누군가에게 부탁을 해야만 벗길 수 있는 곳이니까. 가려워도 여드름이 나도 상처가 생겨도 남의 힘을 빌려야만 처리할 수 있는 곳. 몸무게의 70퍼센트를 버티고 있으면서 제대로 돌보아지거나 가꾸어질 수 없는 등의 천형.

순간 남자의 등뼈 사진 위로 여자의 등이 겹쳐 그려지기 시작했다. 여자의 왜소한 등과 중심을 가로지르는 등골. 고랑 한가운데 두두룩

하게 줄진 등골뼈까지.

여자가 사라지기 전날 그녀는 남자의 방에서 옷을 벗었다. 지겨워, 넌 자존심도 없어? 남자가 소리쳤다. 그러나 여자는 아주 빠른 속도로 남은 옷을 모두 벗고 남자의 허리를 필사적으로 감싸안았다. 남자는 더러운 것을 떼어내듯 여자를 밀쳐내었다. 여자가 중심을 잃고 뒤로 물러서는 듯하더니 어느새 남자를 향해 팔을 뻗었다. 여자의 여린 팔에 악착스러운 욕망의 힘이 느껴졌다. 여자가 강하게 안을수록 남자는 더 매몰차게 밀쳐냈다. 여자가 방문에 부딪쳐 주저앉았을 때 남자는 악의에 차 여자를 향해 발길질을 시작했다. 남자의 발이 여자의 배를 짓눌렀다. 그때 맨발에 느껴지던 말랑말랑한 살의 감촉. 남자의 발끝으로 관통해오던 불길 같은 헐떡거림. 여자는 아무 저항도 못하고 남자의 발길질을 견뎌내고 있었다.

여자가 배를 감싸쥐고 납작하게 엎드렸을 때에야 남자는 발길질을 멈추었다. 그때까지도 여자의 몸을 짓누르고 있던 발을 통해 고통스런 경련이 전해져왔다. 남자는 돌발적인 살인을 저지른 사람처럼 그녀에게서 물러나 자신이 휘둘렀던 발을 내려다보았다. 그것은 추악하기 이를 데 없는 괴물의 것이었다. 새끼발가락이 뭉툭하게 휘고 힘줄이 툭툭 불거진 발등. 남자는 지금까지 여자를 향해 휘두른 무기를 숨기고 싶었다. 발길질을 하게 만든 여자에게 모든 탓을 덮어씌우고 싶었다. 치밀하게 계획된 여자의 음모에 휘말렸을 뿐이라고.

여자는 긴 머리채를 흘리고 팔을 길게 뻗은 모습으로 구석으로 기어갔다. 여자가 방바닥에 꼼짝도 않고 누웠을 때 남자는 처음으로 여자의 벌거벗은 육체를 세심히 훑어보았다. 목선에서부터 등을 따라 둥그렇게 솟은 엉덩이까지. 물처럼 흘러내린 머리와 톡 튀어나온 뼈들. 그리고 재빠르게 도망가는 엉덩이의 곡선. 그때 여자의 몸 중앙을 가로지르던 등뼈의 명쾌한 자국을 남자는 선명히 기억하고 있다.

불거진 뼈를 가진 신체는 비애감마저 느끼게 한다. 비극적인 육체. 육체의 중심에 우뚝 선 등뼈. 그 마디마디가 처참히 드러난 여윈 등.

그때 왜 여자의 등을 쓰다듬어주지 못했을까. 어느 누구도 자신의 등을 쓰다듬을 수는 없는 법이다. 타인만이 그 등을 쓰다듬고 보듬어줄 수 있다. 여자가 남자의 발길질을 견뎌낸 것은 남자에게 그 등이 주는 처참함을 보여주고 싶어서였는지 모르겠다. 그리고 그 등을 감싸주기를 원했는지도.

남자는 여자의 등뼈를 쓰다듬듯 유리창에 붙은 자신의 등뼈를 만지기 시작했다. 매끈한 필름 표면에서 여자의 온기가 느껴질 것 같았다. 그러나 남자의 손에는 필름의 느낌만 차갑게 전해져올 뿐이었다. 어긋나 신경을 압박하는 병든 뼈가 남자를 노려보고 있었다.

남자는 오층 높이 건물 옥상에 올라섰다. 타일을 붙이지 않고 쉽게 모양을 내기 위해 거푸집을 사용한 빌라 건물이다. 두께 팔센티의 스티로폼 거푸집을 떼어내는 일이 남자가 할 일이었다. 오전 안에 일을 마치고 줄 비계를 다시 옥상으로 올려놓아야 했다. 남자는 거푸집을 떼어내는 데 사용할 작은 곡괭이와 소형 가스버너를 챙겨 비계에 내려섰다. 한옥지붕을 흉내낸 삿갓형 난간 때문에 조금 애를 먹기도 했다. 두 명의 인부도 남자를 따라 비계에 탔다. 인부들이 내려설 때마다 비계가 좌우로 흔들렸다.

비계에 오르면, 남자는 가능한 한 밑을 쳐다보지 않는다. 끊임없이 남자를 끌어내리려는 힘, 땅에 발 딛고 서 있을 때는 미처 느끼지 못하던 지구의 인력이 강하게 느껴지기 때문이다. 지구 위에 발을 붙이고 서 있으라고 강요하는 힘. 건물 옥상에 단단히 매어져 비계에 연결된 두 개의 가느다란 줄만이 유일한 보호장치였다. 만약 그 줄이 끊어진다거나 매듭이 풀린다면 남자는 몸무게만큼의 속력으로 바닥에 곤두박질칠 것이었다. 아직까지 그런 일은 단 한번도 일어나지 않았다. 그렇다고 영영 일어나지 않을 일도 아니었다. 남자는 전에 없이 겁을 먹고 있었다.

남자는 건물 왼편을 맡았다. 스티로폼 거푸집 모서리에 곡괭이를 꽂아 틈을 벌렸다. 위쪽 부분을 시멘트에서 조심스럽게 떼어내고 한번에 잡아당겨야 한다. 처음부터 너무 무리하게 떼어내려 하면 스티로폼이 조각나 일이 더뎌진다. 건물에서 떨어져나간 스티로폼이 공기의 저항을 받아 사선을 긋다가 바닥에 내리꽂혔다. 공기를 밀치고 바닥에 내려앉는 스티로폼 거푸집은 흡사 정전기에 노출된 머리카락처럼 몸을 땅에 바싹 붙였다. 지구의 중심에는 얼마나 큰 힘이 도사리고 있어 모든 것을 제 쪽으로 잡아당기는 걸까.

남자는 문득 여자를 떠올렸다. 아무리 거부해도 무작정 다가오는 법만 알던 여자. 여자가 남자에게 맹목적으로 다가왔던 것은 오히려 남자가 여자를 향해 강한 인력을 쓰고 있었기 때문인지도 몰랐다.

스티로폼에 곡괭이를 꽂을 때마다 등이 갈라지는 통증이 찾아왔다. 통증은 지진처럼 너무 급작스럽게 나타나서 미처 대비할 틈도 없이 육체를 짓이겨놓고 재빠르게 사라지곤 했다. 통증이 멈추는 잠깐 동안에도 또다시 찾아올 기습공격의 두려움에서 벗어날 수는 없었다. 남자는 자주 곡괭이를 내려놓고 허리를 폈다.

일을 마치면 물리치료를 받기 위해 병원에 갈 것이다. 닷새 동안 물리치료를 받았지만 별 차도가 없었다. 오히려 전기치료를 받고 나면 새로운 통증의 전류가 핏줄을 타고 온몸으로 뻗어나가는 것 같았다. 처음 정형외과를 찾은 후로 남자는 다섯 군데의 다른 정형외과를 다 녔다. 좀더 정확한 검사결과를 얻거나 빠른 회복을 위해서가 아니었 다. 남자는 매번 다른 곳이 아프다고 했고 그때마다 다른 부위의 엑스 레이를 찍었다.

여자가 떠난 뒤 남자는 살 속에 숨은 뼈에 집착하기 시작했다. 어딘 가 뼈 하나가 없어졌거나 바스러져버린 느낌을 지울 수 없었기 때문 이다. 남자는 자신의 뼈를 눈으로 직접 확인해보고 싶었다. 때로 보관 의무가 있다며 엑스선 필름을 주지 않는 병원도 있었다. 남자의 방 유 리창에는 이제 머리와 어깨를 제외한 골격들이 사람의 형태를 갖추어 갔다. 대부분의 정형외과에 있는 해부도나 골격그림처럼 명확하게 연 결되지는 않았으나 제법 모양이 나는 것도 같았다.

정형외과를 찾아다닌 것은 꼭 뼈 사진을 찍기 위해서만은 아니었 다. 남자가 가진 뼈에 대한 집착은 이미 사라져버린 여자에 대한 집착 이었다. 진료실에 걸린 엑스레이 사진을 들여다보듯 병원 주변을 배 회하며 여자의 흔적을 찾았다. 여자에 대한 기억이 있는 곳이면 어디 든지 갔다. 사람이 완벽하게 증발할 수 없다면 여자를 찾을 수도 있는 일이었다. 자석이 인력에 의해 붙어 있는 쇳가루를 끌고 다니듯 여자 는 남자의 몸과 마음을 강력하게 잡아끌고 있었다. 그러나 유리창에 남자의 골격이 가득 차도록 여자를 찾을 수 없었다.

남자와 함께 비계에 오른 두 사내는 이미 거푸집을 모두 떼어내고 틈새에 남아 있는 스티로폼 조각을 제거하기 위해 휴대용 버너에 불 을 붙이고 있었다. 강력한 불줄기가 닿자 스티로폼은 시큼한 냄새를 풍기며 재빠르게 사라져갔다.

등의 통증이 더 강하게 찾아오면서 남자는 허리를 굽힌 채 쉬는 시간이 많아졌다. 다른 인부들과 보조를 맞추기가 어려워져 남자가 작업하는 시간이 점점 늘고 있었다. 예전 같으면 한층을 모두 마치고 느긋하게 담배를 피워물 수 있는 시간이었다. 다른 인부들은 각기 제 몫의 스티로폼을 제거하고 비계에 앉아 담배를 피우고 있었다. 남자는 그들에게 도움을 청하고 싶었다. 하지만 그것은 분명 남자의 몫이었다. 남자 역시 지금까지 다른 사람들의 일을 대신 해준 적이 없었다. 남자는 누군가를 배려하거나 배려를 받는 일에 익숙하지 않았다.

비계는 삼층에 다다랐다. 줄을 풀며 비계를 내릴 때마다 속이 매슥거리고 머리가 어질어질했다. 일을 시작하기 바로 전에 먹은 우유가 기도를 타고 넘어올 것 같았다. 남자는 벌써 사흘째 밥을 소화시키지 못하고 우유나 물만 먹고 있었다. 왕성한 식욕이 생기다가도 막상 먹을 것을 앞에 놓고는 먹고 싶은 생각이 들지 않았다.

남자는 이제 그만 비계에서 내려 무언가 먹어야겠다고 생각했다. 그러나 비계가 땅에 닿을 때까지는 내려갈 수도 없었다. 위험을 감수하고 함부로 뛰어내릴 높이도 아니었다. 그렇다고 옥상으로 오르기에는 너무 많이 내려왔다. 다른 때 같으면 줄을 타고 내려가 요기를 한후 다시 줄을 타고 올라올 수 있었다. 비곗줄을 타고 오르는 것은 남자에게 그리 어려운 일이 아니었다. 그러나 지금은 줄을 탈 자신이 없었다. 끊임없이 찾아오는 통증과 어지럼증이 남자를 두렵게 만들고 있었다.

여자는 생선과 닭을 유난히 좋아했다. 생선살을 잘 발라내 남자의 밥 위에 올려주던 여자. 그러고 나서 여자는 생선뼈에 남은 미미한 살들을 쪽쪽 소리내며 빨아먹곤 했다. 식사를 마치고 난 여자의 접시에는 잘 발라낸 뼈들만 고스란히 남아 있었다. 살점 하나 붙어 있지 않은 말끔한 뼈들은 플라스틱으로 만든 모형물로 보일 정도였다.

여자가 뼈에 붙은 살을 좋아한다는 것은 다른 음식을 먹을 때도 마찬가지였다. 닭튀김을 먹을 때 여자는 다리나 날개 가슴살은 거들떠보지도 않고 먹기 힘든 부분만 먹었다. 다리 마디에 붙어 있는 살이나 닭 갈비뼈 따위들. 튀김옷에 숨겨져 어느 부위인지조차 분간할 수 없는 닭의 목 부분을 여자는 기가 막히게도 잘 찾아내었다. 여자는 그다지 먹을 것이 많아 보이지 않는 목뼈를 들고 뼈가 휘어진 반대방향으로 꺾어 두 도막을 내었다. 반도막 난 목뼈 하나를 손에 든 채 나머지 반도막은 통째로 여자의 입속으로 들어갔다. 닭 목을 입에 넣고 오물거릴 때마다 여자의 도드라진 광대뼈가 움찔거렸다. 마치 여자의 광대뼈 속으로 닭뼈가 들어가 살아 꿈틀거리는 것처럼 느껴졌다. 그리고 얼마 후 반도막의 목은 잘 발라진 몇개의 조그만 뼈로 분리되어 그녀의 도톰한 입술을 비집고 나왔다. 목을 먹은 여자는 남자가 먹고 내려놓은 닭다리를 손에 들고 뼈 사이의 연골이나 발목 근처 오돌뼈들을 발라먹었다.

조개구이를 먹을 때도 그랬다. 조개가 입을 벌리고 제 속에 가두어 둔 바닷물을 뿜어내면, 여자는 그 살을 떼어내 남자에게 주곤 했다. 남자가 조갯살의 탄력을 느끼고 있는 동안 여자는 조개껍데기에 붙은 관자를 뜯어내는 데 열중했다. 뜨거운 조개껍데기를 들고 질긴 관자의 결을 젓가락으로 긁어내는 여자의 얼굴은 사뭇 진지해 보이기까지 했다. 관자를 떼어내는 데는 시간이 조금 많이 걸렸다. 그러나 정작 힘들게 얻어낸 관자는 너무나 사소하고 작은 부위였다. 콩알만한 관자는 혀나 이에 닿기도 전에 목젖을 타고 넘어가버릴 것이 분명했다. 그런데도 여자는 조갯살은 놔두고 관자만 먹었다.

그때마다 남자는 함께 식사를 한다는 것만으로도 대단한 선심을 쓰는 거라고 생각했기 때문에 여자의 식성에 대해서 그다지 관심을 가지지 않았다. 그저 남자가 맛있다고 생각되는 부위를 먹으면 그만이었으니까. 남자는 여자가 발라준 살을 아무 생각 없이 받아먹곤 했다. 하지만 누군가 먹고 난 뼈를 다시 주워들거나 애써 조개의 관자를 뜯어내는 여자의 모습은 궁핍하고 비천한 동물을 연상시켰다. 여자에게 왜 구질구질하게 그런 걸 먹느냐고 못마땅하게 물은 적이 있었다. 여자는 조금 당황한 듯 보였다. 뼈에 가장 가깝잖아요. 여자는 그렇게 말하고는 다시 뼛살을 먹는 데 열중했다. 뼈에 가장 가까운 살. 정말 여자가 그 살을 좋아했을까?

남자는 문득 여자가 느꼈던 뼛살을 맛보고 싶어졌다. 그 작고 미진한 살. 뼛살을 발라낼 때 입속에서 느껴지는 뼈의 굴곡들. 뼈에 대한 강렬한 집착. 스티로폼을 떼어내는 남자의 손이 빨라지기 시작했다. 모자이끄 조각 같던 벽면의 문양이 조금씩 그 형태를 드러내고 있었다.

사흘 동안 비가 내렸다. 남자는 사흘째 공사장에 나가지 못했다. 비가 오지 않았더라도 일을 나갈 수 없었을 것이다. 남자는 여자가 맛보았던 뼛살의 맛을 느낄 수 없었다. 또한 다른 어떤 맛도 느낄 수 없었다. 남자의 혓바닥 위에 있는 돌기들은 맛을 감지해내는 능력을 상실한 지 오래였다. 식욕을 관장하는 신경세포마저 작동을 멈추었는지 남자는 아무것도 입에 대지 못하고 있었다.

입에서 시고 구린 냄새가 올라왔다. 몸을 움직이면 천장의 사방무늬 벽지가 노란 돌풍을 일으키며 남자에게 덤벼들었다. 골수를 뒤흔드는 소리. 관자놀이를 짓누르고 고막을 찢을 것처럼 과격하게 돌진해오다가 순간 진공상태가 되는 통증들. 벽에 기대어 머리를 두들겨보지만 그 폭발과 침묵은 주기적으로 남자를 괴롭혔다.

책상 위에서 모형잠수함 상자를 끌어왔다. 잠수함 내부를 들여다볼 수 있도록 앞면이 트인 플라스틱 모형이다. 상자에는 '러시아 타이푼—전략미사일 핵잠수함'이라는 설명이 붙어 있었다. 남자는 사흘 동안 빗소리를 들으며 선체 내부를 만들었다. 여섯 기의 핵미사일을 탑재하고 기관실과 승무원 침실을 들여놓는 동안 잠수함은 빗속에서 갈피를 잡지 못한 채 허우적거렸다. 부품을 자르다가 손을 두 번 베었고 손톱보다 작은 승무원들은 본드에 녹아 한쪽 다리를 잃곤 했다.

정신이 점점 몽롱한 상태로 빠져들고 있었다. 잠깐 멈추었던 빗줄기가 다시 쏟아지는 소리가 들렸다. 사흘 동안 내린 비가 모두 머릿속으로 흘러든 걸까. 여기저기서 떠내려온 오물과 흙탕물로 머리가 어지러웠다. 잠수함을 완성할 수 있을지 의문이었다. 설명서에 매겨진 부품번호를 찾는 데 점점 더 많은 시간이 필요했다. 여자를 찾았다면 이 복잡한 잠수함 따위는 사지 않았을 것이다. 여자를 처음 만났던 곳이 모형판매소 앞이 아니었어도 남자가 설명서에 코를 박고 부품번호를 찾는 데 골몰하는 일 또한 없었을 것이다.

남자는 여자와의 처음 만남을 또렷이 기억하고 있다. 남자는 그때 횡단보도 앞에 서 있었다. 왕복 8차선 도로에 형형색색의 차들이 뒤엉켜 클랙슨을 울려대고 사람들은 보행신호가 빨리 바뀌기를 기다리며 도로에 내려서거나 발을 굴렀다. 신호가 바뀌고 사람들은 전력질주로 달려갔다. 그 쫓기는 듯한 행인들의 물결. 여자는 무차별한 사람들의 물결을 뚫고 홀연 나타났다. 등을 꼿꼿이 세우고 무언가를 애타게 찾는 듯한 표정으로.

갑작스럽게 출현했다고 해야 할 만큼 느닷없이 나타난 여자는 남자 앞에서 비켜날 줄 몰랐다. 여자는 남자 앞에 서서 짧지만 강하게 숨을 내쉬고 남자를 바라보았다. 그 눈길. 말이나 생각은 할 수 없고 모든 것을 시선으로 처리하는 사람만이 가진 강렬한 눈. 남자는 몸 가닥가닥을 휘어잡힌 사람처럼 여자 앞에 꼼짝없이 붙들려 서 있었다.

여자를 거부하게 된 것은 순전히 처음 접한 여자의 시선 때문이었다. 이 끝에서 저 끝을 꿰뚫어보는 것 같은 여자의 시선. 가까스로 잡히기는 했으나 아직까지 위험이 도사리고 있는 불길이 여자의 눈 속에 들어 있었다. 여차하면 남자를 송두리째 집어삼키겠다는 듯 쏘아붙이는 그 달콤하게 위협적인 시선은 남자의 욕망을 겨냥하여 설치된 덫이었다. 남자는 그 덫에 빠지지 않기 위해 부단히 노력해왔고 지금까지는 잘해왔다. 용역사무실과 공사장을 전전하는 남자에게 여자의 존재는 덥석 받아들이기에 너무 버겁게 느껴지기도 했다. 그러나 막상 여자가 사라지고 나자 남자는 덫이 있던 주변을 헤매며 여자를 찾기 시작했다.

여자가 떠나고 남자는 시간을 거슬러올라갔다. 여자가 사라졌던 '노란 잠수함'이라는 까페에서 출발해 여자와 함께 지냈다고 할 만한 공간들과 여자를 처음 만난 모형판매소 앞 횡단보도에 이르기까지. 여자를 처음 만난 곳에 이르러 남자는 막다른 골목에 다다랐음을 깨달았다. 그곳에서부터 여자와 남자의 시간은 더이상 존재하지 않았다. 관계의 처음에 도착한 셈이었지만 그곳은 아무 질량도 부피도 느낄 수 없고 시간도 공간도 없는 제로상태의 낯선 공간에 불과했다. 여자는 어느새 광막하고 의문투성이인 우주가 되었다. 어떠한 물리이론이나 가설로도 명확한 해답을 내릴 수 없는 우주 그 자체였다. 남자 앞에 펼쳐진 우주는 점점 더 팽창하여 암흑만 남기고 무한히 광활해졌다.

남자는 횡단보도 앞에 서서 한동안 무중력상태에 빠져 있었다. 남자의 눈에 모형판매소가 들어왔다. 각종 범선과 잠수함을 전문으로 다루는 곳이었다. 유리문을 열고 조심스럽게 안으로 들어갔다. 진열대에 진열된 범선들은 굉장히 정교해 보였다. 판매소 안에는 각종 선박을 비롯해 오토바이나 자동차 같은 탈것들도 있었다. 남자는 잠수함을 택했다. 바다 깊숙한 곳에 존재를 드러내지 않고 숨어 있다가 선제공격을 하는 강력한 잠수함. 그것은 엄청난 폭발력으로 남자를 공격한 후 흔적도 없이 사라져버린 여자를 닮아 있었다.

갑판 위의 도르래는 너무 얇게 만들어져 있어 칼로 베어내다가 부러지고 말았다. 본드로 다시 붙여보려 했지만 도르래를 갑판 위에 올려놓자마자 부러져버렸다. 갑판 위에 부속물들을 다 배치하고 갑판과 선체를 붙이면 잠수함은 완성될 터였다. 그러나 남자는 작은 부품들을 일일이 붙이는 것을 포기하고 선체와 갑판을 결합하기로 했다.

갑판과 선체 두 쪽을 본드로 붙이기 시작했다. 엉성하게 붙은 부품들은 쉽게 떨어져나갔다. 불안하기는 했지만 돌고래 모양의 날렵한 잠수함이 얼추 형태를 갖추었다. 앞면에는 잠수함 내부를 들여다볼 수 있도록 네모난 구멍이 뚫려 있었다. 구멍으로 기관실을 조정하는 작은 사람들과 핵미사일이 보였다. 얇은 관 속에 들어 있는 잠망경을 손으로 당겨올렸다. 잠망경을 올려 수면 위 동태를 파악하고 부상준비를 하는 잠수함. 멀리 창밖으로 도로 위에 고인 물살을 가르는 차바퀴 소리가 들렸다. 그 소리가 남자의 귀에는 이제 막 수면을 뚫고 부상하는 잠수함 소리처럼 들렸다.

손에 들고 있는 잠수함이 가물가물했다. 남자는 이 가벼운 어지럼증이 싫지 않았다. 우주의 광막함으로 인도하는 정신적 무중력상태. 어서 내 몸을 끌고 바다 저 깊숙한 심연 속으로 가라, 남자는 뱃속에서 울려오는 고함을 듣고 있었다. 그 소리는 어쩌면 바다가 아니라 수억만년 전 먼 우주에서 보낸 전갈인지도 몰랐다.

남자는 잠수함을 들고 목욕탕으로 들어갔다. 변기 위에 잠수함을 올려놓고 옷을 벗기 시작했다. 셔츠와 바지를 벗고 잠시 숨을 고른 후 속옷을 마저 벗어버렸다. 뜨거운 물을 틀자 좁은 목욕탕 실내가 더운 김으로 가득 찼다. 남자의 엉덩이에 오스스 소름이 돋았다가 사라졌다.

여자가 보고 싶었다. 툭 튀어나온 광대뼈와 강렬한 눈, 뼛살을 발라먹던 모습까지. 언뜻 여자의 얼굴이 나타난 것 같기도 했다. 그러나 목욕탕 가득한 수증기가 이내 여자의 얼굴을 휘감고 말았다.

남자는 샤워기 아래 서서 강하게 쏟아지는 물줄기에 몸을 맡겼다. 남자의 머릿속이 짙은 운무에 싸인 듯 멍해졌다. 강한 물줄기를 견디며 서 있을 기운이 없었다. 남자는 욕조에 웅크리고 앉았다. 뜨거운 물이 남자의 가슴팍까지 차올랐다.

수증기를 뚫고 여자가 나타났다. 여자는 남자를 바라보며 옷을 벗기 시작했다. 알몸이 된 여자가 욕조 안으로 들어와 등을 돌린 채 남자 앞에 앉았다. 여자를 향해 손을 뻗었다. 검은 머리가 여자의 등을 가리고 있었다. 머리를 쓸어넘기자 여윈 등이 드러났다. 가느다란 목뼈, 움푹 팬 등골, 가운데 불거진 여자의 등뼈. 남자는 여자의 뼈 마디마디를 세며 섬세하게 등을 어루만졌다.

남자는 이제 등의 통증을 느끼지 못했다. 머릿속이 맑아지는 것 같았다. 여자의 몸이 따뜻하다고 생각하는 찰나 여자는 또다시 사라지고 없었다. 여자가 있던 자리에는 노란 잠수함이 떠 있었다. 노란 잠수함마저 어느결엔가 물속 깊숙이 숨어버렸다. 물밑에 숨은 잠수함이 남자를 향해 수많은 어뢰를 발사하기 시작했다. 남자는 잠수함을 찾기 위해 욕조 속에 손을 넣고 휘저었다. 욕조에 가득 채워진 물이 바닥으로 흘러넘쳤다. 잠수함은 쉽게 발견되지 않았다. 갑자기 핵무기를 탑재한 타이푼호가 물을 차고 올라왔다. 잠망경을 올려 남자 쪽을 살피는 듯하더니 뾰족한 머리를 들고 남자를 향해 최고 속도로 달려왔다. 남자의 몸속으로 잠수함이 들어왔다. 몸속에 머물던 잠수함이 잠시 후 등을 뚫고 나왔다. 남자는 자신의 몸에 커다란 구멍이 난 것을 발견했다.

등에 통증이 느껴졌다. 손을 돌려 등을 만졌다. 손끝에 등뼈 마디마디가 분명히 잡혔다. 남자는 욕조에서 기어나와 거울 앞에 섰다. 거울에 서린 김을 걷어내자 남자의 퀭한 얼굴이 보였다. 광대뼈가 툭 튀어나오고 눈이 쑥 들어간 낯선 사람이 거울 속에 들어 있었다. 남자는 가까스로 몸을 움직여 거울에 등을 비추어보았다. 등골이 패고 뼈가 튀어나온 등이 어렴풋이 보였다.

여자가 그 등뼈에 숨어 남자의 등을 하염없이 쓰다듬고 있었다.

—『현대문학』 2000년 11월호

아내에게서 유황냄새가 난다. 아내의 발길질에는 당할 재간이 없다. 하지만 발길질을 시작하는 건 뒤엉킨 몸싸움이 끝나

행복

가고 있음을 의미한다. 버둥거리던 아내가 분연히 일어선다. 땅을 파며 공격할 기회를 노리는 성난 말의 거친 숨소리가

고물상

들리고 곧이어 발길질이 쏟아진다. 아내의 두툼한 발은 몸 구석구석을 집요하게 파고든다. 그 앞에 내가 할 수 있는 일

이란 벌레처럼 몸을 최대한 둥글게 말고 공격이 끝나기를 기다리는 것뿐이다.

행복고물상

아내에게서 유황냄새가 난다. 이제 막 성냥의 옆면을 스쳐지나 부르르 올라오는 달콤하면서도 매운 유황냄새. 순간 등줄기가 서늘해지고 온몸의 피가 심장을 향해 빠른 속도로 역류하는 것이 느껴졌다.

나는 등을 돌린 채 고개만 돌려 아내의 가느다란 눈을 쳐다본다. 수초 내로 주먹이 날아들 것이다. 도전장도 선전포고도 없이 시작되는 아내의 기습적인 공격. 오래 걸리지는 않는다. 성냥개비 목이 툭 꺾이고 불이 꺼질 때까지만 견디면 된다.

나는 턱을 치고 올라오는 주먹을 예상했다. 그러나 내 머리통을 때리고 방바닥에 힘없이 나동그라지는 것은 문 옆에 있던 작은 쓰레기통이었다. 저녁 나절에 먹고 버린 홍시 껍질이 오른뺨을 타고 흘러내렸다. 불과 한시간 전까지만 해도 우리는 머리를 맞댄 채 연속극을 보며 홍시 껍질을 혓바닥으로 핥고 있었다. 각자 두 개씩이나 후루룩거리며 먹어치우고 나서 아내는 마당에 모아놓은 쓰레기를 소각하겠다고 나갔던 참이다.

쓰레기통에서 나왔을 머리카락 뭉치가 가볍게 날아 발끝에 닿는 짧은 시간이 지나고 공격이 시작되었다. 아내는 득달같이 달려들어 내 어깨에 이빨을 들이댄다. 질긴 고깃점이라도 물어뜯듯 두 손으로 어깨를 움켜쥔 채 사납게 으르렁대더니 어느새 내 머리끄덩이를 잡아챈다. 어깨의 통증은 사라지고 수만마리 벌떼가 머릿속으로 날아들었다.

손을 휘저어 가까스로 아내를 떼어낸다. 떨어진 후에도 여전히 주먹을 쥐고 있는 아내. 아내의 손에 한움큼 쥐여 있던 머리카락이 스르르 떨어지는 찰나, 나는 온 힘을 다해 방문으로 돌진한다. 아내는 순식간에 사라질지 모르는 신기루를 붙들기 위해 내달리는 사람처럼 끈질기게 따라붙는다. 방문을 열어젖히고 부엌 바닥으로 내려서려는 순간 아내가 내 발목을 붙잡는다. 문턱을 기점으로 하반신은 아내에게 붙들려 방안에 남겨지고 상반신은 부엌 바닥을 향해 곤두박질친다. 나는 바닥에 손을 짚은 채 버둥거리다가 질질 끌려 방안으로 붙잡혀 온다. 색바랜 벽지의 장미꽃 무늬와 물결 무늬 장판이 엄청난 포말을 일으키며 나를 덮친다. 고꾸라지고 뒤엉킨 채 바닥을 구르는 아내와 내게 수많은 꽃잎과 파도가 달라붙었다.

팔힘이 허술해지는 틈을 타 아내를 끌어안고 벋장대본다. 손을 결박당한 아내는 심하게 발길질을 해댄다. 아내의 발길질에는 당할 재간이 없다. 하지만 발길질을 시작하는 건 뒤엉킨 몸싸움이 끝나가고 있음을 의미한다. 버둥거리던 아내가 결박을 풀어내고 분연히 일어선다. 땅을 파며 공격할 기회를 노리는 성난 말의 거친 숨소리가 들리고 곧이어 발길질이 쏟아진다. 아내의 두툼한 발은 몸 구석구석을 집요하게 파고든다. 아무리 꼬리를 내리고 도망가도 끝까지 따라붙는 집요한 짐승. 그 앞에 내가 할 수 있는 일이란 벌레처럼 몸을 최대한 둥글게 말고 공격이 끝나기만을 기다리는 것뿐이다.

발길질이 멈춘다 싶어 살짝 올려다본다는 것이 그만 코에 일격을 당하고 만다. 코에서 끈적한 액체가 흘러나온다. 이제 아내와 나의 활극이 막을 내릴 때다. 피를 보는 순간 아내의 힘이 급격히 떨어지리라는 것을 나는 이미 간파하고 있다. 일부러 아내의 발끝에 코를 들이밀었는지도 모른다.

내 몸에 걸터앉아 숨을 고르며 분을 삭이는 아내. 별안간 천장을 올려보며 승냥이처럼 괴성을 지르기 시작한다. 너무 싱겁게 끝나버렸다고 생각한 걸까. 바닥을 치며 울부짖더니 힘없이 목덜미를 문다. 어딘지 서글퍼지는 신음소리가 목을 파고든다. 아내는 주먹을 꽉 쥔 손으로 눈을 가린 채 부들부들 떨고 있다.

한숨 돌린 아내는 상처를 치료해주며 내가 미친년이다, 다시는 이런 일이 없을 거다, 한순간 돌아버린 모양이다, 하고 빌기 시작할 것이다. 벽에 머리를 박으면서 후회하는 과장된 모습에 나는 쉽게 동요한다. 울컥 눈물이 솟아오를 것 같기도 하다. 아내가 나를 미워해서 때리는 것은 아니다. 지금은 내 면상을 후려치는 북두갈고리 같은 손을 가진 억척스런 고물상집 여자지만, 앙증맞은 반지를 끼고 크림을 듬뿍 발라 부드럽던 손을 아내도 가진 적이 있다.

올해 나는 마흔네살이 된다. 아내는 마흔이다. 우리는 아이가 없다. 아이를 가진 적은 있다. 결혼한 지 수년 만에 어렵게 얻은 아이였다. 아내가 고철더미 위에 올라갔다가 미끄러지지만 않았으면…… 아내는 유산된지도 모르고 보름 동안이나 자궁 속에 죽은 아이를 넣고 다

넜다. 그후로는 아이가 생기지 않았다. 아내의 주기적인 폭력이 시작된 것도 그 즈음의 일이다.

처음부터 고물상을 하려던 것은 아니었다. 아내와 내가 가진 것이라고는 폐허와 다름없는 낡은 이 집 하나뿐이었다. 마당도 넓고 인근 주택가와 인접해 있지 않아 고물상을 하기에는 딱 좋은 조건이었다. 배운 것도 기술도 없는 처지에 그보다 좋은 일은 없어 보였다. 둘이 열심히 리어카를 끌고 분리작업을 하면 금세 돈을 벌 수 있을 거라 생각했다. 고물상을 안했으면 아이가 죽지 않았을까 하는 생각이 들 때도 있다. 그럴 때마다 나는 이런 애옥살이에 자식 많아봤자 좋을 일 없다며 스스로를 위안하곤 한다.

나는 횟집 주방장이 되고 싶었다. 생선가게 주인이라도 좋다. 살아 튀는 도미의 머리를 쳐서 핏물을 빼고 회를 뜨거나 도막낸 갈치에 굵은 소금을 뿌리는, 생각만으로도 생기 넘치는 일을 하고 싶었다. 생선가게 주인이 되었다면 내 손에는 딱딱한 쇠붙이들이 아니라 탄력있는 물고기의 살이 가득 찼을 것이다. 금속성이라고는 단단한 육질을 도막내는 잘 벼린 칼 하나면 족할, 생물적인 것과 조우하고 싶었다. 비록 그것들의 생생한 눈을 들여다보며 머리를 치고 내장을 발라내야 하더라도, 적당한 수분과 말랑말랑한 살의 감촉을 느끼는 것만으로도 나는 행복했을 것이다. 눈동자 속에 일렁이는 푸른 파도소리를 듣고 그들이 기억하는 바다와 비늘끝에 남은 소금기를 파악하기만 하면 되는 일들. 차고 단단한 고철더미 속에 묻힌 이런 삶과는 거리가 먼 것 말이다.

하지만 내가 눈을 뜨자마자 마주하는 풍경이란 일그러지고 녹슨 무기물에 불과한 것들이다. 궁벽한 삶의 마모를 그대로 품고 있는 딱딱하고 건조한 물건들. 고물상 한구석에 앉아 있으면 갈증이 난다. 혀가 바짝바짝 마르고 내 몸의 수분을 모두 빼앗기는 듯한 느낌. 그래서일까 언제부턴가 살비듬이 떨어지고 마른버짐이 피어올랐다.

아내 옆에 누워 어깨를 감싸안는다. 아내에게서 늙은 염소 냄새가 난다. 오래 감지 않은 머릿내가 진동하는데도 어쩐지 비에 젖은 새 한 마리를 안고 있다는 느낌이 든다.

아내는 야생의 초원을 가졌다. 아내의 몸속에는 날카로운 이빨을 가진 맹수와 성난 발길질을 하는 암말과 살진 들소가 산다. 맹수의 시체를 향해 덤벼드는 검은머리독수리와 독수리에 쫓기는 연약한 새도 있다. 나는 수많은 동물들의 발굽소리를 들으며 초원 위를 서성일 수밖에 없다.

아내의 숨이 고르게 내뱉어지는 소리를 듣고 방을 나온다. 슬리퍼를 꿰다가 허리가 삐걱한다. 마지막 발길질에 몸을 피한 것이 잘못이었다. 거울에 얼굴을 비춰본다. 콧잔등이 심하게 부어 있다. 행주를 집어들고 코에서부터 가슴팍까지 흘러내린 핏자국을 닦아낸다. 언 행주에서 쉰내가 난다. 행주에 닿은 살갗이 빨갛게 부풀어오른다. 오른 가르마 근처가 눈에 띄게 비어 있다. 씽크대에 손을 짚고 몸 구석구석을 살펴본다. 어디서 긁혔는지 팔뚝에 긴 생채기가 나 있다. 내 몸은 점점 고물이 되어가고 있다.

서리꽃 앉은 부엌문을 열자 매서운 바람이 몰아친다. 비척거리며 마당으로 나간다. 고양이 한마리가 지붕을 타고 사라진다. 지붕 위에는 옷가지들을 담은 포대들이 함부로 쌓여 있다. 포대에서 빠져나와 펄럭이는 천조각이 초혼을 부르는 망자의 옷 같다. 벽에 세워진 리어카는 시체들을 실어나를 거대한 관처럼 보인다.

이곳은 시련에 찬 미물들의 공동묘지. 녹슨 고철더미가 달빛 속에서 서로의 몸을 비비며 치그렁치그렁 곡을 하기 시작한다. 아내도 저 소리를 들었을까. 납작하게 깔려 고통스런 비명을 지르는 세발자전거와, 그 주위를 안타깝게 맴도는 쇳내 나는 곡소리. 고철의 틈새를 휘돌아 시퍼런 칼을 쥐고 심장을 향해 달려오는 바람소리. 불행은 다 저것들로부터 온다. 나는 세차게 고개를 젓는다.

커다란 드럼통에서는 아직까지 연기가 올라오고 있다. 아내는 무얼 태우다 들어온 걸까. 철근을 집어 드럼통 안을 뒤적여본다. 옹그라붙은 비닐, 타다 만 귤껍질, 시커먼 피멍울이 남은 생리대. 아내의 생리대가 몹시 낯설다.

발이 시리다. 맨발을 내보인 채 왜 이러고 섰나? 무엇이 내 발목을 붙들고 있는 것일까. 더 늦기 전에 아내를 벗어나야 하는 게 아닐까. 고물상을 그만두면 아내의 폭력이 없어질까. 끝도 없는 질문들이 나를 향해 돌진해왔다. 그러나 나는 아무 대답도 얻지 못하고 아내가 자고 있는 방으로 들어간다.

무슨 일이 있었냐는 듯 두 팔을 들고 자는 아내의 모습은 믿을 수 없을 정도로 편안하다. 어떻게 저리 편안하게 잠들 수 있을까? 조금 전까지만 해도 사납게 으르렁거리던 아내였는데.

아내는 잠든 것이 아니다. 불을 끄고 옆에 누우면 얼마 안 있어 내 복바지를 벗겨내고 살진 허벅지로 허리를 죄어올 것이다. 그러고는 나를 때릴 때보다 더 신경질적으로 내 몸을 탐하겠지. 이 근력좋은 여자를 얼마나 더 감당할 수 있을까. 벽에 등을 기대고 앉아 눈을 감는다. 아내의 코에서 새어나오는 숨소리가 묵직하다. 숨결의 미세한 변화도 놓쳐서는 안된다. 시멘트의 냉기가 등을 타고 올라온다. 나는 등을 꼿꼿이 세운 채 귀를 곤두세운다.

　따뜻하게 데워진 이불 속에서 맛보는 한나절의 노곤함. 자볼기를 맞은 다음날에나 부릴 수 있는 사치스러운 일이다. 창문을 넘어들어온 볕이 발치에서 서성이는 걸 보면 벌써 점심때가 다 된 모양이다. 방문틈으로 갈치 굽는 냄새가 새어들어온다. 진한 갈치냄새에 돼지찌개 냄새도 조금 섞여 있다. 나른한 온기를 밀치고 일어나 앉는다. 팔을 드는 것조차 힘겹다. 어젯밤 아내를 붙들고 버둥거리던 일이 아득하기만 하다. 내복을 내려 어깨를 살펴보니 잇자국이 선명하다. 잇자국을 중심으로 꽤 넓게 피멍이 들어 있다. 아내도 삭신이 쑤시기는 마찬가지일 것이다.

　아내가 상을 들고 방으로 들어온다. 두툼하게 살이 오른 눈두덩이 밥상보다 먼저 눈에 띈다. 아내의 눈꺼풀은 점점 더 밑으로 처지고 있다. 눈꺼풀과 함께 심하게 늘어진 목과 볼따구니는 칠면조의 쭈글쭈글한 살갗을 닮았다. 그 늘어진 살이 보여주는 서글픔은 아내의 둥실한 몸 전체를 압도해서 두 돈짜리 순금반지를 끼고 있는 굵은 손마디마저 슬프게 만든다. 넓고 뭉툭한 코와 그를 도드라지게 하는 편편한 얼굴, 고춧가루가 묻은 발랑 까뒤집힌 입술. 서글퍼지다가도 한없이 추접스러워지는 아내의 몰골을 보고 나는 고개를 돌려버린다.

　도저히 어제의 동물적인 공격을 떠올릴 수 없는 아내의 굽은 등을 곁눈질해 바라본다. 아내는 이런 내 침묵을 못 견뎌한다. 침묵은 내가 아내에게 부릴 수 있는 유일한 시위방법이다. 아내를 불안하게 만드는 더 좋은 방법을 나는 알지 못한다. 아내가 무언가 말하려 했으나 그런 아내의 시선을 일축하고 밖으로 나온다.

환한 햇살이 마당을 한가득 채우고 있다. 묘지 같던 고물더미들도
빛을 받아 제 모습을 드러낸다. 검은 비닐소파에 앉아 볕바라기를 한
다. 허리 안쪽이 푹 꺼진 것이 오히려 몸에 달라붙는 느낌을 준다. 소
파의 주인은 리모컨을 손에 든 채 소파 깊숙이 들어앉아 텔레비전을
보았을 것이다. 아이들은 부모의 눈을 피해 텀블링을 하며 엉덩이 부
분의 스프링을 망가뜨리기도 했으리라.

중고로 팔아볼 요량으로 남겨놓은 회전옷걸이는 두달이 넘게 마당
한복판을 차지하고 있다. 서른 중반이 다 되도록 홀로 자취를 하던 사
내가 비로소 장가가게 되었다며 가져온 것이다. 사내는 회전옷걸이
말고도 때가 앉은 전기밥통과 뚜껑이 맞지 않는 코펠 등도 가져왔다.

오후의 볕을 받은 소파와 옷걸이는 어느 포근한 거실에라도 앉아
있는 기분에 빠지게 한다. 바퀴가 떨어져나간 킥보드조차 놀이에 정
신 팔린 주인아이를 기다리는 듯 여유로워 보인다.

당분간 아내의 구타는 없을 것이다. 적어도 일주일은 아내 주위를
서성이며 코를 큼큼거리지 않아도 된다. 오래 참은 오줌을 바지에 지
릴 때 사타구니에서 발목으로 내려가는 뜨뜻한 쾌감. 얼마 지나지 않
아 온기가 사라져 살이 쓸리고 냄새를 풍긴다 해도 그 순간만은 자유
롭다. 언제 터질지 모르는 폭탄을 안고 있다가 폭발한 후의 편안함이
이런 걸까. 나는 고물상 풍경의 한자락에서 눈을 떼지 못한 채 따뜻한
햇살 사이로 남실남실 걸어오는 사소한 행복을 맛보고 있다.

아내는 지금쯤 돼지찌개를 퍼먹고 있을 것이다. 무슨 일이 있어도
아내는 끼니를 거르지 않는다. 두터운 입술에 생선가시를 붙이고 갈
치의 비린 맛을 느끼고 있는지 모른다. 나를 때린 뒤 아내의 식욕은
무서울 정도로 왕성해진다. 소진된 몸을 보강하기라도 하려는 듯 아

내는 막무가내로 먹어댄다.

나는 아내의 폭력에 길들여져가고 있다. 욱신거리는 허리나 팔뚝에 난 상처도 며칠 지나면 사라질 것이다. 이미 비뚤어질 대로 비뚤어진 콧잔등도 감각이 없다. 그러나 연신 신트림이 올라오고 혀끝이 까슬까슬한 건 어쩔 수가 없는 일이다.

대문이 활짝 열리고 유모차가 들어선다. 그 뒤를 따라 독골할멈이 무게중심을 잡기 위해 휘적휘적 팔을 휘두르며 들어온다. 예전에 독 짓는 마을에서 살았다는 독골할멈은 유모차에 신문지를 싣고 다닌다. 듬성듬성 상자들만 보일 뿐 멀리서 보아도 영 시원치가 않다. 할멈은 입구 바닥에 깔려 있는 계량기 위에 올라서서 여느 때처럼 수치판을 올려다보며 발을 굴러본다. 유모차에 실린 발품의 무게와 할멈의 몸무게를 합하더라도 육십킬로를 넘지 못할 것이다.

"여기 사람 없어? 왜 이렇게 초상집 분위기야, 엄?"

할멈의 목소리는 이제 막 변성기를 지난 소년 같다. 나는 소파에서 일어나 서둘러 할멈에게 다가간다. 아내가 나오기 전에 할멈을 보내야 한다. 할멈은 아내가 저울을 너무 야박하게 잰다고 마다한다. 아내도 신문지나 주워오는 주제에 시어머니 노릇 하려 든다며 할멈을 마땅찮아한다. 아내와 마주쳐봤자 언성만 높아질 뿐이다. 내 침묵을 깨기 위해 일부러 할멈과 대거리를 붙어올지 모를 일이다.

"오늘은 어째 신통치 않네요?"

"이홉 소주병은 고사하고 요구르트병 하나 뵈질 않아. 베룩시장도 언년이 가져갔는지 씨가 말랐어. 사거리 농협 앞에 과일장사 하는 이가 상자 모았다가 줘서 그나마 가져왔네."

"벼룩시장은 닐 나오잖아요. 그리구, 저번처럼 망신당하려고 그러세요?"

"망신은 무슨…… 새파란 놈이 변상하라고 소리지르던 거 생각하면 아직도 오금이 저려. 나보다 목소리 더 큰 놈은 내 평생 처음이라니까."

"그래도 할멈이 바락바락 우겼잖아. 난 베룩 좀 보믄 안되냐믄서? 애써 만든 걸 뭉텅으로 다 가져오면 돼요? 양심이 있지. 또 정보지 사람들 여기까지 와서 파짓더미 뒤지는 꼴 보고 싶지 않으면 아예 생각도 마요. 괜히 사람 난처하게시리."

독골할멈은 앉은뱅이저울 앞에 쭈그려앉아 담배를 피운다. 저울 봉이 자꾸 위로 올라간다. 몇번 작은 추로 대체되는 걸 할멈은 묵묵히 바라보고 있다. 구석으로 몰린다 싶으면 상대의 눈을 맞추지 않으면서 귀먹은 노인네 흉내내는 할멈. 담배만 뻐끔거리고 있는 할멈이 조금은 안쓰럽게 느껴진다. 유모차에는 수입과일이 그려진 박스 몇개 소주병 여남은 개 망가진 컴퓨터 자판이 전부다. 병은 포대에 넣고 박스를 파짓더미에 던져놓는다.

"영감님은 좀 어떠세요?"

"빌어먹을 그놈에 영감쟁이, 시커먼 불알통 쳐다보면서 똥기저귀 가는 것도 이젠 신물난다. 어여 배내똥 지리고 착 죽어 자빠졌으면 좋겠구만, 몸서리야. 무슨 영화를 보겠다고 가도 안하고 저리 뭉개고 앉았나 모르겠어."

"그래도 영감님이 있는 게 낫죠. 안 그래요?"

"낫기는…… 자빠지기 전엔 집구석에 코빼기도 안 뵈더니, 요즘엔 내가 엉덩이만 들썩하면 꼭 똥을 싸질러논다니까! 빌어먹을. 배꼽에 어루쇠를 붙였지, 암. 영감쟁이가 똥오줌은 못 가리면서도 내 나가는

건 잘도 알아. 그렇다고 영감 눈맞추고 앉았으면 뭐가 나와? 그 양반
좋아하는 캬라멜은 어서 나오는데."

할멈은 영감 얘기만 나오면 입술버캐를 하얗게 뿜어내며 열을 올린
다. 그르렁거리는 목소리 끝에 울음이 섞여 나올 것 같다. 할멈은 빌
어먹을 소리를 입에 붙이며 영감 욕을 하다가도 어느새 눈물을 찍어
누르기도 한다. 영감이 풍으로 쓰러지고 할멈이 여기 출입을 한 것도
벌써 삼년째다. 영감 얘기를 더 듣다가는 기어코 눈물을 보고 말겠다.

"그 유모차는 아직 쓸 만해요? 리어카 작은 거 그냥 준다니까. 그
얼마나 실린다구?"

"내가 리어카 아니구 유모차 끌고 다니니까 넘들이 우세를 안하는
거야. 이게 바퀴가 좌우로 움직여서 댄기기가 을매나 좋은데. 손주 새
끼 산책시키러 나온 줄 알지, 고물 줍는다고 생각이나 하겠어?"

"그래도 번거롭지 않으세요? 하루에도 두세 번은 들르셔야 되잖아
요."

"어차피 자주 들여다봐야 하는걸. 송장처럼 누운 영감쟁이 혼자 두
고 나돌아다닐 수만은 없잖어. 근데 송사장 콧잔등은 왜 그래? 엊저녁
에 누구랑 싸웠나, 엄?"

"싸우긴요. 제가 어디 싸움하고 다녀요? 보일러 분해하다가 다쳤어
요."

"보일러는 오살할 보일러야? 또 마누라한테 얻어맞은 게지."

"맞기는 누가 맞았다고 그러세요? 쇠판이 퉁겨져나오는 바람
에……"

"송사장네 방구석을, 내 영감쟁이 똥구녕만큼 잘 아는데 무슨 신소
리야? 그리구 여편네가 말야, 어디 지 서방한테 손찌검이야, 엄? 그렇

다구 송사장은 허구헌 날 맞고만 있어?"

"그런 거 아니라니까요."

"아, 돈 안 좋아하는 여편네 있으면 나와보라 그래! 그러게 공장들 좀 쑤시고 다녀서랍두 빨리 돈벌란 말야. 빌어먹을, 노인네들 주워온 쓰레기나 팔아봤자 돈이 되나. 젊은 사람이 융통성이 없어, 그렇게?"

"왜 안 가봤겠어요. 근데 다들 거래하는 고물상이 있다는 데 제가 어쩌겠어요."

"아냐. 왜, 경인제철 옆에 있는 부식공장, 그 앞에 고물차가 서 있는 거 봤거든. 근데 길 한복판에서 거기 공장장이랑 운전사랑 막 소리지르면서 싸우더라니까? 이럴 때 치고들어가면 되지. 암, 되고말고."

할멈은 은밀한 비밀이라도 털어놓는 것처럼 목소리를 낮춰 말한다. 부식공장에는 벌써 몇번 찾아가 굽실거려보았지만 번번이 거절만 당했다. 피아노 건반 자호를 만드는 부식공장에서는 순도가 높은 신주를 사용한다. 신주는 중간이윤도 높은데다 수거하는 업체에서도 고철 가격을 좀더 쳐주면서까지 수거하려고 안달하는 종류다. 굳이 신주가 아니더라도 고정적으로 물량이 나오는 공장을 하나만 터도 수입은 몇 배로 는다.

할멈이 꽁초 끝까지 다 피운 담배를 바닥에 비벼끈다. 할멈이 무릎을 짚고 일어날 때 아내가 부엌에서 나왔다. 아내는 마당에 나오자마자 고철더미에서 떨어져나온 킥보드를 번쩍 들어 더미 위로 던져버린다. 나는 할멈에게 육백원의 웃돈을 얹어 이천원을 준다. 아내가 독골 할멈이 풀어놓은 물건들을 미심쩍은 눈으로 쳐다본다. 아내를 본 할멈은 입을 삐죽대며 유모차를 몰고 나간다.

유모차를 끄는 할멈의 굽은 등이 꼭 어린 동생을 싣고 젖동냥하러

가는 아이 같다. 할멈은 집으로 가는 동안에도 슈퍼마켓과 쓰레기통을 기웃거릴 것이다. 영감 밥 주고 기저귀 갈고 다시 유모차를 끌고 나와 골목골목 휘젓고 다니겠지. 영감만 없으면 독골할멈도 좀 편해지지 않을까. 나는 할멈이 사라진 대문을 한참 동안 바라보고 서 있었다.

조금 있으면 독골할멈 같은 도부꾼들이 오전 일거리를 부리러 몰려들 시간이다. 그리고 벽까지 찬 파지를 실어보내야 한다. 1.5톤 더블캡에 쇠파이프를 덧대 개조한 차가 있기는 하지만 요즘은 단속이 심해 트럭을 부르고 있다. 파지수거 트럭이 오기 전에 물을 뿌려놓아야 했다. 엊저녁에 해놓았으면 밤새 얼마르면서 티나지 않게 무게를 늘릴 수 있었을 것이다.

할멈의 말대로 부식공장에 한번 가봐야겠다. 어차피 오늘은 아내의 냄비 깨지는 목소리를 들으며 고물상에 앉아 있기도 그렇다. 파지 집차 정도야 아내 혼자서도 충분히 할 수 있을 터였다.

아내가 호스를 들고 파지에 물을 뿌리기 시작한다. 호스에서 뿜어져나오는 물줄기가 종이 위에 사뿐히 떨어진다. 물방울들이 공기에 흩날리면서 무지개가 솟아오른다. 무채색의 파지 위에 무지개가 내려앉는다. 저 잡을 수 없는 색의 향연.

며칠 동안 아내는 회를 먹으러 가자고 졸라댔다. 결국 나는 아내와 함께 낡은 더블캡을 끌고 소래로 향했다. 아내는 참돔 가격을 깎기 위해 오래 실랑이했다. 나는 아내에게서 멀찍이 떨어져 대야 속에 납작하게 엎드려 있는 광어와 도다리를 바라보았다. 일회용 접시에 담긴 회를 들고 포구가 내려다보이는 식당을 찾아갔다. 아내가 초고추장을 따르고 고추냉이를 푸는 동안 나는 바닥이 드러난 소래 포구를 바라보았다. 포구 한편에 버려진 시커먼 폐선을 보다가 문득, 저것들을 분해하면 몇톤의 고철이 나올까 하는 생각이 들었다. 나는 어느새 낡고 버려진 물건만 보면 무게로 가늠해버리는 습성에 빠져 있었다.

아내는 연신 상추쌈을 만들어 내 앞에 들이밀었다. 나는 아내를 외면한 채 다리 건너 번쩍이는 불빛들을 쳐다보았다. 월곶이라는 이름으로 새로 조성된 그곳에는 러브호텔과 위락시설이 들어서 소래 포구의 검은 펄과는 대조적인 광경을 연출하고 있었다.

아내가 세 개째 상추쌈을 내밀었을 때 나는 더이상 골을 내고 있을 수만은 없었다. 마늘과 청양고추와 쌈장까지 가득 들어 있는 쌈을 받아먹었다. 나는 쌈을 좋아하지 않는다. 그것은 순도가 떨어지는 고철과 같아서 플라스틱 손잡이가 달린 알루미늄 봉이거나 알루미늄에 신주도금을 한 싸구려 로비 신주다. 누군가에게 버림받은 잡동사니들을 분류하는 일만으로도 족하다. 먹는 것까지 뒤섞인 음식을 먹을 수는 없는 일이다.

콧잔등이 그래서 어쩐데, 많이 아팠죠……? 상추쌈을 씹고 있는 나를 향해 아내가 느닷없이 물어왔다. 아내는 모든 것이 다 기습적이다. 용서를 구할 때조차 그렇다. 나는 아내의 얼굴을 낯설게 쳐다보았다. 아내는 볼따구니 살이 미어터지도록 상추쌈을 넣고 우물거리고 있었다. 아팠느냐고 물어온 그 입가에 상추 이파리와 된장이 묻어 있는 것을 마주 대하자 나는 더이상 아무 맛도 느낄 수 없었다. 아내의 폭력에 길들여질 수만은 없는 일이었다. 아내가 나를 때리지만 않는다면 더없이 행복할 것 같았다. 월곶 풍경이 눈에 들어왔다. 다리를 건너 저 환한 곳으로 가야겠다. 나는 물고 있는 상추쌈을 꿀꺽 삼키고 아내에게 소리를 지르고야 말았다.

실컷 두들겨패놓고 아팠냐고? 이젠 더 안 참아.

분명 그렇게 말했다. 도발적인 내 목소리에서 승리감이 솟구쳤다. 어디서 그렇게 우렁찬 목소리가 나왔는지 모른다. 보란 듯이 단박에 소주잔을 비우고 고추냉이를 듬뿍 찍은 회 한점을 입에 넣었다. 코가 펑 하고 뚫렸다. 아내는 아무 말도 하지 않았다.

아내와 외식을 한 후 지금까지 나는 그날 맛본 승리감에 계속 들떠 있었다. 들뜬 기분이 계속된 것은 부식공장 때문이기도 하다. 기존에 거래하던 가격에 이십원을 더 얹어주기로 하고 오늘부터 수거하기로 했다. 집차비에 운송비까지 감안하더라도 일킬로에 십오원은 남는다. 옆 금형공장에서 나오는 쇳가루까지 거래를 틀 수 있었다.

이제 고물상 수입은 점점 늘어날 것이다. 어느정도 돈이 모이면 종업원도 쓸 수 있을 테고, 아내는 방에 들어앉아 옛모습을 되찾을 것이다. 어쩌면 아이를 가질 수도 있겠지. 그리 되면 아내의 폭력도 사라질지 모른다.

하루에 두어 번 파지나 조금 가져오던 독골할멈도 오늘은 어쩐 일인지 리어카를 빌려가 오후 나절이 되어서야 한짐 져왔다. 이삿집에 가 하루 품도 받고 제법 많은 고물도 얻었다고 호탕하게 웃었다. 할멈이 여기 출입을 한 이래 이만원이 넘는 돈을 가져간 것은 처음 있는 일이다. 저울에 짐을 올려놓는 할멈의 얼굴에 환한 미소가 번졌다.

두려울 정도로 무사한 날이, 예상치도 않은 행운이 계속되고 있다.

휘파람이 나온다. 나는 휘파람을 불며 부식공장에서 나올 신주 자리를 만들고 있다. 판자에 못질을 하면서 입을 동그랗게 오므리고 낯선 곡조의 노래를 부른다. 아내는 혼자서 보일러 해체작업을 하고 있다. 쇠를 가르는 날카로운 절삭기 소리가 아내의 등을 휘감는다. 보일러에서 동을 꺼내 부엌으로 가져가는 아내가 조금 안쓰럽다.

고철을 실어갈 집게차가 도착했다. 비철 이십톤이 모이기까지 한달 남짓 걸린 셈이다. 며칠째 포근한 날이 계속되면서 도부꾼들이 가져오는 양도 조금 늘었다. 낡은 보일러를 교체하는 곳도 더러 있어 어렵지 않게 차 한대 분량을 맞출 수 있었다.

바퀴가 고장난 자전거와 동을 빼낸 보일러 외관이 집게에 들려 트럭에 실린다. 마당 한복판에 자리잡고 있던 회전옷걸이도 함께 싣는다. 부식공장 건이 성사된 마당에 팔리지도 않는 낡은 옷걸이를 전시해놓을 이유가 없다. 고물상이 한바탕 쇳소리로 수선스러워진다.

집게에 들려 트럭으로 옮겨지는 고철들을 보면서 문득, 인심좋은 고아원 원장이 된 기분이 들었다. 양부모의 차를 타고 가는 아이를 바라보듯 설레기까지 한다. 그것들은 무덤 속으로 들어가는 것이 아니라 새롭게 태어나기 위해 떠난다. 다른 환경의 아이들과 한 용광로에 뒤섞였다가 맛있는 고기를 구울 석쇠가 되기도 하고 시원한 음료수가 담긴 알루미늄캔이 되기도 할 것이다. 고물들이 저마다 꿈을 가지고 되살아나기 시작한다. 꿈꾸는 고물상, 희망에 가득 찬 고물.

나는 오전 내내 거대한 음모에 노출된 사람처럼 불안했다. 아내의 공격이 시작되기에는 너무 이르다. 불길한 냄새는 아내에게서부터 오는 것이 아니다. 신주를 정리하는 아내의 얼굴은 더없이 평온하다. 그런데도 나는 계속 불길한 생각을 떨칠 수 없었다.

소파에 엉덩이를 걸치고 앉아 담배를 한대 피워문다. 고개를 들어 하늘을 샅샅이 훑어보지만 구름 한점 발견되지 않는다. 서서히 얼어

속이 훤하게 들여다보이는 호수처럼 겨울하늘은 제 살을 짱짱하게 펴고 있다. 하늘을 향해 담배연기를 뿜어본다. 곧 저 말간 얼음 하늘이 깨어지고 봄이 올 것이다. 불안을 떨쳐내며 깊숙이 연기를 들이마신다.

다 피운 담배꽁초를 마당으로 집어던지다가 계량기 위에 쭈그려앉아 있는 독골할멈을 발견했다. 일주일째 보이지 않던 독골할멈이 짐짝처럼 고요히 앉아 있다. 원래부터 그곳에 붙박여 있었다는 듯 꼼짝도 않는다. 유모차는 없다. 할멈은 혼이 쏙 빠져나간 듯한 표정으로 계량기를 보고 있다.

"왜 기척도 없이 그러고 계셔요? 어디 아프셨어요? 요즘 통 안 보이시던데."

할멈 옆에 바싹 다가앉자 할멈은 끙 소리를 내며 일어난다. 나도 따라 일어선다. 할멈은 여전히 신발코만 뚫어지게 바라본다.

"리어카 좀 쓰자."

"왜요, 어디 또 이사하는 데 생겼어요? 유모차는 어쩌시구요?"

"송사장, 별일 없으면 나랑 어디 좀 가."

뭔가 석연치 않은 기미가 할멈의 걸걸한 목소리에 섞여 있다. 아랫입술을 깨물고 있는 걸 보니 어디서 또 면박을 당한 모양이다. 구부정한 몸에 거적때기 돕바를 입은 할멈이 버려진 쓰레기나 뒤적이는 걸 보고 동네 아이들은 마귀할멈이라고 놀리곤 했다. 하지만 아이들이 놀려도 생활정보지 사람과 실랑이가 붙어도 슈퍼마켓에 쌓아놓은 맥주병을 훔치다 걸려도 할멈은 능글맞은 얼굴로 넘어가지 않았던가. 그런 날이면 고물상에 와 입을 꼭 다물고 있다가 그날 있던 일을 욕을 섞어가며 내게 풀어놓던 할멈이다. 그런데 오늘은 어쩐 일인지 내 시선을 외면하며 딴전을 피우고 있다. 영감에게 무슨 일이 생긴 걸까? 나는 벽에 세워진 리어카 한대를 끌어낸다.

빈 리어카를 팔에 끼고 대문을 나설 때 할멈이 나지막이 갔다,라고 말했다. 할멈의 입에서 흘러나온 말은 바람을 타고 사라져 무어라 말했는지조차 분명하지 않았다. 그러나 아래로 처지는 그 억양만으로도 나는 섬뜩한 기분에 휩싸였다. 잡고 있던 리어카 철손잡이의 찬기운이 유난히 시리게 느껴졌다. 할멈이 조금 전에 뱉은 말이 '갔다'라는 말이었음을 알았을 때 손바닥에 쏨벅, 날카로운 칼이 지나갔다.

"그놈의 영감쟁이, 드디어 갔어."

할멈의 입시울이 움찔거린다. 영감이 죽었다는 것은 그리 놀랄 만한 일도 아니다. 어차피 똥오줌도 못 가리는 산송장이나 다름없었으니까. 할멈에 따르면 영감은 변덕스럽고 독선적이고 형편없는 남편이었다. 드디어 갔어, 시원하다는 건지 슬프다는 건지 감정을 읽을 수 없는 어투였다.

"옘병헐, 가라가라 할 땐 똥 처바르며 버티드만, 캬라멜이랑 납새기랑 순대랑 사갖고 들어갔더니 골로 갔드라고. 염통이랑 오소리 감투랑 잔뜩 얻어갔는데. 냄새부터 틀리더라구, 똥냄새가. 몇년을 치워내던 그 똥냄새가 아니더란 말이지. 방에 들어가자마자 기저귀를 까봤더니, 정말 노오란 배내똥 지리고, 갔더라구."

말을 마치자마자 앞장서서 걸어가는 할멈의 굽은 등에서 폐허가 보인다. 폭력적인 삶과의 싸움에서 홀로 남은 패배자의 모습.

횡단보도에 이르러 신호를 기다리기까지 할멈은 뒷모습만 보인 채 서둘러 걸어갔다. 보행자 신호가 들어오고 골목에서 뛰어나온 한무리의 아이들이 할멈을 밀치고 달려나간다. 할멈의 몸이 휘청 기운다. 신호가 다 바뀌도록 할멈은 리어카에 손을 짚고 중심을 잡으려 애를 쓰고 있다.

나는 할멈을 들어올려 리어카에 싣는다. 할멈의 몸이 너무 가벼워 내가 든 것이 몇장의 골판지가 아닌가 싶었다. 할멈은 아무 저항 없이 리어카에 자리를 잡는다. 보행자 신호가 들어오자마자 리어카를 끌고 달리기 시작한다. 중앙선을 넘고 훤히 뚫린 도로를 달려나간다. 신호가 바뀌고 차들이 달려나오는 것도 무시하고 도로의 차선 하나를 차지하고 뛰어간다. 대형차들이 경적을 울려대며 바짝 붙어 지나쳐간다. 나는 할멈이 꽉 붙들고 있는지 확인하면서 속도를 낸다. 할멈은 리어카 앞쪽에 바싹 다가앉아 고개를 빳빳이 든 채 바람을 맞고 있다.

어린시절에 리어카는 무료함을 달래주는 좋은 장난감이었다. 리어카를 끌고 달리다가 중심을 잡지 못하면 발이 들리면서 위로 솟아오르던 흐신 기분. 그리고 벽에 세워진 리어카의 바퀴를 손으로 굴리고 나면 손바닥에 묻어나던 알큰한 고무냄새. 기분이 좋아지기 시작한다. 영감이 죽었다는 사실이 슬프지 않다. 기저귀 갈 노인도 없으니 할멈은 곧 자유로운 생활을 하게 되리라고 서둘러 짐작했는지 모른다.

죽음의 충격은 밤이 가면 새벽이 오듯 분명히 닥쳐오는 것이다. 억센 할멈은 곧 죽음의 충격에서 벗어날 것이다. 영감이 죽고도 이렇게 고물을 찾아나서는 것만 보아도 그렇다. 나는 힘차게 발을 구른다.

몇개의 교차로와 복개천을 지나 철마산 약수터로 향하는 길로 들어선다. 후미지고 가파른 골목에 이르자 등뒤에서 길을 알려주던 할멈이 리어카에서 내린다. 할멈은 리어카가 겨우 지나갈 만한 좁은 골목을 능숙하게 앞서나간다.

　새시문을 열자 부엌 딸린 방이 훤히 보인다. 여기저기 흩어진 살림살이로 좁은 부엌이 더 어지럽다. 방문 옆에는 할멈이 끌고 다니던 유모차가 세워져 있다. 할멈은 신을 신은 채 방으로 올라간다. 나는 쭈뼛거리며 할멈을 따라 들어간다. 연탄보일러 자국이 선명한 방구들은 상처에 붙여놓은 피묻은 붕대 색깔을 닮았다. 색바랜 벽지에는 오래 앓다 간 병균의 냄새가 명백하게 새겨져 있다. 찬 공기에 노출되었다가 따뜻한 실내에 들어온 가죽냄새와 같은 강렬한 냄새가 콧속을 후벼판다.

　할멈은 방 가운데 놓인 가방 위에 앉아 숨을 고르고 있다. 잠시 기괴한 적막이 흐른다. 더러운 벽지를 뚫고 입이 비뚤어진 영감이 불쑥 튀어나올 것 같다. 방문턱에 어정쩡하게 서 있는 나를 향해 할멈이 소리를 버럭 지른다.

　"뭐하고 있어? 이거 빼고 다 실어!"

　할멈의 눈이 허공을 난다. 저세상으로 가버린 영감을 향한 것 같기도 하고 버리기로 작정한 낡은 물건들을 향한 것 같기도 하다.

　할멈의 물건들이 리어카로 옮겨진다. 구형 텔레비전과 스티커가 잔뜩 붙은 중고냉장고가 제일 먼저 방을 떠나고, 플라스틱 손잡이가 떨어져나간 냄비와 세숫대야와 양은주전자가 차례로 실린다. 뚜껑이 없는 플라스틱 건조대는 물때가 앉아 있다. 어느 것 하나 중고로 팔 만한 물건은 없다. 다 삭아서 못 쓰게 된 사그랑이나 짜발량이들뿐이다. 창에 붙은 철 모기장도 뜯어낸다. 헐겁고 찌그러지고 구멍 숭숭 난 모기장은 이제 막 지상의 빛을 받아 무너지기 쉬운 지하의 유물처럼 위태로워 보인다. 낡은 창틀에서 모기장을 걷어내자 오래 눌어앉은 먼지 더께가 떨어져나간다.

내가 물건을 나르는 내내 할멈은 꼼짝도 않고 가방 위에 앉아 있었다. 유모차를 들고 나가다가 이것도 가져가느냐고 물었지만 할멈은 아무 대답이 없었다.

마지막으로 천장에 붙은 형광등 갓을 떼어내 리어카에 옮길 때 할멈이 쇠로 만들어진 환자용 요강을 들고 나왔다. 몇년간 죽은 영감의 엉덩이를 받치고 똥오줌을 받아내던 요강이다. 리어카에 가득 실린 살림 맨 위에 요강을 얹는다.

"값은…… 송사장이 알아서 잘 쳐줘."

"근데 이거 다 치우고 나면 어디로 가시게요? 숨겨논 아들이라도 있으세요?"

"아들은 무슨 아들. 내가 자식새끼가 어딨어. 딸 둘 있는 거 하나는 먼저 보내고, 한 년은 어디 박혀 사는지도 몰라. 수발들 영감도 없는데, 이제 편하게 양로원에서 살아야지."

"유모차도 버릴까요? 하긴 이젠 이거 필요없겠네?"

할멈은 리어카에 실린 짐들로부터 황급히 시선을 거두고 집안으로 들어가버린다. 가방만 덩그러니 남은 방에 무얼 더 정리할 것이 남아서 저리 서두르는 걸까. 물건들이 떨어지지 않도록 고무끈을 두르면서 나는 독골할멈을 다시 보지 못할 것 같다는 생각이 들었다.

리어카는 무게가 제법 나갔다. 무거운 리어카를 끌고 물매 싼 길을 내려오는 것이 쉬운 일은 아니다. 리어카에 속도가 붙어 자꾸 몸이 들린다. 속도를 줄이기 위해 손잡이를 꽉 쥐고 발바닥에 힘을 주어야만 했다. 철마산을 벗어나 도로에 진입하면서부터는 나아가기가 힘들어졌다. 무언가 거대한 힘을 가진 손이 등뒤에서 리어카를 잡아당기고 있는 듯하다. 죽은 자가 이승에 미련이 남아 있어 자신이 쓰던 물건들을 붙들고 있는 것은 아닌지. 영감의 악의가 리어카를 통해 전염될 것 같다. 오전 내내 시달렸던 불길한 생각이 다시 들기 시작한다.

모든 것이 다 잘 풀리고 있었는데. 공교롭게도 희망에 가득 찬 순간 어두운 소식을 접한 것이다. 하지만 죽음도 위안이 될 수 있다. 불행에 단련된 사람은 제 앞에 닥친 희망을 낯설어하게 된다. 영감의 죽음은 할멈에게 채워진 족쇄를 열 희망의 열쇠일 뿐이다. 할멈은 양로원에서 편안한 노후를 맞을 것이다. 나는 할멈을 위안하는 척하며 내 가슴을 쓸어내었다.

밤이 되어서야 집에 도착했다. 겨드랑이에서 땀이 배어나오고 있다. 대문을 활짝 열고 계량기 위에 리어카를 세운다. 리어카를 둘렀던 고무끈을 풀어낸다. 단단히 매어졌던 끈이 풀리면서 맨 위에 올려진 영감의 요강이 소리를 내며 바닥으로 떨어진다.

가슴이 섬뜩하다. 무언가 불길한 기운이 다가오고 있다. 철근을 들고 내게로 달려오는 아내가 보인다. 얼마간의 자유로운 날이 끝나고 드디어 아내의 공격이 시작된 것이다. 더는 참지 않겠다고 호기롭게 외치던 날이 있었는데. 본능적으로 머리를 감싸쥐고 리어카 옆에 웅크린다. 꼭 감은 눈으로 무지개가 뜬다.

한참 지난 것 같은데 단단한 철근도 아내의 주먹도 날아오지 않았다. 지려감았던 눈을 풀고 아내를 올려다본다. 아내가 없다. 손을 풀고 일어나 아내가 달려오던 곳을 본다. 아내는 마당 한가운데 철근을 든 채 넘어져 있다. 엎어진 지 한참이 지나도 일어날 생각을 안한다. 조심스럽게 아내에게 다가간다. 아내의 발목에 노끈이 걸려 있다. 아내는 나를 향해 전속력으로 달려오다가 노끈 고리에 걸려 넘어진 것이다. 이대로 영원히 아내가 내 앞에서 사라져준다면…… 나는 꼼짝도 않는 아내의 등짝을 바라보며 잠시 아내의 죽음을 상상했다.

아내가 갑자기 고개를 들고 소리를 지른다.

"고물 좀 그만 들여와!"

아내는 울고 있다. 손에 든 철근을 힘없이 떨어뜨리고 바닥에 얼굴을 비벼댄다. 아내의 얼굴이 검은 흙과 눈물로 범벅된다.

"저 기리빠시들, 다리 없는 자전거…… 달겨들어…… 나는 이렇게 황폐한데, 뭐가 더 빨아먹을 게 있다구…… 내 몸에 뿌리내리려구, 더러운 것들을, 도망가고, 싶어……"

도대체 무슨 말을 하려는지 감을 잡을 수가 없다. 모든 게 너무나 잘되고 있었는데. 행복한 휘파람을 불고 있었는데. 나는 입도 한번 안 댄 아이스크림을 더러운 흙바닥에 떨어뜨린 심정이었다.

봄소식이 드문드문 들어오는 삼월 말, 함박눈이 내렸다. 마당을 하얗게 덮었던 눈이 녹고 슬레이트 지붕의 골마다 눈 녹은 물이 떨어졌다.

아내는 낡은 소파에 앉아 철지난 잡지를 읽고 있다. 병원에서는 아내가 아직 임신이 가능하다고 말했다. 우리는 인공수정이라는 방법으로 아이를 갖기로 했다. 더이상 아내에게서 유황냄새도 나지 않았고 기습적인 공격도 없었다. 앞으로도 아내의 기습적인 공격은 없을 성싶다.

봄은 갑자기 찾아온다. 고물상에 집차하는 날이 늘어났고 도부꾼들의 수거량도 눈에 띄게 많아졌다. 파지들도 습기를 되찾으면서 무게를 불려나갔다. 분리작업을 하는 일꾼도 하나 들였다. 나이는 어리지만 바지런하고 성실해서 아내와 내가 하던 일을 혼자서도 너끈히 해내고 있다.

　겨우내 꿈꾸었던 봄이 내 손 안에 들어와 있었다. 나는 행복했다. 그런데 편안한 날이 계속될수록 나는 더더욱 허전해졌다. 가끔 독골할멈이 보고 싶기도 했다. 비뚤어진 콧잔등이 봄볕에 근질거렸다. 내 몸뚱이는 여전히 아내의 발길질을 꿈꾸고 있었다. 독골할멈은 지금 행복할까?

—『문예중앙』 2001년 봄호

유령의

사냥을 하지 못하게 되면서 그는 쥐잡기에 매달리기 시작했습니다. 그렇게 잡힌 쥐에게는 처절한 처형이 기다리고 있었

습니다. 처형에 대한 재미가 시들해지면 그는 검은 가방을 열고 잡은 쥐들을 박제했습니다. 그때마다 그는 아이를 불러

집

박제과정을 지켜보게 만들었습니다. 때로는 아이에게 철사와 소독약을 쥐여주고 직접 박제를 하도록 지시하기도 했습니

다. 아이는 꼼짝없이 그에게 붙들려 박제하는 법을 배워야 했습니다.

유령의 집

1

당신은 놀이공원이나 유원지에서 그녀를 보았을지도 모릅니다.

지금은 거의 자취를 감추었지만, 다람쥐통이나 문어발 따위의 기구가 있는 놀이공원이라면 하나쯤 있을 법한 유령의 집. 살기등등한 눈을 커다랗게 부라리고, 간혹 자위 든 눈이 멈추어서면 탐욕스러운 웃음과 날카로운 비명이 들려오는 곳. 거대한 괴물의 아가리 같은 유령의 집 입구에 그녀가 앉아 있습니다.

그녀는 낡은 철제 의자에 앉아 유령의 집 입구를 지킵니다. 검은 치마와 검은 셔츠를 입고 무릎 위에 두 손을 가지런히 모은 채 꼼짝도 하지 않습니다. 누군가 등짝을 후려친다 해도 그 모습 그대로 앉아 있을 것만 같습니다. 그녀는 유령의 집 건물이 만들어내는 그늘 속에 가려져 있습니다. 그늘 끝자락에 보라색 고무 슬리퍼가 닿아 있네요. 그녀는 담벼락으로 조금씩 물러서며 빛을 피합니다. 그러고 보니 그녀에게서 햇빛을 받은 환한 얼굴이나 옷자락을 떠올리기란 매우 힘든 일이군요.

그녀는 일찍부터 머리가 세어서 지금은 완전한 백발을 이루고 있습니다. 흰 머리칼을 딱 목선까지 자르고 가운뎃가르마를 타 귀 뒤로 넘겼지요. 그녀가 독한 파마약 냄새를 풍기며 보자기 따위를 머리에 둘러쓰고 있는 모습은 아무도 보지 못했습니다. 귀밑까지 머리 길이를 유지하기 위해 미장원에 다녀오는 것 또한 본 적이 없습니다. 그녀의 머리카락은 미장원 한편에 걸린 조화처럼 조금도 자라지 않는 것 같습니다.

그렇다고 그녀가 신경증적인 까다로움이 있어 한가지 머리 모양을 유지하고 있는 것은 아닙니다. 그녀는 딸아이가 더러운 채로 나다니거나 양말을 신고 잠든다고 해서 잔소리를 늘어놓는 일이 없습니다. 아이의 나쁜 습관에 대해서조차 너그러운 사람입니다. 오히려 무관심한 편에 속하지요. 그것이 아이의 존재에 대해 무관심하다는 뜻은 아닙니다. 눈이 너무 나빠 아이가 잘못을 저지르는 걸 미처 보지 못할 뿐입니다.

그녀의 시력에 문제가 생기기 시작한 것은 벼락이 떨어지는 걸 아주 가까운 곳에서 목격한 후부터입니다. 이곳 용두산 타워에 벼락이 내리친 적이 있습니다. 검은 구름이 돌진해오자 사람들은 정자 밑으로 몸을 피하거나 재빠르게 공원을 내려갔지만, 그녀만은 여전히 유령의 집 앞에 앉아 몰아치는 비를 다 맞고 있었다고 합니다. 그때부터 그녀는 빛을 두려워하기 시작했습니다. 빛을 받으면 하얀 재가 되는 유령처럼 그녀의 눈도 빛 속에서는 전혀 힘을 못 씁니다.

눈이 나빠졌다고 모든 것이 허술해지지는 않았습니다. 그녀는 귀로 세상을 받아들이는 법을 배우기 시작했습니다. 철제 의자에 가만히 앉아서도 공원에서 일어나는 일들을 소상히 파악하고 있지요. 아이들의 시끄러운 소음 속에서도 비둘기의 발소리 같은 아주 작은 움직임까지 감지해낼 정도랍니다.

여하튼 조금도 자라지 않는 머리카락에 대해서라면 아이 역시 궁금해하고 있습니다. 혹시 어머니가 대머리거나 정수리에 커다란 땜통이 있어 그걸 가리려고 가발을 쓰고 있는 것은 아닌지 생각도 해봅니다. 하지만 그것이 가발이라면 굳이 싸리나무처럼 억센데다가 하얗게 세어버린 머리털을 선택할 이유가 없겠지요. 등뒤로 살금살금 다가가 머리채를 당겨볼까 생각도 하는 것 같습니다. 그러나 그녀의 머리카락에 손을 대보기도 전에 번번이 들키고 말아, 아직까지도 아이는 궁금증을 풀지 못하고 있습니다.

당신이 만약 유령의 집에 들어가기 위해 입장권을 끊고 걸어오는 중이라면, 검은 옷과 흰 머리칼의 그녀가 혹시 유령의 집에 속한 하나의 장식품은 아닐까 생각할지 모릅니다. 그렇지 않고서야 조금은 기괴하기까지 한 백발 노파가 아무런 움직임 없이 그 자리에 앉아 있을 이유가 없을 테니까요.

유령의 집에 가까워질수록 당신의 의심은 점점 확고해집니다. 당신이 그렇게 믿는 것은 어색한 입술 색깔 때문이기도 합니다. 그녀는 언제나 연분홍 립스틱을 바릅니다. 검은 살갗에 연분홍 입술은 어딘지 억지스러운 데가 있지요. 산 사람이라고는 도저히 믿을 수 없을 정도입니다. 그런 색깔의 입술은 낡은 옷가게나 의수족 가게 진열장에 때를 잔뜩 묻힌 채 서 있는 마네킹에서나 볼 수 있으니까요.

당신은 곁눈질로 그녀를 관찰해봅니다. 공황상태에 빠진 듯 보이는 눈동자는 아무 움직임도 없군요. 낮은 숨소리라도 들어볼 수 있을지, 눈밑이 살짝 움직인 것도 같습니다. 그러나 아무리 눈을 부릅뜨고 귀를 세워보았자 꼼짝 않고 앉아 있는 그녀와, 당신의 침 넘어가는 소리만 들릴 뿐입니다.

조금 과감해진 당신은 손을 뻗어 그녀의 흰 머리카락이라도 만져보려 하겠지요. 당신의 손이 천천히 머리카락을 향하는 동안 그녀는 모든 것을 알고 있다는 듯 희미한 미소를 띠울지 모릅니다. 그리고 별안간 손을 뻗어 당신 손에 든 입장권을 낚아채가겠지요. 그런 다음 보란 듯이 짝 찢어 반쪽만 남은 표를 당신에게 건넵니다.

이제야 그녀의 실체를 파악하게 되었군요. 그렇습니다. 그녀는 유령의 집 앞에 앉아 입장권 받는 일을 하고 있습니다. 하지만 실체를 보았다는 기쁨보다는 느닷없는 공격을 당한 듯 아뜩한 기분일 테지요. 뜨거운 솥에 손을 갖다댔을 때처럼 서늘한 잔상이 당신 손끝에 오래도록 남아 있을 것입니다. 무안을 당한 것 같아 뒷걸음쳐 도망가고 싶은 생각이 들 수도 있겠군요.

이쯤 되면 장식품이라고 믿었던 이 노인이 혹시 유령의 집에서 나온 저승사자나 변신에 능한 늙은 여우가 아닐까 하는 생각에 이르게 될지도 모릅니다. 두려움은 그때부터 시작됩니다. 당신이 믿고 있던 것이 한순간에 무너지는 찰나.

허방한 웃음으로 가슴을 진정시키고 유령의 집으로 향합니다. 알록달록한 색의 도깨비 머리가 우스꽝스럽게 보이기도 하지만 내심 걱정도 됩니다. 전혀 상상치 못한 무언가가 어둠속에서 느닷없이 튀어나올 수도 있을 테니까요. 때마침 매캐한 냄새를 품은 서늘한 바람이 불어와 당신 몸에 휘감기면서 당신은 더더욱 불안해지고 있습니다. 고개를 빼어 안을 들여다보려 하지만 어둠만 가득할 뿐 아무것도 예측할 수 없습니다. 유령의 집에 들어가길 포기하고 되돌아서서 다른 놀이기구를 타는 것이 나을까요?

이때 당신 등뒤에서 이상한 기척이 느껴집니다. 귀를 기울여보세요. 무슨 소리지요?

지금까지 앉아만 있던 그녀가 의자에서 일어나 당신에게 다가가고 있습니다. 당신은 결코 그녀의 움직임을 느낄 수 없습니다. 모든 감각이 유령의 집 내부를 향하고 있었기 때문이지요. 입구의 가장 안쪽에 이르러 안으로 들어가려고 다짐하는 순간 발목에 이상한 감촉이 느껴집니다. 그 느낌이 오래 지속되지는 않습니다. 무언가 느껴지는 동시에 사라지지요. 휙, 당신의 옷가지가 날릴 수도 있습니다.

그것은 바람이었을까요? 주위를 살펴보지만 당신은 아무것도 발견할 수 없습니다. 여전히 무표정한 얼굴로 앉아 있는 그녀와 부지런히 먹이를 쪼아대는 공원의 비둘기만이 보일 뿐이지요.

그녀는 예의 그 자세로 정면을 응시하고 의자에 앉아 있습니다. 지금처럼 재빠르게 움직이는 그녀를 본 적이 없습니다. 순식간에 공간 이동을 하는 먼 미래의 사람이 아닐까 의심이 들 정도입니다. 그녀는 말없이 움직이면서 그늘 속으로 사라지는가 하면, 별안간 다른 차원의 세계에서 돌아오는 것처럼 불쑥 나타나 유령 같은 분위기를 내고 있습니다.

가끔 제 다리를 왜 만지느냐고 따지는 아가씨들이 있기는 합니다. 하지만 전혀 모르겠다는 표정으로 앉아 있는 그녀에게 무슨 말을 더

할 수 있겠어요. 그녀의 태도에는 태연함을 넘어 어떤 종류의 즐거움 같은 게 있는 것 같습니다.

정체를 밝힐 수 없는 어떤 감촉 때문에 당신은 유령의 집에 들어가기도 전에 이미 두려워지고 있습니다. 심장박동이 조금씩 빨라집니다. 되돌아갈 수도 없습니다. 이깟 어린애 장난 같은 유령의 집에 들어가기가 무서워 도망친다는 건 자존심이 상할 일이기도 하니까요. 하지만 아무것도 아닌 저곳에 무언가 있을지도 모른다는 생각이 조금은 들겠지요.

그러면 그녀가 앉아 지키고 있는 유령의 집 안에는 도대체 무엇이 있는 걸까요.

목매단 처녀귀신? 관 속에 얌전히 누운 흡혈귀나 미라? 아니면 간사한 혓바닥을 날름거리는 뱀? 쇠사슬을 절그럭거리며 다가오는 고문 기술자?

물론 그것들이 아주 없는 것은 아닙니다. 하지만 당신이 똑바로 바라보지 못하는 어둠 저편에 무언가 다른 것이 있을 수도 있지 않을까요? 당신의 심장 속에서 핏줄을 옭아매게 하는 두려움 말입니다.

2

당신은 주렴을 걷고 유령의 집 안에 첫발을 내디뎠습니다. 갑작스런 어둠에 익숙해지기 위해 온몸의 감각기관은 부산히 움직이기 시작합니다. 어둠속에서는 모든 것이 커지고 소리를 냅니다. 동공이 커지면서 감각의 모든 촉수들은 키를 세우고 당신의 숨소리도 커지지요. 작은 발소리까지도 커다란 북소리처럼 거대하게 울립니다.

  아직까지는 아무것도 나타나지 않습니다. 완벽한 어둠뿐입니다. 실제로 이곳에는 아무런 장치도 되어 있지 않습니다. 잠시 마음을 놓아도 될 것 같습니다. 어떤 함정도 놀랄 만한 귀신도 없는 모양입니다.

  어둠은 불안하고 위험해 보입니다. 오히려 그런 이유로 매혹적이기도 하지요. 무언가 덮칠 것 같은 끔찍한 기분이 드는가 하면 상상력을 증폭시키기도 하니까요. 어둠을 들여다보는 것은 하수도 속을 관찰하는 것과 같습니다. 끝없는 미로 속에는 더럽고 불결한 동물들과 미끈대고 기분나쁜 식물들이 섞여 자라고 있겠지요. 숨막히는 안개 저편, 의혹에 가득 찬 소리들이 웅웅댑니다. 혹시 불온한 공간 속을 누비는 지하인간이나 음모를 꿈꾸는 식인 쥐가 숨쉬고 있는 것은 아닐까요? 물론 맨홀 뚜껑을 닫아 어둠을 차단시키면 될 일입니다. 그러나 사람들은 곧잘 자신들이 상상하고 있는 하수구의 실체를 파악하고 싶어합니다.

  미궁이나 미로 골방 등의 단어에서 풍기는 느낌도 하수구와 마찬가지입니다. 어려운 수수께끼를 풀듯 그 속으로 점점 더 깊이 빠져들게 됩니다. 당신이 유령의 집에 들어오게 된 것도 그런 이유였겠지만 말입니다.

  그러나 보이는 것만으로는 아무것도 볼 수 없고 들리는 것만이 전부는 아닙니다. 보이지 않고 들리지 않는 그 이면에 삶은 존재하니까요. 보이지 않는 것을 보고, 들리지 않는 것을 들으려고 해보세요. 그건 때때로 흥미진진한 일이 될 겁니다.

  이제 당신 눈에 아주 작은 불빛 두 개가 보입니다. 어둠속에서 벼리고 있는 날짐승의 눈빛을 닮은 붉은색이요. 예, 바로 저 앞에요. 아주 작은 눈이지요? 쥐새끼 같아, 누군가 그러네요. 맞습니다. 저건 쥐 눈입니다. 그걸 단 지는 얼마 되지 않습니다. 두달 전에 그녀가 작은 쥐 인형에 전구를 박아놓았습니다.

전부터 그녀는 유령의 집에 쥐 눈을 달고 싶어했습니다. 그녀는 오월에 쉰살이 됩니다. 아이는 열네살입니다. 그러니까 그녀와 아이는 서른여섯살 차이고, 똑같이 쥐의 해에 태어난 셈이지요. 그들이 쥐띠여서 그런 건 아니지만 그녀는 유난히 쥐를 좋아했습니다. 유령의 집에 쥐가 나다니거나 집 천장을 함부로 뛰어다닌다고 쥐약을 준비하는 일은 없습니다. 오히려 쥐를 들끓게 하기 위해 음식물을 여기저기 흘려놓는 것 같다는 생각이 들 정도입니다.

그녀가 태어난 해 봄에는 전국적으로 쥐잡기 열풍이 불었다고 합니다. 마을 곳곳에 '우리 식량을 훔치는 쥐를 몰아내자'는 내용의 현수막과 전단지가 돌았고, 동네 아이들은 쥐 스무 마리에 밀가루 한그릇을 얻기 위해 들판과 시궁창을 헤매는 광경이 펼쳐졌지요. 게다가 북쪽에서부터 쥐들이 옮기는 병원균이 내려오고 있어 남쪽 사람들이 긴장하기도 했었답니다. 온몸에 오한이 나고 구토와 설사 증세가 나타나는 병이지요. 당시에는 별다른 예방책이나 치료약이 없었기 때문에 병균에 감염되는 것은 곧 죽음의 지배력을 벗어날 수 없다는 걸 의미했습니다. 그녀의 아버지도 그 병에 걸려 그녀가 세상에 태어나기도 전에 죽고 말았습니다.

잡아온 쥐들을 학교 운동장에 몰아넣고 불을 지르는 장면을 상상해보세요. 사람들은 산더미처럼 쌓인 쥐들에게 욕설을 퍼붓고 침을 뱉었겠지요. 자신의 내부에 존재하고 있는 불안과 두려움을 그 작은 쥐새끼들에게 퍼부었을 겁니다. 마치 마녀사냥을 하듯 말입니다. 때로 살아 있는 쥐들이 불에 휘감긴 채 도망을 치기도 했겠지요. 그러면 사람들은 기다리고 있었다는 듯 가느다란 회초리와 집게를 들고 화형대의 장작 속으로 그것들을 몰아넣었을 겁니다.

어쩌면 아이 또한 한마리 거대한 쥐가 되어 있는지 모릅니다. 아이는 비밀통로를 통해 유령의 집에 드나들지요. 혹시 유령의 집 입구 오른쪽 벽면에 그려진 머리 풀어헤친 늙은 마녀를 보았나요? 마녀의 기다란 손톱이 가리키는 끝에 일미터 길이의 얇은 틈이 있습니다. 유령의 집 기계실로 통하는 문입니다. 그 문은 그녀가 가리고 앉아 있기 때문에 당신이 아무리 세심한 사람이라 하더라도 문의 존재를 미처 눈치채지 못했을 테지요.

아이는 기계실 문을 통해 유령의 집으로 들어간답니다. 당신이 앞으로 지나가야 할 미로들의 벽면에도 기계실과 연결되는 비밀문들이 숨겨져 있지요. 그곳으로 들어가 당신보다 먼저 다음 지역에 도착할 수도 있고, 되돌아가 당신 뒤에 서 있을 수도 있습니다. 지상과 지하를 자유롭게 나다니는 시궁쥐처럼 길과 구멍과 벽면을 적절히 이용해 누구에게도 들키지 않고 움직입니다. 아이는 눈을 감고서도 유령의 집 지리를 훤하게 외웁니다. 어둠속에서 거리를 측정하고 길을 기억해내는 방법을 알고 있는 듯합니다. 아이는 비밀문 앞에 배를 깔고 누워 당신이 다가오기를 기다립니다. 물론 당신은 아이의 존재는 전혀 느낄 수 없겠지요.

지금 당신은 비밀문 앞에 이르렀습니다. 두 개의 붉은빛이 무엇인지 확인하기 위해 자리에 멈추어섰지요. 꼬리를 얌전히 내리고 있는 작은 쥐인형과 전구를 보고 실망했을 수도 있습니다. 당신이 상상한 것은 늑대나 살쾡이 같은 공격적인 동물이었을 테니까요. 이때 당신의 실망을 알아챈 듯 누군가 당신의 발목을 움켜쥡니다. 당신의 발목을 움켜쥐고 있는 손아귀의 힘은 너무 강하고 단단합니다.

당신은 유령의 집 입구에서 느꼈던 아주 미미한 감촉을 기억해낼 것입니다. 입구에서 느꼈던 감촉이 생생해지자 당신은 기겁을 하고 맙니다. 누군가 억지로 잡아떼지 않는다면 절대로 놓아줄 것 같지 않습니다. 때로 발목을 빼내려고 발버둥치다가 바닥에 나동그라지거나 비명을 지르는 사람도 있습니다. 더러 다른 것은 보지도 못하고 전속력으로 뛰쳐나가기도 합니다.

당신 발목에서 손을 거둔 아이는 다시 깊은 어둠속으로 빠져듭니다. 태아처럼 몸을 구부리고 누군가 앞에 서기를 기다리겠지요. 그녀가 입구에서 사람들의 발목을 쥐는 행위에 일종의 즐거움 같은 것이 있었다면, 아이는 최면에 걸린 채 다른 기계장치들처럼 작동되는 것 같습니다. 쥐인형처럼 말입니다.

갑작스런 공격이 사라지긴 했지만 발목에는 여전히 우왁스런 손아귀의 힘이 남아 있습니다. 자, 이제부터 유령의 집의 공격이 본격적으로 시작될 것입니다.

쥐 눈을 뒤로 하고 오른쪽으로 돌면 바로 우물이 보입니다. 조심하세요, 곧 머리를 풀어헤친 새터니가 올라올 테니까요.

새터니는 어린 계집아이의 귀신입니다. 아비 없이 태어난 아이는 식구들의 미움을 받았습니다. 제 아비를 잡아먹고 태어난 년이라고, 얼굴 한번 못 본 아버지 때문에 숱한 고난을 겪어야 했습니다. 다섯 살이 되던 해에 아이는 큰 독에 가두어졌습니다. 아이의 엄마는 굶어 죽지 않을 정도로 아주 조금씩만 먹을 것을 주었답니다. 그러고는 삶이 힘들고 어렵게 느껴질 때면 아이에게 화풀이를 했다지요. 길고 날카로운 꼬챙이로 아이의 몸을 찔러대면서 말이지요. 결국 그 계집아이는 굶주림과 고통에 시달리다가 죽습니다. 그 소녀의 넋이 바로 새터니입니다.

새터니는 죽어서 우물 곁을 배회한다고 합니다. 너무 기갈이 들고 허기가 져 물이라도 실컷 먹고 싶어서였을까요? 당신은 기계장치에 의해 불쑥 올라왔다가 내려가는 모습을 그냥 웃어넘길지도 모릅니다. 하지만 새터니가 죽은 사연을 알게 되면 슬퍼지고 말겠지요. 새터니는 우리에게 아무 해도 끼치지 않는 착하고 불쌍한 넋입니다. 혹여 시골 우물가에 곤핍한 모습의 어린 여자아이가 나타나면 놀라지 마십시오. 측은한 마음으로 따뜻한 눈길 한번 주면 될 일입니다. 깊은 우물에서 물을 퍼올려 우물 주변에 뿌려주거나, 손에 들고 있던 과자 부스러기라도 슬쩍 흘려주면 더 좋겠지요.

그녀는 딸아이에게 어린시절을 회상하듯 생생한 목소리로 새터니 이야기를 들려주곤 합니다. 새터니의 전설을 이야기할 때면 그녀의 눈은 깊은 슬픔에서 겨우 빠져나온 듯 촉촉이 젖습니다. 제 아비 잡아먹은 년이라고 말할 때 그녀는 진저리를 치지요. 제 아비 잡아먹은, 제 아비 잡아먹은, 그녀는 꼭 두 번 말합니다.

새터니는 당신이 지나가고서도 우물 속에서 나왔다가 들어가기를 반복합니다. 당신은 우물을 지나 처녀귀신이 매달려 있는 코너를 돌아갑니다. 한번도 갈아입히지 않은 소복에 먼지가 잔뜩 앉았습니다. 처녀는 가녀린 신음소리를 내고 있습니다. 한을 품고 자살한 여자입니다. 처녀는 마을 대장장이에게 강간당했을 수도 있고, 사랑하는 남자에게 버림받았을 수도 있습니다. 자식이나 남편이 먼저 죽어 슬픔에 겨운 나머지 목을 맸을 수도 있습니다. 아니면 알 수 없는 어떤 힘에 이끌려 한새벽에 집을 뛰쳐나와 당산나무를 향했는지도 모르지요.
무엇이든 당신이 한번 상상해보세요. 여자가 목을 매달 수밖에 없는
이유에는 어떤 것이 있을지 말입니다.

처녀는 붉은 혓바닥을 길게 늘어뜨리기 시작합니다. 속엣말을 읊조
리듯 나지막이 흘러내리는 혓바닥이 어깨에까지 닿습니다. 파리를 잡
아먹기 위해 날름거리는 파충류의 붉은 혓바닥처럼 역겹게 느껴지기
도 합니다. 그렇다고 혓바닥을 잡아당기지는 마십시오. 처녀는 다만
당신에게 억울한 사연을 전하고 싶을 뿐이니까요.

당신은 하찮은 귀신 마네킹에 놀라지도 않고 앞을 향해 잘 나아가
고 있습니다. 어쩌면 당당한 당신 스스로에게 가벼운 쾌감을 느끼고
있는지도 모릅니다. 하지만 방심하고 있는 틈을 타 어떤 함정이 당신
의 발목을 노리고 있으면 어쩌지요? 당신은 유령의 집 내부 중 겨우
앞부분만 지나왔을 뿐이니까요.

3

이제 그에 대해 이야기할 때가 된 것 같습니다. 그녀의 남편이자 아
이의 아버지이기도 하지요. 그는 밀렵꾼이었습니다. 야생동물을 잡아
건강원 같은 곳에 넘기기도 하고, 원하는 고객이 있을 때는 박제를 해
주기도 했습니다. 그의 박제가 정교하지는 않지만 살균과 방부에는
탁월한 데가 있어, 박제품을 오래 보관하려는 사람들에게 나름대로
인기가 있었던 모양입니다.

그는 그리 만족할 만한 가장은 아니었다고 합니다. 일년에 열달 이
상 야생동물을 잡으러 깊숙한 산속을 헤매고 다녔으니까요. 박제할

거리가 있을 때나 집으로 돌아오곤 했습니다. 그의 검은 가방 속에는 숙련된 고문기술자의 것처럼 보이는 기구들이 가득했습니다. 각종 덫과 공기총 쇠사슬 예리한 칼들과 수술용 바늘 솜 방부제나 마취제 다양한 굵기의 철사들…… 이 정도면 상상이 가겠지요?

참, 당신이 잠시 후에 보게 될 발톱 세운 고양이도 그의 작품입니다. 왼쪽으로 돌면 바로 눈앞에 나타나게 될 겁니다. 눈알을 파내고 대신 초록색 의안을 달아넣었습니다. 바닥에 설치된 조명이 송곳니를 지나치게 강조하고 있습니다. 역삼각형의 도드라진 송곳니를 보면 당신도 덩달아 누군가의 살점을 물어뜯고 싶은 욕구를 느끼게 될지 모릅니다. 위로 말려올라가 완강히 버티는 입술과 그 사이로 드러난 날카로운 이빨은 무언가를 힐책하고 있거나 지독한 원망으로 목덜미를 죄고 있는 듯합니다.

아름다운 고양이지요? 어차피 고양이란 그 속에 아름다움과 공격성을 동시에 숨기고 있는 동물이니까요. 어둠속이라 털 색깔이 잘 드러나지는 않지만 윤기 흐르는 검은 줄무늬 고양이였습니다. 저것이 살아 있을 적에는 밀림을 누비는 표범이나 자칼처럼 날렵하고도 매끈한 놈이었죠. 저것이 담벼락을 타고 다니며 쥐사냥을 나서면 온동네가 조용해질 정도였답니다. 그가 야산에서 막 태어난 새끼 들고양이를 발견하고 집으로 데려왔지요. 집안에 쥐가 들끓는 것을 못 참았기 때문에 고양이가 그의 고민을 해결해줄 수 있을 거라 믿었습니다. 물론 들고양이는 선천적으로 공격성을 갖고 태어나기 때문에 그의 기대에 어긋나지는 않았답니다.

혹시 고양이가 쥐 잡는 모습을 본 적이 있나요? 고양이는 쥐를 한입에 먹어치우지 않습니다. 도망가게 놔두었다가 물고, 위로 휙 던졌다가 붙잡는 일을 반복합니다. 기진한 쥐는 수챗구멍을 향해 필사적으로 도망가지만 코를 들이밀기도 전에 번번이 실패하고 맙니다. 고양이는 발톱을 세워 쥐 몸에 상처를 내고, 피칠갑이 된 쥐를 고급요리라도 되는 듯 천천히 음미하면서 먹지요. 그는 그 검은 줄무늬 고양이가 쥐 잡는 모습을 즐겨 보곤 했답니다.

그는 그녀나 아이보다 고양이를 사랑하는 것 같았습니다. 하지만 그 고양이도 결국 그의 손에 의해 박제되고 맙니다. 고양이의 최후가 그렇게 된 것은 열대야가 극성을 부리는 팔월의 어느날이었습니다. 발정난 고양이가 담에 올라앉아 손톱으로 칠판을 긁는 듯한 날카로운 울음소리를 내었지요. 낯선 고양이들이 한꺼번에 집 주위로 몰려와 내는 울음소리가 그의 심장을 할퀴고 온몸에 섬뜩한 소름을 돋우었습니다. 결국 그는 문을 박차고 나가 빵, 한방에 고양이를 날려버렸습니다. 자세히 보면 박제의 머리 부분이 엉성한데 총에 맞은 부분이 뭉개져 가죽이 좀 모자라서 그렇게 된 겁니다.

그 일이 있고 나서 얼마 후, 일년에 몇번 집에 들어오던 그가 아예 집에 들어앉게 되었습니다. 산속에서 누군가 놓은 덫에 걸려 두 다리를 못 쓰게 되고 말았기 때문이지요.

그가 다리를 쓰지 못한다는 것은 그녀와 아이에게 커다란 함정이었는지 모릅니다. 그는 자신이 더이상 사냥을 할 수 없는 퇴물이 되었다는 사실을 인정할 수 없었습니다. 벽에 기대앉아 창밖만 내다보는 날들이 계속되었지요. 그의 눈앞에는 암담한 벽이 가로막혀 있었습니다. 어둠이 내려앉으면 헤아릴 수 없는 좌절과 분노가 급류처럼 그의 몸에 휘감겼습니다. 조금 지나면 어둠을 헤치고 지친 얼굴의 그녀와 아이가 집으로 돌아오지요. 그는 어둠속에 몸을 구겨넣고 있다가 성난 황소처럼 불쑥 튀어나와 그녀에게 달겨들곤 했습니다. 고양이가 쥐를 사냥하듯 방을 휘저으며 할퀴고 뜯고 몰아붙이며 그녀를 잡았지요. 그녀는 숨만 겨우 내쉬며 그의 매질을 견뎌낼 수밖에 없었습니다.

그때부터 그는 뼈와 살이 있는 인간의 몸으로 존재한 게 아니라 그녀의 피를 빨고 영혼을 타락시키기 위해 다른 세계로부터 온 악령으로 존재했습니다. 흡혈귀처럼 말입니다. 그가 이빨을 들이대는 곳마다 그녀의 피부는 시들고 머리는 세고 뼈가 휘었습니다.

그것은 아이에게도 견디기 힘든 일이었을 겁니다. 차라리 그녀가 악다구니를 쓰며 달려들거나 그에게서 영원히 도망이라도 갔으면 좋으련만 어떤 방어나 공격도 못하고 오롯이 버텨내는 그녀를 이해할 수 없었습니다. 문턱에 앉아 그녀를 바라보는 아이에게는 심장을 밟아대는 말발굽 소리가 들렸습니다. 불안하고 초조한 기다림만 계속될 뿐 그의 매질도 말발굽 소리도 멎지 않으면 아이는 집을 나와 유령의 집으로 향했습니다. 골목 끝에 서서 집을 돌아보면 그가 있는 집은 더 이상 집이 아니라 숨을 헐떡이며 으르렁거리는 음탕하고 난폭한 동물이 되어 있었습니다.

문이 닫힌 빈 공원에는 비둘기의 웅성거림만이 공중을 배회하고 있습니다. 유령의 집 벽면에 그려진 괴물들은 허망해 보입니다. 아무런 해코지도 절규도 못할 것 같습니다. 아이는 숨겨진 열쇠를 찾아 기계실 문을 열고 유령의 집으로 들어갑니다.

적의에 가득 차 있는 듯한 한떼의 어둠이 아이에게 몰려듭니다. 끝없이 펼쳐진 우주의 광막함에 휘청거립니다. 그러나 다리가 저리고 한기가 느껴질 정도로 오래 앉아 있다보면 아이를 후려치던 어둠은 어느새 어머니의 자궁처럼 포근해집니다. 어둠의 여백으로 한없이 빨려들어가는 순간. 태양을 중심으로 우주가 돌아가듯 아이는 어둠을 거느리고 더욱 깊숙한 어둠속으로 들어갑니다. 기계를 모두 작동시킨 후 비밀문을 통해 새터니가 있는 우물가로 갑니다. 신발을 벗고 시커면 우물 안으로 들어가면 미친 듯 날뛰던 심장은 천천히 제자리를 찾아갔습니다.

사냥을 하지 못하게 되면서 그는 쥐잡기에 매달리기 시작했습니다. 그녀와 아이가 유령의 집에 가 있는 동안 그는 집안 곳곳에 덫을 놓았습니다. 세면가와 화장실, 부엌 찬장 위와 다락 담벼락 틈…… 덫은 어느 곳에서나 발견되었습니다. 그렇게 잡힌 쥐에게는 처절한 처형이 기다리고 있었습니다. 철망 덫에 갇힌 쥐를 죽을 때까지 방치해두거나, 쥐가 담긴 덫을 그대로 물에 넣어 익사시키거나, 약 먹고 죽은 쥐를 불에 태우거나, 그의 처형방법은 다양했습니다. 먹이를 먹지 못하는 쥐는 사흘이면 죽습니다. 물속에 잠겨서는 삼분을 견디지 못하지요. 쥐가 그의 다리를 앗아가기라도 한 듯 쥐에 대한 보복행위를 멈추지 않았습니다.

처형에 대한 재미가 시들해지면 그는 검은 가방을 열고 잡은 쥐들을 박제했습니다. 그때마다 그는 아이를 불러 박제과정을 지켜보게 만들었습니다. 때로 아이에게 철사와 소독약을 손에 쥐여주고 직접 박제를 하도록 지시하기도 했습니다. 아이는 꼼짝없이 그에게 붙들려 박제하는 법을 배워야 했습니다.

쥐 박제는 동물 박제의 기본이기 때문에 어려운 일은 아니었지만, 아이는 능숙하게 박제를 하는 그만큼 자유롭지는 못했습니다. 쥐를 석탄산에 씻어 말리고 몇조각으로 가죽을 벗겨내고 뼈대를 둘러 쥐의 몸을 완성하기까지, 아이는 독한 포르말린과 붕산 냄새에 눈을 잔뜩 찌푸리고 일련의 과정을 견뎌야만 했습니다.

딱딱하게 굳은 쥐의 배를 가를 때마다 아이는 제 자신이 팔딱팔딱 뛰는 심장을 드러낸 채 수술대 위에 놓인 기분이 들었습니다. 그러나 아이는 그녀를 위해 시간을 벌 수 있다는 것에 만족해야 했습니다. 박제를 하는 동안만은 그녀가 그의 매질에서 자유로울 수 있었으니까요.

당신은 이제 박쥐를 거느린 흡혈귀를 보게 됩니다. 검은 망또와 날카로운 이빨은 당신이 짐작한 대로입니다. 하얗게 표백된 낯빛과 충혈된 눈이 수혈을 갈망하고 있습니다. 검은 박쥐들이 음산한 망또를 펄럭이며 흡혈귀 주위를 날아다닙니다. 당신의 머리채를 움켜쥐고 흡혈귀의 성으로 끌고 가거나 목덜미 깊숙한 곳에 이빨을 박고 피를 빨아마시기도 할 흡혈박쥐입니다. 그렇다고 마늘을 준비하거나 십자가를 들지 않아도 됩니다. 괜히 목덜미를 어루만지며 공격을 두려워할 필요도 없습니다. 수선스럽고 과장되고 조잡하게 만들어진 모형물일 뿐이니까요.

시간이 지나면서 당신은 서서히 어둠에 익숙해지고 있습니다. 어둠에 익숙해지면 어둠속으로 뛰어들게 마련입니다. 지금까지 어둠 밖으로 나가고 싶은 욕망과 어둠을 이기려는 욕망의 싸움은 어느정도 소강상태가 된 듯합니다. 오히려 당신을 둘러싼 바다 밑바닥 같은 어둠속을 유영하며 즐기고 싶기도 하겠지요. 앞을 살피며 여유를 부릴 수도 있고, 구석에 있는 괴물들을 만져볼 만한 자신감도 생겼습니다.

험악한 얼굴을 한 프랑켄슈타인의 괴물도, 붉은 비닐에 불과한 불자락을 뿜는 용도, 고깃점 낀 누런 이빨을 들이미는 공룡도 당신을 해칠 수 없습니다. 이렇게 시시한 곳에 왜 들어왔을까, 그런 후회까지

들지도 모릅니다. 발걸음이 점점 빨라지는 걸 보니 불쾌한 냄새가 나는 이곳을 벗어나 신선한 공기를 마셨으면 좋겠다는 생각을 하는 모양이군요. 온갖 너저분한 괴물들의 몸냄새와 매캐한 먼지냄새와 사람들의 살냄새가 환기되지 않은 채 한데 뒤섞여 구석구석 배어 있으니 당신이 그런 생각을 하는 것도 무리가 아니지요.

이런, 함정이 있을 거라 미리 주의를 주었잖아요. 당신이 지금 밟은 곳에는 야트막한 구멍이 패어 있고 그걸 가리기 위해 스펀지가 깔려 있었습니다. 낮은 턱이지만 당신은 어이없이 무릎을 꿇고 맙니다. 밖이었다면 이 정도의 엉성한 함정은 쉽게 발견되었을 겁니다. 만약 헛짚었더라도 균형을 잃거나 놀라 자빠질 만한 것은 아니었을 테고요.

하지만 모든 함정은 방심한 틈을 파고들게 마련입니다. 누군가 작정을 하고 만들어놓은 그물망을 피하기란 쉽지 않은 일이지요. 조금이라도 틈을 보이지 마십시오. 자만에 빠져 있는 그 틈을 비집고 들어오는 함정은 당신에게 결정적인 패배를 안겨줄 수도 있답니다.

당신이 함정에 빠진 덕에 뒤에서 쫓아오던 사람들은 무사히 지나칠 수 있었습니다. 그런데도 당신은 화가 나 있는 것 같군요. 하찮은 함정에 무릎을 꿇어서 그런가요? 당신만 혼자 넘어진 게 억울한 생각이 들어서인가요? 어쩌면 이 모든 것을 끝내고 처음으로 되돌아가고 싶어졌는지도 모르겠습니다.

하지만 되돌아가기에는 너무 멀리 와버렸습니다. 되돌아가기보다는 앞으로 나아가는 게 더 빠를 것 같군요. 조금만 더 가면 비좁고 컴컴한 어둠의 미로에서 벗어나 눈부신 햇살을 맞을 수 있습니다. 조금만 더 가면 됩니다. 출구가 그리 멀지 않습니다.

$$4$$

어디선가 당신을 비웃는 듯한 웃음소리가 들려옵니다. 낮고 굵은 톤으로 스타카토처럼 짧고 단단하게 시작되다가 긴 여음을 남기는 웃음소리. 미지의 위험을 예고하는 걸까요? 아니면 권태에서 벗어나기 위해 몸부림치는 장난기 가득한 거인의 목소리일까요.

이것은 외눈박이가 내는 소리입니다. 사나운 턱수염은 성난 화마(火魔)처럼 출렁이고 검은 머리는 봉두난발 헝클어져 있습니다. 얼굴의 반을 차지하는 눈알을 부릅뜨고 몽둥이에 걸릴 제물을 찾고 있습니다. 손에 든 몽둥이로 허공을 휘두르며 닥치는 대로 박살낼 기세입니다. 눈은 하나지만 시력이 좋아 누군가 다가오는 걸 훤히 알고 있지요. 당신이 다른 괴물들에 정신 팔려 있는 동안에도 당신의 행동을 주시하며 기다리고 있었답니다. 사정거리에 드는 순간 목표물을 놓치지 않고 몽둥이를 힘껏 내리치겠지요.

외눈박이는 원래는 아주 순한 놈이었습니다. 힘도 세고 부지런해서 집안일을 도맡아했지요. 가족들은 온갖 궂은 일로 부려먹으면서도 한편으로는 그를 수치스러워했습니다. 심한 매질과 욕설도 서슴지 않았지요. 외눈박이의 외모는 매질 때문에 더 흉물스럽게 변해갔습니다.

어느날 외눈박이는 물에 비친 자신의 모습을 보게 되었습니다. 고난과 외로움으로 어룽지고 피로한 눈물이 고인 볼썽사나운 얼굴이 흔들리고 있었습니다. 그 뒤로 하늘 높이 솟은 아름다운 나무 한그루가 보였습니다. 잘 뻗은 몸통을 중심으로 팔을 벌린 나뭇가지들, 가지마다 가득 매달린 푸른 이파리들이 햇살을 받아 반짝이는 아름다운 나무. 그는 나무를 온몸으로 밀어 뿌리째 뽑아버렸습니다. 그리고 그중 옹이가 심하게 져 울퉁불퉁한 가지 하나를 손에 들었습니다. 외눈박이가 흉악한 괴물로 변해 가족을 몰살하고 몽둥이를 휘두르기 시작한 것은 그때부터였습니다. 그후로 외눈박이의 몽둥이에는 피가 마를 날이 없습니다.

외눈박이가 휘두른 몽둥이가 당신 머리를 스쳐지나갑니다. 유령의 집에서 행하는 마지막 공격입니다. 아프지도 않고 그다지 놀라지도 않았겠지만 말입니다. 당신이 이미 공격을 짐작하고 있었고 스펀지로 만든 몽둥이였으니까요. 하지만 전혀 예측하지 못한 공격을 당할 때도 있으니 조심하십시오. 비록 허방의 공격이지만 그 공격이 계속되다보면 언젠가는 결정적인 패배를 당하기도 하니까요.

겨울이 다가오면서 거리를 쏘다니던 쥐들은 물과 온기가 있는 시궁창으로 숨어들기 시작했습니다. 좀더 약삭빠른 쥐들은 먹이를 쉽게 구할 수 있는 집을 찾느라 분주했습니다. 쥐덫을 놓는 그도 바빠졌습니다. 덫을 놓기 무섭게 새로운 쥐가 잡혔고, 그는 덫을 손보고 쥐를 처형하고 새 덫을 놓느라 정신이 없을 정도였습니다. 그는 더 많은 덫을 놓았고 그만큼 많은 쥐를 잡았습니다.

어느날 그는 깨끗이 닦아낸 덫들을 볕에 널어놓고 뜨끈한 방안에서 선잠이 들어 있었습니다. 어둠이 고양이처럼 소리없이 다가오고 있었습니다. 창밖을 서성이는 낯선 흐느낌이 그를 깨웠습니다. 소리는 담벼락을 타고 넘어오고 있었습니다. 새끼새가 먹이를 달라고 입을 쫑긋거리며 아우성치는 소리 같기도 하고 단말마의 비명처럼 들리기도 했습니다. 그는 방에서 나와 목발을 짚고 천천히 담을 향해 다가갔습니다. 끈끈이덫에 생쥐 한마리가 붙어 있었습니다. 헤어나려고 발버둥쳤는지 끈끈이 주변에는 짧고 검은 털들이 빠져 있었습니다. 갑자기 그의 몸놀림이 바빠지기 시작했습니다. 목발에 의지해 창고와 방을 뒤져 시너와 성냥과 종이를 찾아왔습니다. 늘 듣던 쥐울음 소리였지만 유달리 신경이 쓰여 허둥대고 정신이 아득해졌습니다. 끈끈이에 시너를 듬뿍 뿌리고 성냥을 그었습니다. 불에 휘감긴 쥐가 끈끈이를 매단 채 필사적으로 도망치려 했습니다. 그는 도망가는 쥐를 쫓느라 흙과 먼지를 뒤집어쓴 채 마당 구석까지 정신없이 기어갔습니다. 끈끈이덫은 푸른 불꽃을 내며 타고 있었고 쥐는 이미 죽었습니다. 그런데도 그를 깨웠던 낯선 소리는 사라지지 않았습니다.

서늘한 바람이 그의 목덜미를 쓰다듬고 지나갔습니다. 그제야 그는 정신을 차리고 대문 앞에 넘어져 있는 목발을 향해 엉금엉금 기어가기 시작했습니다. 그때 그의 눈앞에 그녀가 나타났습니다.

그녀의 손에는 그가 주우려 했던 목발이 들려 있었습니다. 유령의 집은 어쩌고 들어왔냐고 그가 소리쳤고 그녀는 대답하지 않았습니다. 그녀의 눈에 살기가 스쳐갔습니다. 백내장을 앓는 듯한 그녀의 눈이 검고 날카로운 빛을 띠는 것을 그는 보았습니다. 너, 지금. 너 지금. 그는 소리를 지르며 그녀에게서 목발을 빼앗으려 했습니다. 그러나 손이 닿기도 전에 그녀는 훌쩍 뛰어넘어 그의 등뒤로 돌아가 있었습니다. 뒷목이 뻐근해지고 팔뚝에 솜털이 한올 한올 일어섰습니다. 다리를 끌며 뒷걸음질치다가 아직 불이 꺼지지 않은 끈끈이덫을 짚고 말았습니다. 낭창낭창 녹은 고무가 손바닥에 달라붙었습니다. 불이 그의 손에 옮겨붙었습니다. 그는 손의 화기보다도 앞을 가로막고 서 있는 그녀가 더 두려웠습니다.

눈을 지려감고 그녀를 향해 팔을 내둘렀지만 그는 계속 헛손질만 해대고 있었습니다. 그가 실눈을 뜨고 그녀를 훔쳐보는 순간 그녀의 손이 번쩍 올라갔습니다. 그녀는 능숙한 기계장치처럼 목발을 내리치기 시작했습니다. 그녀 손에 들린 목발은 외눈박이의 피묻은 몽둥이가 되어 그의 몸뚱이를 사정없이 후려치고 있었습니다.

마지막으로 당신이 보게 될 유령은 흰 붕댓더미 미라입니다. 허리에 손을 붙인 채 관 안에 얌전히 서 있다가 불현듯 앞으로 튀어나와 당신을 으르겠지요. 손을 직각으로 뻗어 당신의 목을 조르려고까지 하는군요. 하지만 채 가까이 오기도 전에 관 속으로 다시 끌려들어가고 맙니다.

관 옆에는 뇌와 장기를 담은 병이 얌전히 놓여 있습니다. 자칼과 원숭이 모양의 뚜껑을 열면 잘 마른 심장과 장기가 들어 있을 것입니다. 누군가 빛과 어둠이 조화로운 날을 골라 향료를 뿌리고 주술을 외우면 살아날 수 있을지도 모르겠습니다.

그는 생전에 무얼 하던 사람이었을까요? 이집트의 난폭한 왕이었을 수도 있고 왕의 부인과 놀아난 시종이었을 수도 있습니다. 부활의 날을 꿈꾸며 엄숙한 의식을 치렀을 수도 있고, 엄청난 저주를 받아 산 채로 박제되었을 수도 있습니다. 어쩌면 사냥꾼이었을 수도 있겠지요. 아니면 미라를 만들던 제사장이었을 수도 있습니다.

그가 누구였든 이제는 박제된 미라일 뿐입니다. 그가 가지고 있던 왕국이나 욕망이나 살기는 함께 박제되었습니다. 어느 누구도 그를 위해 날을 고르거나 주문을 읊는 일은 없을 것입니다.

미라 만드는 법과 동물 박제하는 법은 별차이가 없습니다. 배를 갈라 내장을 빼내고 향신료와 알코올로 소독을 한 다음 보릿짚이나 헝겊을 방부제와 함께 채워넣고 다시 꿰매면 되는 거지요. 그리 어렵지 않지요? 동물 박제는 아름다운 가죽과 털이라도 볼 수 있지만, 인간의 맨송맨송한 살갗은 털이 없어 아마로 친친 감아 가려버린다는 것이 다르다면 다른 점이겠지요. 방부에 탁월했던 그나 그에게 박제를 배운 아이라면 충분히 만들 수도 있을 겁니다.

미라가 있는 위치에서 세 발짝만 걸으면 출구입니다. 지척에 빛이 보이지만 미라는 결코 그곳에 이르지 못합니다. 전기장치와 회로에 입력된 대로 움직이는 한낱 미라에 불과할 뿐이니까요. 그는 장치가 없으면 조금도 걸을 수 없는 하반신 불구입니다. 관람객들이 장난삼아 배를 치기도 하고 너덜너덜한 붕대를 잡아당기며 비웃는, 유령의 집에 속한 붕댓더미 말입니다.

5

좌우로 방향을 바꾸어가며 어둠속을 헤치고 다녀서인지 당신은 방향감각을 상실했습니다. 출구를 가로막고 있는 주렴을 걷자 이제는 빛의 파편들이 당신 눈을 찌릅니다. 당신의 시신경은 빛에 적응하기 위해 한동안 조율을 해야 할 것입니다.

일단 눈을 감고 기지개를 켜십시오. 당신 몸에 묻어 있던 어둠이 조금씩 떨어져나갈 것입니다. 머리카락을 간지럽히는 신선한 바람을 느끼며 잠시 그대로 서 있으세요. 시선은 먼데에 두십시오. 하늘을 바라보며 천천히 눈을 뜨세요. 아주 천천히.

당신 눈에 조금씩 붉어지는 하늘빛과 태양을 반사하는 용두산 타워

전망창이 보입니다. 숲을 이룬 춘백나무 이파리들이 주홍 비늘을 털며 바람을 타고 있군요. 비둘기들이 과자를 든 아이들을 쫓아 이리저리 몰려다니고 한 남자가 그 모습을 카메라에 담고 있습니다. 장기판을 옆구리에 낀 노인들이 서로의 하얀 틀니를 보이며 웃는 얼굴로 정자를 내려옵니다.

그리고 바로 앞에 의자에 앉아 있는 그녀가 보입니다. 그녀는 두 손을 가지런히 모으고 정면을 응시하고 있습니다. 그녀의 흰 머리카락이 유난히 희게 느껴집니다. 당신은 처음 들어갔던 곳으로 되돌아온 것입니다. 입구와 출구는 같은 곳에 위치하고 있습니다. 그러나 어쩐지 당신은 전혀 낯선 곳에 도착한 것만 같습니다.

이제부터 당신은 한가롭게 공원을 거닐며 비둘기 모이를 주거나, 보온병을 들고 다니는 여자에게 커피를 사마실 수도 있습니다. 전망 타워에 올라가 멀리 보이는 남항과 항구를 드나드는 배들을 보아도 됩니다. 오백원 동전 하나만 넣으면 바지선 위의 인부들까지 볼 수 있는 망원경도 있답니다. 따뜻하고 향기가 날 듯한 색채로 물든 해질녘 항구의 모습은 이곳 용두산 타워에서 볼 수 있는 가장 아름다운 풍광 중의 하나입니다.

용두산 공원을 내려가기 전 한번쯤 생각난 듯 유령의 집을 되돌아보겠지요. 유령의 집은 정적에 싸여 있습니다. 그녀는 보이지 않습니다. 그녀가 앉아 있던 철제 의자도 없습니다. 조금 기다리면 키 작은 여자아이가 머리칼을 팔락이며 기계실 문을 열고 나옵니다. 아이는 꼼꼼하게 기계실 문을 잠그고 유령의 집 셔터도 마저 내립니다. 잠깐 한눈을 판 사이 아이도 어디론가 사라집니다.

당신은 놀이공원이나 유원지가 아니라 다른 곳에서 그녀를 만나게

될지도 모릅니다. 당신의 발소리가 유난히 크게 들리는 막다른 골목
에서, 시멘트로 채워진 시골 우물가에서, 비가 몰아치는 어느 이슥한
밤일 수도 있겠지요.

　당신이 본 그녀는 어쩌면 처음부터 유령의 집에 속한 하나의 기계
장치에 불과했는지도 모를 일입니다.

—『문학동네』 2000년 여름호

포
옹

그는 죽었다. 과일바구니에서 색색의 과일이 뭉개지고 그 위로 그의 붉은 피가 흘러내렸으리라. 갑자기 내가 입고 있는

하얀 옷이 결혼을 앞둔 여자의 드레스가 아니라 소복인 것 같다는 생각이 든다. 서서히 날이 밝아오기 시작한다. 태양보

다 먼저 피어오르는 새들의 속삭임. 새들이 내게 그의 죽음을 전한다. 날이 밝고서야 그가 사준 흰 원피스를 벗는다. 그

리고 아주 편안한 잠에 빠져든다. 서쪽 창에 해 그림자가 길게 늘어질 때까지.

포옹

그의 아이를 낳게 되겠지. 코가 크고 귓불이 두꺼운 사내아이. 그를 닮아 눈썹이 진하고 고수머리일 거야. 아니 곱슬거리는 건 싫어. 얇고 가느다란 머리칼이 좋아. 다리가 길고 손가락도 긴 딸아이라면 더 좋겠어. 여자아이는 무엇보다 등이 곧고 목선이 고와야겠지.

아이를 가지려면 먼저 종합검사를 받아야 해. 내 몸에 결핵균이 있는 건 아닌지 자궁에 나쁜 균은 없는지…… 아이가 걷기 시작하면 체크무늬 멜빵바지를 입혀 햇살 가득한 공원을 매일매일 산책해야지. 태양 속에 풍부한 비타민D는 아이를 튼튼하게 만들어줄 거야. 그리고 무엇보다 단백질, 단백질이 중요해. 특히 생선을 통해 얻을 수 있는 단백질이 좋겠지. 생선을 주식으로 하는 북극사람들은 곱사등이가 없다잖아.

그리고 언젠가는 호숫가 마을에 예쁜 전원주택을 사게 될 거야. 창

이란 창은 모두 숲으로 향하는 그런 집을 갖고 싶어. 부엌에는 온갖
향신료와 그릇들을 넣는 찬장을 꾸밀 거야. 엄마가 마련해주신 포도
무늬 식기세트를 찬장에 숨겨두는 일은 없어야지. 엄마는 낡은 식기
와 짝이 제멋대로인 수저를 쓰며 살다가 어쩌다 손님이 들 때나 한번
씩 새 그릇을 사용하지만, 나는 안이 환히 보이는 유리찬장에 포도 무
늬 접시들을 올려놓고 수시로 꺼내 쓰겠어. 그리고 재봉틀을 하나 사
서 여름이면 아사나 불망으로 겨울이면 비로드나 광목으로 철마다 커
튼을 바꾸어 달고, 자디잔 꽃무늬 식탁보와 푸른색 잠옷을 만들어야
지. 내가 만든 옷을 입은 우리 가족은 싱싱한 과일과 음식들을 등나무
바구니에 넣어 봄나들이를 가게 될 거야. 딸아이는 개나리색 원피스
를 팔랑이며 나비처럼 춤을 추겠지.

　—그렇게 화장을 하고 차려입으니 너무 예쁘구나.

　엄마가 거울 앞에 선 내게 다가오며 말한다. 엄마 품에 안겨 거울
속 나를 바라본다. 평면만을 보여주는 거울의 기만성. 사람들도 종이
인형처럼 앞모습만 있고 뒷모습은 백지일 수 없을까. 엄마는 조심스
럽게 내 등을 쓰다듬는다. 스물아홉해 동안 내 등에 안타까이 머물러
왔던 엄마의 굳은 손이 느껴진다.

　—네가 정말 결혼을 하긴 하나보다…… 고서방은 어쩜 이렇게 네
게 딱 어울리는 옷을 골라주었다니.

　엄마가 몸을 떼고 조금 멀찍이 서서 나를 바라본다. 엄마의 입매가
살짝 올라간다. 저러다 또 눈물을 흘리고 말지. 나는 두 손을 허리에
대고 발끝을 살짝 들어 빙그르르 돌아 보인다. 엄마는 다시 한번 나를
안아 등을 쓰다듬고 방을 나간다.

　초록색 코사지가 달린 하얀 원피스. 그는 점원에게, 내일 이 옷 입

고 저희 집에 인사드리러 갑니다, 내 색시 예쁘죠? 했다. 그리고 흰색 원피스에 어울릴 만한 구두와 작은 가방을 사주었다. 작은 큐빅이 박힌 구두는 지금 침대 위에 올려져 있다. 나는 치마가 구겨지지 않도록 침대에 조심조심 걸터앉아 구두를 쓰다듬어본다. 조금 있으면 그가 이리 온다. 우리는 함께 제주행 비행기를 탈 것이다. 제주에는 한라봉을 재배하는 그의 아버지와 남동생이 기다리고 있다. 그리고 가을이면 우린 부부가 된다.

왼쪽으로 조금 기운 코사지를 바로잡고 머리를 빗는다. 등을 가리기 위해 고집스럽게 기른 머리가 지금은 허리까지 닿는다. 그는 윤기 흐르는 내 머리카락을 한올 한올 쓰다듬곤 한다. 나는 그를 위해 나날이 예뻐질 것이다. 몸을 돌리다가 둥그렇게 솟은 어깨와 등의 굴곡을 보고 만다. 등을 잠시 잊고 있었다.

내 등은 수수께끼다. 사막의 비밀을 간직한 낙타의 등. 등 안에 우는 사막의 바람. 나는 갑자기 끝이 보이지 않는 사막 한가운데 내동댕이쳐진다. 가혹한 모랫바람이 불어닥치고 꼬리를 치켜든 전갈과 바싹 말라죽은 곤충들이 날아다니며 얼굴을 후려치는 사막 그 중심에.

그는 모든 것을 말하지 않았는지도 모른다. 곱사등이 며느리를 맞으리라 생각 못한 그의 아버지는 너무 당혹스러워 방으로 숨어버리겠지. 나는 현관 앞에 서서 그와 그의 아버지가 실랑이하는 소리를 듣게 될 것이다. 그의 목소리가 점점 격렬해지다 결국 방문을 요란하게 닫고 나오면 나는 그의 손에 이끌려 집을 나서게 되리라. 우리는 바닷가에 앉아 깊은 숨을 내쉬며 술잔을 기울이다가 밤바다의 검은빛에 스며들겠지. 나는 그의 눈을 들여다보며 내 존재가 곤란해졌는지 읽어내야 할 것이다.

아니다. 그는 이미 아버지에게 내 사진을 보여주었다고 했다. 그의 아버지도 그이처럼 나를 좋아하게 되리라. 손수 장만한 저녁상을 보이며 멋쩍게 웃겠지. 그럼 그 음식들을 하나하나 맛보며 음식솜씨를 칭찬해주어야지. 다음날 나는 그들보다 먼저 일어나 아침을 준비해야 할 거야.

이제 그가 도착할 시간이 되었다. 어깨에 붙은 머리카락을 떼어내고 구두까지 신고 마루로 나간다. 엄마와 이모네 식구들이 둘러앉아 찐 떡을 먹고 있다. 다들 내가 시댁으로 인사 가는 걸 축하하며 아침부터 몰려와 그를 기다리는 중이다. 함께 식사도 못하고 나서야 하는데 식구들은 전을 부치고 잡채를 볶았다. 상상만으로도 나는 배가 부르고 소화가 된다.

—우리 인경이 정말 예쁘네.

—언니, 우리 딸 예쁘지? 딸 덕분에 비행기 탄다더니, 그게 헛말이 아니지?

—이모 이모, 그 아저씨랑 뽀뽀했어? 결혼할라믄 뽀뽀도 해야지, 맞지 이모. 난 소연이랑 뽀뽀했는데.

—한과 세트니? 그거 갖고 좀 모자라지 않을까?

—고서방이 과일바구니 사온다 했지?

—벌써 고서방이라 불러? 그건 그렇고 남자가 먼저 여자 집에 인사 와야 하는 거 아냐?

—겸사겸사 오고가는 거지 뭐. 인경이한테 얘기 하도 들어서 난 벌써 본 거 같은데.

저마다 한마디씩 거드느라 정신이 없다. 그 어수선함이 싫지는 않다. 나는 말없이 시계만 바라본다. 그가 올 시간이 조금 지났다. 토요일 오후, 차가 막히는가…… 회사 마치고 백화점에서 과일바구니 찾아오려면 조금 늦을 수도 있겠지. 비행기 시간까지는 두 시간 넘게 남았으니 아직까지는 괜찮다.

그를 처음 만난 것은 다섯달 전 1호선 동대문 지하철역에서였다. 나는 이불과 쿠션 등을 사 어깨에 둘러메고 지하철 계단을 내려가고 있었다. 커다란 비닐봉지를 멘 내 모습은 짐을 잔뜩 짊어진 노새나 나귀 같았을 것이다. 행인들의 측은한 시선이 등에 꽂히는 것이 확연히 느껴졌다. 어느 순간 거추장스럽고 무겁기만 하던 짐이 가볍게 들렸다. 무작정 짐을 빼앗은 그가 성큼성큼 계단을 내려가 짐을 내려놓고 하얀 이를 드러내고 웃었다.

나는 쉽게 사랑에 빠진다. 열정적인 연애도 두어 번 해보았다. 혓바닥을 잡아뽑듯 억세게 밀어붙이는 입술과, 무턱대고 가슴을 풀어헤치는 손도 거부하지 않았다. 하지만 내 연애는 그리 오래가지 않았다. 결정적인 순간에 나는 늘 뒷걸음쳤다. 남자가 손을 돌려 내 머리칼을 쓰다듬다가 등을 건드리는 순간 뜨겁게 달아올랐던 내 몸과 마음은 급속히 식어갔다. 그 손은 곱사등을 탐색하는 호기심 가득한 타인의 손일 뿐이었다.

그는 성급하게 치맛자락을 올리지도 가슴을 풀어헤치지도 않았다. 그는 언제나 등뒤에서 조심스럽게 내 몸을 감싸안았다. 그가 머리카락에 얼굴을 깊이 묻고 우리 결혼하자, 나지막이 말했다. 내 등에 와 닿은 그의 가슴은 넓고 포근했다.

그가 오기로 한 시간에서 두 시간이 훌쩍 지나갔다. 이모가 그에게 전화라도 해보라고 성화다. 비행기 시간이 가까워오자 엄마의 얼굴에는 불길한 기색이 역력하다. 그의 전화번호를 누른다. 그는 받지 않는다. 나는 아무 음성도 남기지 않는다. 아침에 서둘러 나오느라 전화기를 집에 두고 온 것도 몰랐을 것이다. 화곡동으로 오는 남부순환도로는 정체가 심하다. 택시 안에서 내게 전화하려고 했을 때에야 전화기를 두고 나왔다는 사실을 알게 되었으리라. 빈방에서 줄기차게 울리고 있을 공허한 벨소리. 가만히 수화기를 내려놓는다.

고도를 낮추며 김포공항으로 향하는 비행기 소리. 늘 듣던 소리인데 오늘따라 유난히 크게 들린다. 혹시 그가 마음을 바꾼 건 아닐까? 막상 가족에게 소개하려니 내가 부끄러워진 걸까? 아니면 머리카락이 길면서 등이 곧은 여자를 새로 만나기라도 했을까? 아니다. 그는 반드시 온다. 나는 그의 귀가가 늦어지거나 셔츠에 립스틱 자국이 발견된다고 해서 오해를 하거나 그릇된 상상으로 피로에 지친 남편을 닦달하는 아내가 되어서는 안된다. 나는 너그럽고 사려 깊은 아내가 될 것이다.

비행기 출발시간이 막 지나고 있다. 그와 함께 타기로 한 비행기는 지금 활주로에서 이륙해 바퀴를 집어넣고 있을 것이다. 머리 위로 지나가는 비행기 엔진소리. 어쩌면 지금 저 비행기가 제주로 가는 그 비행기인지 모르겠다. 항공사에 전화를 걸어 제주행 비행기 시간을 알아본다. 마지막 비행기 시간까지 아직 여유가 있지만 좌석은 남아 있지 않다. 나는 그와 내 이름을 대기자 명단에 올린다. 운이 좋으면 좌석이 생겨 제주에 갈 수 있을 것이다. 점점 멀어지는 서울의 야경이 아름답겠지. 우리는 창에 얼굴을 바싹 붙이고 하늘을 내려다볼 것이다. 그의 몸이 닿을 때마다 내 볼은 붉게 물들겠지. 그러면 그는 볼그레한 내 얼굴을 쓰다듬으며 귀엣말을 하겠지. 귓불에 닿는 그의 훈기를 느끼며 나는 한번 더 붉어질 거야. 제주에 도착하면 그는 오늘 하루 얼마나 애를 먹었는지 가족들 앞에서 무용담을 펼치리라. 그때 나는 조금 샐쭉한 표정으로 그의 아버지에게 어리광을 부려야지.

옷을 갈아입지 않고 침대에 걸터앉아 그가 오기를 기다린다. 이모네 식구들은 오전 내내 준비한 음식들을 남겨두고 각자의 집으로 돌아갔다. 소방차 싸이렌 소리가 가까워졌다가 멀어진다. 혹시 그가 교통사고라도 당한 것은 아닐까. 택시에서 너무 서둘러 내리다가 전속력으로 달려오던 오토바이에 치였을지도 모른다. 지갑이 사고현장에서 너무 멀리 퉁겨져나가 이름이나 연락처도 알리지 못한 채 들것에 실려가지는 않았을까. 어쩌면 머리를 심하게 부딪쳐 기억상실증에 걸려버렸는지도 모른다. 그의 신분을 확인해주어야 하는 일이 생기는 건 아닌지. 그의 눈썹은 검고 숱이 많았지요, 손등에 자그마한 사마귀가 있지요, 그는 목울대가 유난히 튀어나왔어요, 커다란 복숭아씨만한 목울대요. 나는 그가 가지고 있는 몸의 특징들을 기억해내야 할 것이다.

그가 떠난 거라면? 혹시 새옷을 사입히고 빨래와 밑반찬을 해놓은 뒤 밤도망을 치는 엄마들처럼 그도 내게서 떠날 준비를 했던 것은 아닐까? 그는 나를 떠나지 않는다. 죽지 않았다면 반드시 온다.

더이상 비행기 소리도 싸이렌 소리도 들리지 않는다. 곧이라도 그가 이마에 맺힌 땀방울을 훔치며 방문을 열고 들어올 것만 같다. 스르르 방문이 열린다. 밝은 형광등 불빛을 등지고 엄마가 서 있다. 엄마는 아무것도 묻지 않고 나 또한 아무 변명도 하지 않는다.

나는 여전히 흰 원피스를 입고 있다. 자정이 지나고 서늘한 아침공기가 어둠을 밀어내며 방안으로 들어올 때까지 나는 초침소리만 가득한 어둠속에 앉아 그를 기다린다. 하루가 너무나 더디게 지나갔다. 그는 오지 않는다. 그의 결별은 나를 벽 속으로 밀어넣으리라. 천천히 시멘트가 채워지고 암흑뿐일 벽에 그대로 서 있게 되리라. 내 감정의 모든 가닥들은 그가 마무리한 시멘트벽 안에 고스란히 박제되고, 육신만이 그 벽을 뚫고 나오리라. 나는 영혼을 빼앗긴 좀비처럼 숨만 쉬며 살아가게 될 것이다.

그는 죽었다. 과일바구니에서 색색의 과일이 뭉개지고 그 위로 그의 붉은 피가 흘러내렸으리라. 갑자기 내가 입고 있는 하얀 옷이 결혼을 앞둔 여자의 드레스가 아니라 소복인 것 같다는 생각이 든다. 서서히 날이 밝아오기 시작한다. 태양보다 먼저 피어오르는 새들의 속삭임. 새들이 내게 그의 죽음을 전한다.

날이 밝고서야 그가 사준 흰 원피스를 벗는다. 그리고 아주 편안한 잠에 빠져든다. 서쪽 창에 해그림자가 길게 늘어질 때까지. 다시 어둠 속에서 일어난 나는 갑자기 그의 흔적을 찾는 데 열중한다. 내 머리카락을 쓰다듬던 그의 손길. 그리고 내가 입던 옷이나 다른 어느 곳에 있을지 모를 그의 흔적들.

그는 서서히 사라져갔다.

고석기(기술정보 대표이사) 별세. 광석(사업) 광희(소망 침례교회 담임목사) 부친상=11일 오전 11시 30분 서울중앙병원 발인 13일 오전 8시

그가 사라진 지 124일 만에 그의 이름을 발견했다. 그는 아니다. 124일 동안 매일 다섯 개 신문의 부음란과 사회면을 꼼꼼히 살펴보았지만 그라고 여겨질 만한 기사는 보이지 않았다. 담요에 싸여 새카맣게 타버린 여자의 시체가 고속도로변 야산에서 발견되었다는 기사만

있었을 뿐.

살아 있다면…… 아마도 그는 범죄를 저지르고 도피생활을 하는 중일 것이다. 외진 낚시터나 산사 주변을 떠돌며 시간이 흐르기만 기다리고 있겠지. 형사들은 그가 나타날 만한 곳을 서성이고 나 역시 그들의 감시를 받고 있는지 모른다. 나는 은신처를 미리 준비해두었다가 그가 걸어올 암호 같은 전화에 당황하지 말고 그곳을 알려주어야 할 것이다. 하지만 그로 추정되는 누군가가 공금횡령이나 뇌물수수죄로 수배중이라는 기사 또한 보지 못했다. 죽은 것도 도피중도 아니라면, 나를 떠나고 만 것이라면, 그것은 순전히 내 등 때문이다.

내가 곱사등이인 것은 내가 태어나기도 전에 정해진 운명이었다. 아버지의 정자가 엄마의 자궁 안으로 들어와 수정되는 그 순간부터 나는 이미 곱사등이였다. 아버지는 결핵보균자였다. 아버지 몸속에 들어 있던 결핵균은 정자에 숨었다가 내 척추로 들어왔다. 아버지는 내게 결핵균을 남기고 세상을 떠났다. 혼자 떠나는 것이 영 서운해서 등뒤에 남을 생각을 했던 걸까. 옛사람들은 습한 사기(邪氣)가 몸에 침범하여 등을 굽게 만든다고 믿었다. 아버지가 내게 준 것이 다만 습하고 간사한 기운이었을까? 나는 등뒤에 숨은 아버지의 온기를 느낀다. 아버지는 내 등을 다독이기도 하고 어깨동무를 해주기도 한다. 나는 아버지를 원망하지 않는다.

진실은 때때로 비애를 가져다준다. 진실이 나를 절망으로 밀어넣으려 한다면 나는 단호히 거부할 것이다. 비참한 미래는 상상도 하지 않겠다. 아버지와 나 사이를 침범하는 그 무엇도 용납하지 않을 것이다. 그러므로 차라리 그가 죽어주는 편이 간단한 일이다. 나는 더이상 그의 죽음을 의심하지 않겠다.

신문을 접고 냉장고에서 활명수 한병을 꺼낸다. 상고 졸업 후 매번 면접에서 떨어질 때마다 먹기 시작한 활명수다. 아버지에 대한 원망이 등을 뚫고 올라치면 활명수를 먹었다. 두통이 올 때도 배를 쥐어뜯는 생리통에 시달릴 때도 활명수 하나면 된다. 모든 병은 소화되지 않는 세상에서 온다. 병뚜껑을 잡고 한번에 돌려 딴다. 경쾌한 소리. 뚜껑을 돌리면 파도에 쓸려다니며 저희들끼리 몸을 부딪는 조개껍데기 소리가 들린다. 병목에 혀끝을 대는 순간 입안에서는 싸한 파도가 일렁인다. 쌉쌀하면서도 달큰한 액체가 목젖을 타고 가슴속으로 서서히 스며든다.

조금 있으면 사람들이 대한문을 통과해 궁 안으로 들어오기 시작할 것이다. 미술관 큐레이터가, 근정전 공사를 맡은 인부들이, 표 받는 정언니가, 관리인 김아저씨가…… 나는 그들보다 먼저 출근해 청소를 하고 에어컨을 틀어놓는다. 내 시계는 사무실 시계보다 한시간 빠르게 맞춰져 있다.

덕수궁 매표구에 앉아 돈을 받고 표를 건네주는 일을 하게 된 지 한 달이 지났다. 더이상 냄새나는 지하 사무실이나 월급도 제대로 안 나오는 공장에서 경리일을 하지 않아도 된다. 이곳에서 가을을 맞고 겨울을 보내리라. 가을이 되면 색이 고운 벚나무 길을 오래도록 걸어야지. 가로등 아래 벤치에 앉아 풀벌레 소리를 들어야지. 흰눈이 소복이 내려앉은 어느날 나는 제일 먼저 발자국을 남기며 걸어가 근정전 앞에 앉아 있으리라. 지금은 패스트푸드점이나 분식점에서 점심을 먹지만 내일부터는 도시락을 싸와야지. 그리고 백화점 네일아트숍에 가서 부드럽고 말끔한 손을 만들어야지. 사람들은 덕수궁 앞을 지날 때마다 표 파는 여자의 고운 손을 기억하겠지. 어쩌면 내 손에 반해서 청혼을 하는 남자가 생길지도 모른다.

김아저씨가 들어오면서 관리실 사람들이 하나둘 출근하기 시작한다. 어수선하게 인사를 주고받고 커피잔이 오고가고 사무실은 금세 활기로 가득 찬다. 나는 어제 헤아려놓은 동전을 꺼내고 입장권을 챙겨 매표구 앞에 앉는다. 입장권 다발을 손에 쥔다. 손님이 없을 때마다 모서리끝을 만지작거려 모서리가 조금 보풀어져 있다. 작은 입구를 막고 있던 나무판자가 치워지고 세 뼘, 다섯 뼘의 아크릴창을 통해 시청 앞 분수가 보인다. 로터리에는 차들이 길게 늘어서 있다.

둘째손가락에 묵주반지를 낀 손이 천원짜리 한장을 내민다. 오늘도 늙은 사진기사가 첫 입장객이다. 어제도 제일 먼저 표를 끊었다. 매일 같은 시간에 얼마나 다른 사진이 나올까 싶지만 그는 벌써 일주일째 덕수궁 출입을 하고 있다. 언젠가는 이 늙은 사진사가 내 사진을 찍게 될지도 모른다. 나는 카메라를 들이대도 긴장하지 말고 평상시대로 행동해야겠지.

드문드문 입장객이 든다. 오전에는 입장객이 그리 많지 않다. 웨딩촬영을 하는 몇몇 사람들과 노인들을 제외하면 대부분 점심시간이 되어야 몰린다. 매주 토요일과 일요일 네 차례 궁궐 안내 때나 세시 즈음의 수문장 교대식 때가 가장 붐비는 시간이다.

오늘도 웨딩촬영이 있는 모양이다. 신부는 어깨가 훤히 드러난 웨딩드레스를 입고 있다. 아침 일찍부터 머리를 매만지고 화장을 하느라 조금은 지친 모습이다. 화장이 땀에 번지지 않도록 연신 부채질을 한다. 여름이라 사진 찍는 사람이 드물기는 하지만 가을이 되면 덕수궁에는 더 많은 예비 신랑신부들이 몰려들 것이다. 그들은 서로의 배우자를 훔쳐보며 경쟁하듯 행복한 표정을 짓겠지.

나는 덕수궁에서 전통혼례를 할 수 있을지 모른다. 활옷에 그려진 모란꽃이 화려하겠지. 치마 속에는 부피감을 살리기 위해 무지기치마와 스란치마를 입어야지. 나는 머리가 기니까 가발을 쓰지 않아도 될 거야. 전통혼례를 구경하기 위해 몰려든 사람들은 내가 합환주를 마시고 절을 할 때마다 탄성을 지르겠지.

어른 다섯이요. 삼천오백원. 나는 표를 한장씩 탁탁, 떼어내 한번 더 센 후 거스름돈과 함께 매표구로 내민다. 작은 사마귀가 있는 손이 표와 거스름돈을 가져간다. 남자의 손이 낯설지가 않다. 남자가 창에 얼굴을 바싹 들이댄다. 여기 옷 갈아입는 데가 있나요? 눈썹이 진하고 숱이 많은, 코가 크고 반듯한 이마를 가진 남자. 나는 남자의 얼굴에 단단히 붙들리고 만다. 그가 내 앞에, 그것도 말끔한 턱시도를 입고, 버젓이 나타난 것이다. 그는 눈썹을 치켜올렸다가 표를 챙겨 매표구에서 사라진다. 유령이라도 본 걸까. 그는 아니다. 그는 죽었다. 하지만 그 길고 가느다란 손가락은, 손등 위에 앉아 있는 작은 사마귀는, 그리고 명쾌한 그 음성은. 냉장고에서 활명수 한병을 꺼내 벌컥벌컥 마신다. 머릿속에서 벌떼가 윙윙댄다.

하나둘 입장객이 줄을 서고 나는 기계적으로 표를 뜯고 거스름돈을 내민다. 번번이 계산이 틀리고 입장권이 찢어지기도 한다. 내 손이 무엇을 하는지 내 눈이 무엇을 보는지 감각이 없다. 입장권을 가져가던 작은 사마귀가 선명한 그 남자의 손등만 눈앞에 어른거린다. 그가 아니라는 것을 확인해야만 한다. 자리를 박차고 일어난다. 때마침 점심을 먹고 들어온 김아저씨가 의아한 듯 의자에 앉는다.

매점을 지나 호숫가로 향한다. 호숫가에는 젊은 여자 몇이 음료수를 마시고 있다. 중화전은 공사중이어서 사진을 찍지 못할 테고 그렇다면 지금쯤 석조전 앞에 있을 것이다. 발걸음이 빨라진다. 등뒤에서 바람소리가 난다. 석조전 앞에 다다른다. 드레스 자락을 길게 드리운 신부와 흰색 예복을 입은 그가 부케를 마주 들고 서 있다. 신부는 키가 크다. 머리를 높게 올려 목선이 곱다.

자, 신부님 그대로 활짝, 아주 환하게 웃습니다. 그렇지. 오, 케이. 이제 그만 한복 촬영합시다. 옷 갈아입고 오세요. 정지된 몸을 푼 신부와 그가 서로를 바라보며 웃는다. 기사 일행이 석조전에 앉아 담배를 피워물자 그는 한복상자를 들고 신부와 함께 호수 옆 탈의실로 향한다. 탈의실 왼편과 오른편으로 나눠 들어갈 때까지 그들은 잡은 손을 놓지 않으려 한다.

그는 정말 기억상실증에라도 걸린 걸까. 우연히 사고현장에 있던 여자와 성급한 결혼식을 올리는 건 아닐까. 내가 나타나면 모든 기억을 되살리게 되리라. 내 고운 머릿결과 제주의 가족들과, 그가 잠시 잊고 있던 기억들이 봇물처럼 터지겠지.

그가 들어간 탈의실로 들어간다. 임시건물로 세워진 천막 안은 몹시 덥다. 그는 등을 돌린 채 턱시도를 바닥에 내려놓고 한복바지를 입는 참이다. 그 단단한 등. 내 짐을 둘러메고 성큼성큼 계단을 내려가던 바로 그 등. 조심스럽게 그에게 다가간다. 그가 한복의 허리춤을 여미고 뒤로 돌아선다. 그와 눈이 마주친다. 그의 눈은 나를 기억하지 못하고 있다. 그의 목을 조르면 기억이 되살아날까?

그가 주춤주춤 다가온다. 나는 바닥에 떨어진 그의 턱시도를 들고 내달리기 시작한다. 어렴풋이 그의 고함소리가 들린다. 대한문을 나와 횡단보도를 건넌다. 쨍쨍한 태양이 너무 눈부시다. 햇빛이 들지 않는 곳으로 숨자. 나는 지하로 내려가는 계단을 밟는다.

*

덕수궁으로 향하는 계단. 길을 물었던 그 아이들을 따라 수문장 교대의식을 구경하러 올라갈 걸 그랬을까? 억지로 웃음을 참고 있는 듯한 목소리로 길을 묻던 사내아이. 깊게 눌러쓴 푸른색 모자가 눈부셨던, 수문장 교대의식이 뭐냐고 반문했을 때 결국 웃음을 터뜨리고 말았던 아이들. 경주를 하듯 힘차게 계단을 밟던 아이들을 따라 나도 모른 척 계단을 오를 걸 그랬나?

지하와 지상을 연결하는, 자연광과 형광등 불빛이 교차하는 계단참에 서서 나는 여전히 망설이고 후회한다. 수개월 동안 시청역사 한가운데를 서성였으면서도 여태 저 계단을 올라보지 못했다. 범접할 수 없는 천상의 공간으로 여겼던 걸까. 용기를 내 손잡이를 짚어가며 계단을 오른다. 반쯤 드러난 하늘이 조금씩 넓어진다.

네번째 계단을 밟았을 때 누군가 계단 꼭대기에서부터 빠른 속도로 내려오는 것이 보였다. 팔락이는 머리카락과 휘청이는 몸이 위험해 보인다고 생각하는 순간, 여자가 균형을 잃고 계단을 구른다. 내게 와 부딪치는 여자를 나는 엉겁결에 밀치고 만다. 밀치면서 나도 여자의 몸 위로 넘어진다. 여자는 물을 콸콸 쏟아내는 둥근 항아리처럼 새카만 머리칼을 흘리며 누워 있다. 심한 충격을 받은 듯 꼼짝도 하지 않는다. 상태를 확인하기 위해 둥근 몸통에 휘감긴 머리카락들을 한쪽으로 치운다. 길고 부드러운 머리카락 속에 숨겨져 있던 도드라진 등과 어깨의 굴곡. 나도 모르게 여자의 등에 손을 갖다댄다. 꼼짝도 안 하던 여자가 갑자기 고개를 들어 나를 바라본다. 그녀의 눈은 크고 검다. 곧 흘러내릴 듯 꽉차오른 눈밑의 물기. 황급히 손을 치우자마자 기어이 여자의 눈에서 눈물 한줄기가 볼을 타고 흘러내린다. 그러나 그뿐이었다. 그녀의 눈에서 눈물은 더 흐르지 않았다. 눈물은 흐르는 즉시 말라버리는 휘발성 강한 물질이라는 착각이 들 정도로 빠르게 사라졌다.

여자가 비척비척 상체를 일으키더니 내 종아리를 붙들고 일어선다. 그녀의 손이 종아리에 닿는 순간 이상한 안도감이 전류처럼 온몸을 관통해왔다. 다만 손을 짚고 일어선 것뿐인데 모든 감각이 여자의 손에 집중된다. 여자의 손에서 하얀 옷이 스르르 떨어진다. 몸을 구부려 옷을 주워든다. 넓은 깃에 금빛 장식이 수놓인 남자예복이다. 여자는 왜 대낮에 남자예복을 들고 그토록 허겁지겁 계단을 내려왔을까. 나는 그 옷이 어떤 소중한 전갈이라도 되는 듯 세심하게 들여다본다. 고개를 들었을 때 여자는 사라지고 없었다. 남자 결혼예복을 남겨둔 채 홀연히 사라진 여자. 계단을 오르고 여자가 굴러오고 함께 나자빠진 일이 꿈만 같다. 나는 흰옷을 감싸안고 천천히 발걸음을 옮긴다.

시청역 지하 다섯 갈랫길. 그 중앙에 자리잡은 관광안내소 주변이 내가 매일 열한시면 출근하는 일터다. 나와 함께 나온 임여사는 이마에 여드름 가득한 여자를 붙들고 작업이 한창이다. 여자가 엉덩이를 뒤로 빼지 않고 여드름을 만지작거리고 있는 걸 보면 거의 성사된 듯하다. 그녀는 오늘 여드름 전용 기초화장품부터 마사지 관리까지 실적을 올릴 것이다.

아이들을 출구로 데려다주기 전 나는 세 시간째 아무 실적 없이 시청역 주변을 서성이던 참이었다. 바로 전에 내가 놓친 여자는, 눈꼬리가 약간 처지고 도무지 거절 못하게 생긴 것까지는 좋았는데 자신의 얼굴에 수십만원을 쓸 여자는 아니었다. 기초화장도 제대로 안한 얼굴에 구입한 지 일년이 넘었을 투웨이케이크로 대충 문지른 다음 거칠게 그린 눈썹 라인을 뻔히 보면서 여자에게 다가갔다. 여자는 입술을 위로 치켜세우며 내 얼굴을 바라보다가 제 갈길을 갔다. 뷰티플래너라는 일은 처음부터 내게 어울리지 않았다. 여자들의 피부를 상담해주고 아름다움을 북돋는 직업이라니. 사십대 초반의 임여사에 견줘봐도 열아홉살의 내 실적은 언제나 형편없다. 실적으로 주는 월급이 아니라면 나는 벌써 쫓겨났을 것이다.

오후가 되면서 실내는 점점 더 후텁지근해진다. 쌤플과 전단지가 든 가방을 관광안내소에 세워놓고 시원한 바람이 새어나오는 천장의 에어컨 통로만 쫓아다닌다. 피부가 민감하시군요, 이런 피부는 노화가 빨리 돼서 아무 화장품이나 쓰면 안되죠, 이나미가 모델 하는 화장품 아시죠? 본사에서 직접 관리하는 피부관리소에서 나왔어요, 피부테스트만 하셔도 사은품을 드리거든요…… 나는 입안에서만 웅얼대며 지하도를 서성인다.

새서울 지하상가로 가는 마지막 계단에는 거지여자가 그 끝자락을 베고 누워 있다. 옷을 겹겹이 껴입은데다 머리카락도 제멋대로 부풀어 있어 그녀는 진창에 나자빠진 비대한 들소처럼 보인다. 사람들은 그녀에게서 멀찍이 떨어져 계단을 오르내린다. 맥없이 흘러내린 손과 반쯤 벗겨진 신발이 비참한 죽음을 잡아낸 한 컷의 사진 같다. 아주 잠깐, 그녀 주위에 배회하고 있는 죽음의 그림자를 향해 조롱의 손가락질이라도 하듯 가운뎃손가락이 빠르게 움직인다.

거지여자가 먹다 놓아둔 즉석라면 용기를 피해 계단을 내려간다. 새서울 지하상가의 벽면에는 지방도시의 축제나 특산물 광고판이 즐비하다. 나는 매일 광고판 속 도시로 여행을 떠난다.

제일 먼저 상주해수욕장의 푸른 바다에 퉁퉁 부은 발을 담가 붓기가 빠지기를 기다린다. 발가락 사이사이로 파도가 들었다가 빠져나간다. 시끄러운 바다 위를 조용히 떠다니는 작은 거품들. 고개를 돌려 때묻지 않은 곳, 초록빛 낭만과 짜릿한 모험관광의 천국, 인제로 간다. 내린천의 거친 물살에서 숨이 멎는 쾌감을 맛본 후 관광휴양의 고장 횡성으로 가 삼림욕으로 피로를 푼다. 청풍명월의 본고장, 그 이름만큼이나 낭만이 가득하다는 제천을 들러 춘향고을 사랑의 남원으로 가 구성진 판소리도 듣는다. 해오름의 고장 양양. 의상대의 일출은 붉고 아름답다. 영광의 일몰은 더욱 붉다. 일그러진 태양에 손을 대본다. 아크릴 느낌만 차갑게 느껴진다.

광고판 교체작업을 하고 있다. 산과 바다가 어우러진 천혜의 자연경관 남해의 광고판이 있던 자리다. 나는 또다른 도시의 출현을 고대하며 걸음을 멈춘다. 인부들이 공구를 챙겨 떠나고 남해가 있던 자리에 인천항 광고가 붙는다. 광고판 한가운데 인천에서 제주로 가는 청해진호가 정박해 있다. 광고판에 바싹 붙어서서 대형선박을 본다. 언제 저 배를 탈 수 있을까? 선박 하단에서 부서지는 포말과 석양을 바라보며 제주에 갈 수 있을까? 어차피 나는 이제 돌아갈 곳도 없는데……

눅눅하기는 하지만 이웃한 집도 없고 작은 개수대도 있던 지하창고방. 나는 그 방에 남아 있어야 했다. 3층 주인노인의 집으로 짐을 옮겨서는 안되었다. 거리의 풍경이 내려다보이는 햇살 가득한 그 방에 왜 욕심을 냈을까. 방에 붙어 있던 사진들을 보지 않았더라면, 노인에게서 냄새가 나지 않았더라면, 내가 조금 더 열심히 사람들을 끌어모았더라면, 애초에 내가 청도를 떠나지 않았더라면…… 끊임없이 물고물리는 잘못된 과거들. 이 영원한 엉클어짐에서 벗어날 수는 없는 걸까?

노인이 방을 내어주는 대신 내게 요구한 것은 그저 딸처럼 따르면서 가끔 저녁이나 같이하자는 거였다. 성미 고약한 노인네에서 갑자기 친절한 노신사로 돌변한 집주인의 태도에는 무언가 석연찮은 부분이 있었다. 노인은 분명 지하와 1, 2층을 원룸으로 고쳐 임대사업을 하겠다고 했다. 1, 2층의 여섯 가구도 이미 이사를 갔거나 조만간 갈 예정이었다. 노인은 하루가 멀다 하고 방으로 찾아와 독촉을 해댔다. 그런데 갑자기 태도를 바꾸어 노인이 사는 3층의 방 하나를 내어주었다.

이유없이 선의를 베푸는 사람에게 의심의 눈초리를 가지기에 그 즈음의 나는 너무 막막하고 무력했다. 통장에 든 돈과 그달 월급까지 다 합쳐도 서울 시내에서는 작은 방 하나 구할 수 없었다. 청도를 떠나와 처음 묵었던 장기투숙 여관으로도 돌아가고 싶지 않았다. 시큼한 냄새가 머리를 짓누르고 화장실 타일은 다 깨어지고 벽 여기저기 곰팡이가 진을 치는 여관방. 방문을 열어놓고 속옷바람으로 화투를 치는 남자들과, 더러운 복도를 지나 플라스틱 덩굴을 들치고 나가면 마주치는 시선들.

노인의 제안을 받아들인 건 노인의 몸에서 풍겨오던 냄새 때문이었는지도 모른다. 처음엔 독한 향수냄새가 났다. 잠시 후 향수냄새가 사라지고 몸속 깊숙한 곳에 숨어 있던 노인네 냄새가 뚫고 나왔다. 소똥냄새와 흡사한 매캐하고 씁쓰름한 냄새, 잘 말리지 못해 후끈한 열기를 뿜으며 발효되기 시작한 풀냄새.

발목이 시큰거리고 엉덩이가 뻐근하다. 입에서 자꾸 거위침이 고이고 생목이 올라온다. 나는 다시 시청역 쪽으로 발길을 돌린다. 아크릴

판에 갇힌 도시들을 지나 관광안내소로 간다. 임여사는 보이지 않는다. 여드름 여자를 데리고 사무실로 갔을 것이다. 샌들 한쪽을 벗고 관광안내소에 기대선다. 발을 오므렸다 펴기를 반복해본다. 통증과 함께 시원한 느낌이 발끝에서부터 알 선 종아리를 거쳐 무릎뼈까지 당겨진다. 다리는 여전히 퉁퉁 부어 있다. 다리의 부기가 허벅지를 타고 머리꼭대기까지 기어올라오는 듯 정신이 먹먹하다.

관광안내소에서 음악소리가 새어나온다. 유리창에 붙은 서울시 관광안내도와 지하철 노선표 틈새로 안을 훔쳐본다. 여자는 오늘도 등받이의자에 다리를 꼬고 앉아 영어로 씌어진 책을 본다. 여자는 실내용 슬리퍼를 신었다. 발끝에서 초록색 슬리퍼가 바닥으로 떨어진다. 여자는 떨어진 슬리퍼에는 개의치 않고 여전히 음악에 맞춰 맨발을 움직인다. 안내원 여자는 그윽한 음악이 맴도는 평온한 세계에 있다.

노인 집 3층 방도 안내소만큼 평온한 공간이었다. 장판과 벽지가 하늘색이고 아침이면 벽면에 붙은 바다 사진들에 햇살이 내비치는 방. 어쩌면 노인의 의도를 의심하면서도 짐을 풀었던 것은 그 깨끗한 벽에 붙은 바다 사진 때문이었는지 모른다. 붉은 해가 수면 위로 얼굴을 내밀고, 이제 막 잠에서 깬 색색의 바다생물들이 붉은 산호 주변을 느긋하게 오가는 바닷속 풍경. 수면 위와 아래를 한 컷에 담아낸 보기 드문 사진이었다. 청색 불가사리와 색 고운 물고기들이 노는 산호초 군락은 너르게 펼쳐진 야생화 군락 같았다. 바다의 화원. 사진의 하단에는 쎌레베스해의 산호초 군락이라 적혀 있었다.

벽면에는 산호초 사진말고도 푸른빛 인쇄물들이 더 있었다. 흡입판은 연한 핑크빛이고 촉수 끝으로 갈수록 진한 보라색을 띠는 말미잘들. 그 속에 얼굴을 내민 주황색 물고기 흰동가리. 아름답게 촉수를 뻗고 있는 말미잘 무리에서 향긋한 꿀냄새가 풍기는 듯했다. 스킨스쿠버를 했던 아들이 붙여놓았다고, 중국지사로 발령받아 떠난 지 3년 동안 연락 한번 없다며 사진들을 떼어버리라고 했지만 나는 오히려 투명테이프로 더욱 단단히 붙여놓았다. 말미잘이 흰동가리를 보호해주는 거야, 다른 큰 물고기들은 말미잘에 쏘이면 죽거든, 노인이 말했다.

내가 붉은 소를 데리고 방으로 들어가지 않았다면, 어제 '2001 청도 소싸움 축제'를 알리는 광고판을 보지 않았다면, 그곳에서 좀더 버틸 수 있었을까. 나는 되새김질하는 소처럼 끊임없이 반추하며 지하도를 걷는다.

어제 나는 붉은 소를 보았다. 단단히 오른 근육질과 윤기 흐르는 붉은 털을 가진 황소가 뿔을 걸어 누르려고 안간힘을 쓰고, 그 옆으로 검붉은 얼굴의 두 사내가 싸움을 북돋는 청도의 광고판. 건초냄새가 났다. 건초냄새를 따라 여물냄새, 소털냄새, 외양간 냄새도 따라 붙어왔다. 광고판이 들썩이더니 서로 뿔을 겨누고 있던 두 마리 소가 방향을 바꾸어 내게로 향했다. 내가 한발 물러설 때마다 소도 한발씩 내디뎠다.

나는 도망치기 시작했다. 계단을 오르고 다시 네 갈랫길, 수많은 상가들과 알 수 없는 소음들, 붉은 황토가 얼굴에 튀었다. 발을 헛디뎌 계단을 구르고 골목을 돌아돌아 방으로 돌아왔다. 시간과 공간을 초월한 허공의 어느 틈에 끼여 있는 것만 같았다. 어디선가 되새김질하는 소의 입다심 소리가 들렸다. 코에서 뿜어져나온 바람이 머리카락을 흩날렸다. 소 울음소리를 들으며 나는 깊은 잠에 빠져들었다.

나는 꿈속에서 청도의 외양간으로 돌아가 건초더미 위에 누워 있었다. 태풍이가 큰 혓바닥으로 내 어깨를 핥아주었다. 나는 목덜미에 와

닿는 혀의 매끈한 감촉을 느끼고 있었다. 나지막이 문 열리는 소리가 들렸다. 건초를 들치고 누군가 내 옆에 누웠다. 익숙한 냄새. 소털냄새가 났다. 또다른 혓바닥이 얼굴을 스치고 지나갔다. 자, 아무 걱정할 것 없어, 이젠 너와 나 둘뿐이다. 나 청도로 돌아가고 싶지 않아. 너를 청도로 돌려보내지 않으마. 두 마리 소가 내 얼굴과 가슴을 미친 듯이 핥아댔다. 그리고 어둠의 소가 내 몸을 뚫고 들어왔다. 나는 선선히 다리를 벌렸다. 눈을 뜨자 내 몸에 올라탔던 검은 소는 작고 작아져 쥐새끼처럼 날렵하게 달아났다. 이불에서 독한 향수냄새가 났다. 그리고 다음날 머리맡에서는 십만원권 다섯 장이 든 흰 봉투가 발견되었다.

퇴근시간이 되면서 시청역은 더 많은 사람들로 붐비기 시작한다. 세 번이나 사무실에 들어갔다 나온 임여사는 일찌감치 집으로 돌아갔다. 나는 오거리 한복판에 그대로 남아 정물처럼 서 있는다. 굽이 높은 샌들로 갈아신은 안내원 여자가 관광안내소에 자물쇠를 채우고 총총히 사라진다. 흰 예복을 바닥에 깔고 안내소에 기대앉는다. 석간신문 덩어리가 날라지고 꽃다발과 케이크를 든 남자가, 커다란 배낭을 메고 지도를 든 외국인이, 지독한 파마약 냄새를 풍기는 늙은 여자가 지나간다. 나는 조금씩 시청역의 일부가 되어간다. 문닫은 복권판매소나 고장난 공중전화처럼, 구석에 비치된 비상용 모래함처럼.

현금지급기에서 통장의 돈을 모두 뺀다. 이십삼만원. 노인이 두고 간 돈까지 합치면 칠십만원이 조금 넘는다. 여관에 간다면 얼마나 버틸까. 아무 일도 없었던 것처럼 노인의 집으로 돌아갈까. 노인의 말대로 노인을 파파라 부르면서 말미잘과 흰동가리처럼 그렇게 살아갈 수

는 없을까? 시청역을 배회하며 여자들의 지갑 속을 가늠하지 않고, 차
비를 구걸하는 앵벌이나 도를 내세운 사기꾼 취급도 받지 않으면서.
노인의 말상대가 되어주고 가끔 머리맡에 올려진 빳빳한 돈을 세면서
그렇게 살아가면 안될까. 어이없게도 나는 며칠간의 화려한 음식과
편안한 잠자리를 그리워하며 한없이 망설이고 있다.

한 무리의 사내들이 시끌벅적하게 계단을 내려온다. 매표소 주변이
한가해지면서 술취한 사람들이 눈에 띄기 시작한다. 적막한 통로에
사내들의 노랫소리가 울려퍼진다. 지하상가의 거지여자도 두 병째 소
주를 땄다. 나는 흰옷을 들고 관광안내소에 붙어 서 있다. 이 옷을 남
기고 사라진 그 여자는 지금 어디 있을까. 내가 지금 노인의 집으로
가지 못하는 것은 혹시 올지 모르는 그녀를 기다리고 있기 때문일까.

발밑으로 지하철 바퀴의 진동이 느껴진다. 낮에는 실내 소음 때문
에 들을 수 없었던 둔중한 느낌이 머리끝까지 전해져온다. 밤이 되어
서야 뛰기 시작하는 심장을 가진 거대한 동물의 뱃속에 서 있는 기분
이다. 이 맥박소리도 자정이 지나면 완전히 멈추어 정적만 남겠지.

거지여자가 주변에 널린 담배와 육각성냥 라면용기들을 주머니에
쑤셔넣고 일어선다. 한손에는 여전히 술병이 들려 있다. 여자가 계단
을 올라 역사로 들어서자마자 지하상가 셔터가 내려진다. 시계를 보
거나 요일을 셈하지 않아도 지나가는 사람들의 발소리와 공기의 혼탁
함으로 시간을 파악하는 걸까. 여자는 지도판매소를 지나 화장문화운
동본부와 현금지급기 사이의 좁은 공간으로 걸어들어간다. 여자를 따
라 조금씩 걸음을 옮긴다.

화장문화운동본부의 진열장에는 신주로 만든 유골함이 전시되어
있다. 검은 휘장과 영정사진에 갑자기 한기가 든다. 여기저기 셔터 내

리는 소리가 들린다. 조심스럽게 거지여자 옆에 앉는다. 여자는 내가 오리라는 걸 알고 있었다는 듯 아무 말 없이 엉덩이를 들어 자리를 조금 내어준다. 여자의 옷에서 무 썩은 냄새가 난다. 여자가 병에 남은 술을 입에 털어넣고 트림을 길게 한다. 저녁으로 즉석라면을 먹었는지 술냄새와 함께 라면국물 냄새가 난다. 아버지에게서도 언제나 술냄새가 났다.

아버지는 싸움소 훈련꾼이었다. 감밭을 팔아 산 태풍이와 사람들이 맡긴 네 마리의 소가 아버지의 훈련소였다. 2년이나 우승경력이 있는 돌쇠란 놈도 그중 하나였다. 아버지는 소들을 데리고 자갈길을 달리고 산길을 올랐다. 서너 시간 진창길을 뛰고 나면 소들은 강한 콧바람을 내뿜으며 배를 들썩이곤 했다. 나는 중학교도 마치기 전에 아버지와 소들을 따라다니며 약초를 모으고 쇠죽을 끓였다. 대회가 가까워질수록 아버지의 눈은 태풍보다 더 강렬해졌고 손끝은 돌쇠의 각뿔보다 날카로워졌다.

나는 소들이 엉덩이에 달라붙는 파리떼를 몰아내려고 꼬리를 탁탁 치는 소리를 들으며 외양간에서 지냈다. 쇠죽을 먹고 난 소들은 판자 틈새로 들어오는 햇빛 속에 부유하는 먼지를 응시하듯 조용히 앉아 있었다. 소들이 짚과 감이파리로 만들어진 잠자리에 들면 나는 태풍이의 허리에 머리를 기대앉곤 했다. 태풍이는 슬픔에 민감해서 내가 아버지에게 매를 맞거나 혼이 난 날이면 커다란 눈망울을 끔뻑이며 어깨를 핥아주었다. 태풍이의 혓바닥에서는 이상하게도 소여물 냄새가 아니라 빗줄기에 상처입은 여린 토끼풀 냄새가 났다.

문제는 돌쇠였다. 풍각 면장이 맡긴 돌쇠는 틈만 나면 다른 소들을 머리로 받는 나쁜 버릇이 있었다. 예선전을 치르기 전날에도 돌쇠는 위로 솟구친 뿔로 태풍이를 툭툭 건드렸다. 태풍이는 겨우 고개만 돌릴 뿐 아무 대응도 하지 못했다. 태풍이의 옆구리에 작은 상처가 났다. 나는 기둥에 세워진 둥어리막대를 꺼내 돌쇠 옆구리를 내리쳤다. 돌쇠가 몸을 비틀면 비틀수록 나는 더 세게 막대를 휘둘렀다. 가만 좀 두란 말야, 네가 죽어, 죽어, 죽어. 나는 침을 뱉듯 거침없이 내뱉었다. 돌쇠의 목덜미에 생채기가 나고 피가 조금 흘러내렸다. 돌쇠가 무릎을 접고 앉을 때까지 나는 계속해서 막대를 내리쳤다.

구둣굽 소리, 빠른 속도로 움직이는 발걸음 소리. 가까스로 눈을 뜬다. 여기저기 셔터 올리는 소리가 들리고 출근을 서두르는 사람들의 빠른 발걸음이 보인다. 내 옆에 있던 거지여자는 사라지고 없다. 내 몸에서 거지여자의 무 썩은 내가 난다. 입고 있던 옷은 심하게 구겨져 있다. 몸을 일으키려다가 그대로 주저앉고 만다. 허리가 심하게 결려온다. 자꾸 한기가 드는 것 같다. 덮고 있던 흰옷을 목까지 끌어당기고 눈을 감는다. 누군가 내 앞에 그림자를 드리우고 다가선다. 다시 눈을 뜬다. 큐빅이 조르르 박힌 자그마한 신발이 보인다. 고개를 든다.

그녀가 내 앞에 서 있다. 그녀는 흰 원피스를 입었다. 한손에 단지를 들고 있다. 화장문화운동본부에서 봤던 유골함이다. 그녀가 머리를 숙이자 길고 풍성한 머리카락이 좌르르 쏟아진다. 그녀가 손을 뻗어 내가 덮은 옷을 집는다. 나는 옷을 빼앗기지 않으려고 손톱을 세워 부여잡는다. 그녀와 나는 한참을 그렇게 옷을 두고 실랑이를 벌인다. 그녀의 손에서 힘이 빠진다. 옷을 부여잡은 채 그녀를 올려다본다. 긴 침묵 끝에 그녀가 천천히 입술을 뗀다.

―내 남편이 될 뻔한 사람의 옷이야. 그의 아버지는 제주에서 한라봉을 재배하지. 그는 죽었어. 오늘 그의 장례를 치를 거야. 그이의 시

체는 찾지 못했지만, 이 옷이 그를 대신해줄 거야.

그녀의 목소리는 꿈을 꾸듯 몽연하다. 그녀가 입을 다문다. 붉은 유골함이 그녀의 팔 안에서 천천히 움직이고 있다. 마치 그 안에서 죽은 자를 건져올리기라도 할 것처럼 그녀는 유골함만 묵묵히 바라본다. 여자가 다시 허리를 굽혀 옷을 집는 순간 나는 여자의 종아리를 붙든다.

—제주로 가는 배가 있어요. 청해진호. 매일 저녁 일곱시에 떠나요.

나는 그녀의 신발부리만 보며 겨우겨우 말한다. 그녀는 아무 말도 하지 않는다. 옷을 든 그녀가 손아귀에서 다리를 잡아뺀다.

—제주바다에서 장례식 하면 되잖아요. 나도 같이 가게 해줘요!

그녀의 종아리를 딛고 몸을 일으키며 소리친다. 어제 그녀가 내 종아리를 붙들고 일어섰던 것처럼. 그녀가 종아리를 붙들고 있는 내 손을 물끄러미 내려다본다. 한참을 가만히 있던 그녀가 등을 돌려 느릿느릿 걸어간다. 그녀의 긴 머리 속에 살짝살짝 드러나는 굽은 등이 나에게 따라오라고 손짓하는 듯하다. 그녀는 덕수궁으로 향하는 계단을 밟고 올라간다. 그녀가 구르듯 내려왔던, 긴 머리를 흘리며 내 발밑에 누워 있던, 한번도 올라보지 못했던 계단. 나는 그녀를 따라 지상으로 올라간다.

아침햇살이 찬란하다. 로터리 한가운데 자리잡은 분수에서 햇살이 부서진다. 그녀가 덕수궁 문앞에 선 경비복장의 남자에게 인사를 하고 안으로 들어간다. 나는 거대한 문앞에 서서 시끄럽게 울어대는 매미소리와 자동차 경적소리를 듣는다. 마침내 나는 지상으로 올라왔다. 돌담 높은 궁과 고풍스런 시청건물과 햇살을 조각내며 솟아오르는 분수가 있는 지상으로.

시청 앞 분수의 물길이 열두 번 높게 치솟은 후에 그녀가 나왔다.

그녀는 쇼핑백을 들고 있다. 시청역으로 내려와 인천행 전철을 탄다. 그녀는 유골함과 흰옷이 든 쇼핑백을 가슴에 안고 묵묵히 창밖만 바라본다. 그녀 옆에 꼭 붙어앉아 문이 열릴 때마다 그녀의 눈치를 살핀다. 그녀의 눈은 눈썹이 길고 쌍꺼풀이 깊다. 혓바닥으로 나를 핥아줄 때의 태풍이 눈처럼 슬픔과 원망을 깊숙한 곳에 묻은 깊디깊은 눈. 태풍이의 허리에 머리를 기대듯 그녀의 어깨에 머리를 기댄다. 그녀는 어깨를 빼지 않는다.

그녀와 나는 배 출발시간을 기다리며 인천 선착장공원에 앉아 있다. 그녀가 쇼핑백에서 흰옷과 라이터를 꺼내 소맷자락에 갖다대고 불을 붙인다. 흰옷은 금세 검은 연기를 내며 활활 타오르기 시작한다. 내가 청도를 떠난 날 외양간도 그렇게 불길을 뿜었다.

대전의 날, 돌쇠는 이렇다 할 공격도 못하고 꽁무니를 뺐다. 상대는 이제 막 싸움소가 된 풋내기였다. 2년씩이나 우승을 한 돌쇠가 그렇게 어이없이 내빼리라고는 어느 누구도 생각하지 못했다. 태풍이가 견디기 소인 데 반해 돌쇠는 찌르기도 잘하고 덮치기도 잘하는 공격적인 소로 유명했다. 돌쇠의 흔들리는 꼬리 밑에서 푸륵푸륵 똥덩이가 떨어져내리기 시작했을 때 아버지는 받아라, 찍어라, 하며 돌쇠를 북돋우려 애썼다. 그러나 그것이 신호라도 되듯 돌쇠의 입에서 허연 거품이 뿜어져나오더니 기어이 엉덩이를 보이고야 말았다. 아버지는 돌쇠를 비롯해 다른 네 마리의 소를 모두 돌려주어야 했다. 2년이나 우승한 돌쇠가 그리 되었으니 이제 청도에서 아버지에게 훈련을 맡길 사람은 아무도 없었다.

그날 저녁 아버지는 태풍이와 나를 외양간에 가두고 사라졌다. 한밤중에 만취해 돌아온 아버지는 한손에 술병을 든 채 태풍이와 내게 채찍을 휘두르기 시작했다. 태풍이와 나는 아무런 저항도 하지 않고 아버지가 제풀에 지쳐 쓰러질 때까지 묵묵히 채찍질을 견뎌내었다. 번개가 자던 건초더미에 엎어진 아버지는 종종 알아들을 수 없는 말을 웅얼거리며 잠이 들었다. 나는 태풍이를 끌고 조용히 외양간을 빠져나왔다. 태풍이의 고삐를 풀었다. 태풍이가 내 몸에 머리를 비볐다. 아버지가 휘두르던 채찍을 들고 태풍이를 후려쳤다. 멈칫거리던 태풍이 가르막길을 달려나갔다. 일년 내내 혀를 빼어물고 내달리던 그 길을. 날이 밝아올 때까지 외양간 앞에 그대로 앉아 있었다. 향긋한 새벽풀 냄새가 피어오를 때 아버지의 주머니에서 돈을 꺼내 집을 나섰다. 문을 나서기 전 나는 외양간 마른풀더미에 성냥불을 그었다. 청도를 떠나는 내 등뒤로 삼나무처럼 높은 화염이 솟아올랐다.

피어올랐던 불꽃이 조금씩 가라앉고 있다. 나는 마지막 불꽃이 사그라지기 전에 건초의 기억을 모두 집어넣는다. 아버지와 주인노인과 돌쇠를 불에 던진다. 푸른 불꽃이 화르르 일었다가 사그라든다. 이제 나는 청도를 기억하지 않으리라. 불꽃이 사라지고 검고 작은 덩어리만 남는다. 여자가 재를 모아 유골함에 집어넣는다. 청도도 따라 그곳으로 들어간다.

*

새. 그애가 난간에 손을 얹은 채 말한다. 새 좀 봐요!라고 외친 것도 아니고 나지막이 속삭인 것도 아닌 툭 튀어나온 한음절, 새. 말을 마치자마자 비행기 한대가 인천공항 쪽으로 향한다. 마치 그애와 내가 함께 바라보는 비행기의 또다른 이름이기라도 하듯 그애는 그렇게 내

뱉었다. 그애가 새라고 내뱉었던 게 저거였을까. 출발할 때부터 배 꽁무니를 따라오던 한마리 갈매기가 아닌, 일그러진 태양과 붉게 물든 구름 사이를 뚫고 서서히 내려가고 있는 거대한 인공의 새.

언젠가 나도 비행기 안에서 석양을 내려다보는 내 모습을 상상했지. 석양보다 붉게 물들 내 볼과 그 볼을 간질이는 누군가의 숨결을, 그의 가족들과 함께할 저녁식사와 나란히 앉아 바라보는 제주바다를, 그리고 그와 함께 꾸밀 햇살 가득한 집을. 나는 지금 비행기가 아니라 배 갑판에서 석양을 올려보고 있다.

시속 20노트의 배에 부딪친 바람은 그보다 더 광폭한 속도로 내 머리카락을 치고 달아난다. 바람소리에 머리가 산란하다. 나보다 두 뼘이나 키가 큰 그애는 그만큼 더 심하게 흔들리고 있을까.

그녀라 부르기에 미약한, 그늘진 피부 밑에 숨은 솜털을 내게 들켜버린 애. 저토록 강하면서 동시에 절망적인 얼굴을 본 적이 있던가. 볕에 그을린 사내아이의 매끈한 맨어깨처럼 검은빛을 내는 얼굴과 조금 불안해 보이기까지 하는 뾰족한 턱. 그 속에 숨은 망설임과 자책들. 나는 내 안에 숨은 다른 얼굴을 엿본 듯 황급히 고개를 돌린다.

오늘 아침 그의 옷을 덮고 자던 그애는 그저 스쳐지나면 풍경의 일부라 생각될 정도로 투명하게 느껴졌다. 자신을 드러내는 방법을 알지 못하고 절대로 반대하는 법도 없는 여자아이. 그러나 내 종아리를 부여잡고 소리쳤을 때, 나는 폐어(肺魚)가 건기를 견뎌내기 위해 모래펄로 숨어드는 간절한 몸부림을 보았다. 그애는 누구라도 따라나서 그곳을 벗어나야 했으리라.

엔진소리와 뒤로 나자빠지는 물결이 아니라면 배가 움직이지 않는다고 여겨질 정도로 배는 느리고 느리다. 석양을 등지고 선 크고 작은 섬들조차 숲을 실은 바지선인 듯 느릿느릿 따라오고 있다. 멀리 인천 공항의 전조등이 점점 선명해진다.

—그걸 언제 뿌릴 거죠? 제주에 도착하면요?

입을 꼭 다물고 있던 애가 느닷없이 얼굴을 들이대고 묻는다.

—아니, 아직 안 정했어.

—이제 안으로 들어가요. 멀미가 나는 것 같아.

그애는 난간을 꼭 붙들고 비틀거리며 걷는다. 그애를 따라 선실로 들어간다. 방에 들어가자마자 그애는 침대에 풀썩 주저앉는다. 방은 꽤 넓다. 네모난 창으로 흐릿하게 바다가 보인다. 작은 욕실과 두 개의 침대, 소파와 작은 탁자, 구형 텔레비전까지 갖춘 방이다. 내가 나서기도 전에 그애는 이등실 가격의 두 배나 되는 일등실 표를 끊어왔다. 어차피, 내 돈도 아닌걸요. 표를 건네주며 그렇게 말했다. 집에서 돈을 훔쳐 달아나기라도 한 걸까? 어제 계단에서 부딪쳤을 때만 해도 말끔하게 차려입고 옅은 화장품 냄새도 났는데, 하루아침에 더러운 몰골로 시청역 바닥에 누워 있던 건 왜일까.

그애는 아무 말 없이 베개에 머리를 누인다. 침대맡에 놓인 스탠드 하나만 남기고 실내의 전등을 모두 끈다. 바람을 너무 쐬어서 그런지 머리가 아프다. 욕실로 들어간다. 타일벽에서 오래된 물비린내가 난다. 수도꼭지를 돌린다. 뜨거운 물이 쏟아진다. 배가 조금 흔들리는 것 같다. 나는 다리를 벌리고 서서 뜨거운 물에 세수를 한다. 물에서 녹내가 난다. 녹내와 함께 기름냄새도 풍긴다. 물기를 닦고 머리를 빗는다. 머리카락이 뻣뻣하게 엉겨붙어 있다. 흰 원피스에는 어디서 묻었는지 붉은 얼룩이 생겼다. 녹물 같다. 물을 묻혀 얼룩을 지우려다 그만둔다. 어차피 그의 아버지를 만나러 가는 것도 아니니까.

창밖은 이제 하늘과 바다의 경계를 가를 수 없을 정도로 캄캄하다. 소파에 기대앉아 어둠뿐인 바다를 바라본다. 지나친 냉방 때문에 팔뚝에 자꾸 소름이 돋는다. 벽에 머리를 기댄다. 엔진소리가 귓가를 가득 메운다. 낮고 굵은 울림이 꼭 이글거리는 화염소리 같다. 관을 태우는 화장장의 불길소리가 이럴까. 온몸이 오그라드는 것 같다. 눈을 감으니 온통 이글거리는 불길이다. 나는 강력한 불길에 휩싸이지 않으려고 몸을 비튼다. 대신 그를 집어넣는다. 순식간에 그의 머리카락이 사라지고 얼굴이 일그러진다. 손가락과 단단한 가슴과 코가 하나씩 사라진다.

어쩌면 배에 오를 때까지만 해도 그의 유골함을 안고 바다로 뛰어들 생각을 하고 있었는지 모른다. 탑승자 명단에 이름을 제대로 쓰지 않은 것도 그 이유에서였을 것이다. 긴 항해에 지쳐 모두들 잠든 한밤중에 바다로 뛰어든다면 어느 누구도 내 죽음을 알지 못하리라. 피를 흩뿌리며 팔목을 긋거나 혀를 빼물고 목을 매지 않고도 죽을 수 있는 방법. 누구에게도 시신을 들키지 않는 완벽한 자살을 나는 꿈꾸었을 것이다.

침대에 누운 그애를 본다. 몸을 잔뜩 구부리고 이불을 뒤집어쓴 그애는 너무 작고 왜소해 보인다. 나는 자살하지 않을 것이다. 산을 닮은 단단한 사내와 결혼을 하고 아이도 낳겠지. 숲으로 둘러싸인 집은 아니지만 서울 외곽도시의 아파트에서 조금씩 평수를 늘려가며 행복을 찾겠지. 어쩌면 그애가 내 들러리가 되어줄지도 몰라. 그이를 형부라 부르며 나와 그이를 평생토록 따르겠지.

―만약에, 바람이 아주 심하게 불면요, 이 배가, 난파될까요? 갑자기 태풍이나 돌풍 같은 게 올 수도 있잖아요?

자는 줄 알았던 그애가 침대에 누운 채 웅얼거린다. 나는 한번도 비극적인 상황은 상상해본 적이 없다. 그애는 지금 당장 배가 두 조각 나버리기라도 할 것처럼 몸을 심하게 떨기 시작한다. 가방에서 활명수 한병을 꺼내 그애에게 건네준다. 그애가 계속 몸을 떨며 활명수병에 입술을 댄다.

—이렇게 큰 배가 아무렴. 그런 일이 생긴다 해도 구명보트가 있잖아. 배 옆구리에 달린 보트 봤지? 거기에 타기만 하면 우린 금방 구조될걸.

침대에 걸터앉아 그애의 어깨를 토닥여준다.

—보트를 못 타면요?

—그렇더라도 우리는 가까운 해안에 도착하게 될 거야. 서해의 어떤 섬일 수도 있고, 어쩌면 더 멀리 중국의 낯선 해안일 수도 있겠지. 일주일이나 한달 동안 바다를 떠돌게 되더라도 우리는 극적으로 해안에 도착할 수 있을 거야. 우리가 육지에 도착하면 많은 사람들이 지독히 운좋은 두 여자를 보기 위해 몰려들겠지. 우린 바다에서 버텼던 며칠에 대해 느긋하게 설명해주기만 하면 돼.

—중국 어디요?

—글쎄. 여기서 가까운 곳에 청도라는 항구가 있어. 아마 그쯤 되지 않을까?

—중국에도 청도가 있어요? 만약 그곳에 못 가면요? 아니 그곳에 가기 싫다면요!

그애가 갑자기 침대에서 몸을 곧추세우더니 중국에 청도가 있느냐고 재우쳐 묻는다. 그애의 부릅뜬 눈은 지금이라도 당장 이 배에서 뛰어내릴 듯 이글거리고 있다. 무엇이 그애를 이토록 노엽게 만들었을까. 그저 조용히 누워 있기만 하던 애를.

─그럼, 다른 곳에, 그래, 다른 곳에 가면 되지.

─어디요?

나는 어떻게 해서든 그애를 안정시켜야 했다. 그러나 내 상상력은 유골함에 갇힌 듯 아무 생각도 떠오르지 않는다.

─서해 한가운데 전설 속의 푸른 섬이 하나 있어.

그애가 눈을 초롱초롱하게 뜨고 내 말을 기다린다. 나는 천천히 말을 잇는다.

─그 푸른 섬은 바다 깊숙한 곳에 있대. 바다생물들과 육지생물들이 함께 살아가는 곳이지. 그곳에는 피부가 빙설 같고 해초를 뜯어먹고 사는 신인이 있어. 그녀가 정신을 집중하면 만물이 소생하고 고통스러운 기억들을 지워준대. 그러니 걱정 말아. 어느 곳에 도착하든 우린 안전할 거야.

─고통스런 기억을 지워줘요?

─그래, 그곳엔 가위눌리는 병을 고쳐주는 흰 꽃도 있대. 어떤 책에서 봤어.

─그럼 거기로 가요. 배가 난파되면요.

그애가 남은 활명수를 한번에 마시고 나서 빈병을 내게 건네준다. 그애는 다시 이불을 바싹 끌어당겨 몸을 말고 눕는다. 이 배는 난파되지 않을 것이다. 오늘 아침 분홍 투피스를 입은 아나운서가 주말까지 맑고 쾌청한 날씨가 되겠다고 예보한 것을 차치하고서라도 아까 올려다본 하늘에 태풍이나 폭풍의 전조는 보이지 않았다. 우리는 제주에 무사히 도착해, 말들이 뛰노는 너른 목장과 바다로 직접 떨어진다는 폭포를 보게 될 것이다. 한라산 정상에 올라 발밑에 펼쳐질 구름밭과

산세를 바라볼 수도 있겠지.

앞으로 열두 시간 후면 제주에 도착한다. 제주에 도착하기 전에, 태양이 떠오르기 전에 그의 유골을 뿌려야지. 비록 그의 뼈와 살은 아니지만 나와 결혼식을 올리기 위해 입으려 했던 흰옷이 그를 대신해줄 거야. 그는 시커먼 바닷속으로 천천히 스며들겠지. 수천년 동안 수장되거나 뿌려진 영혼들과 뒤섞여 바다의 푸른빛을 이룰 거야. 그는 파도가 일렁이는 대로 바람이 부는 대로 바다를 떠돌다가 가끔 외딴섬 자갈 틈새에서 숨을 돌리기도 하겠지.

유골함을 가져온다. 뚜껑을 열고 안을 들여다본다. 완전히 연소하지 않은 검은 덩어리가 유골함 속에 웅크리고 있다. 몸을 구부린 사람의 형상 같다. 등이 굽은 여자의 형상. 모골이 송연해진다. 유골함을 집어던진다. 바닥에 구른 유골함에서 검은 덩어리가 흘러나온다. 나는 그 검은 덩어리가 무엇인지 잘 안다. 유골함에서 흘러나온 것은 나를 배반한 남자의 유골이 아니다. 그것은 나를 속인 또다른 나의 모습이다.

갑자기 배가 심하게 기우는 것만 같다. 나는 그를 모른다. 그의 이름이 정말 고석기였을까? 그의 아버지가 제주에서 한라봉을 재배하고 있는 것이 사실일까? 그날 그가 내게 오기로 한 것이 맞는가? 그가 나를 잊은 것이 아니라, 아예 나를 모르고 있었던 것은 아닐까.

애초부터 나와 결혼하기로 한 남자는 없었다. 나는 그를 단 한번 만났을 뿐이다. 어제 내가 그의 옷을 들고 등을 보이고 달아났을 때에야 그는 나를 기억해냈을 것이다. 언젠가 길거리에서 짐을 들어주었던, 그래서 자판기 앞에 서서 캔커피를 얻어마셨던 곱사등이 여자를 떠올렸겠지.

고개를 세차게 휘젓는다. 아무리 다른 생각을 하려 해도 아무것도 떠오르지 않는다. 곧 제주에 도착해 옥빛 바다를 보리라, 모래사장을 뛰어다니고…… 나는 상상할 수 없다. 현실은 내게 복종을 원한다. 상상력마저 폭군과 같은 현실에 무릎을 꿇고 만다.

나는 가까스로 그애가 누운 침대로 기어오른다. 등이 아파온다. 등 뒤에서 바람소리가 난다. 이불을 들치고 그애 옆에 몸을 누인다. 등뒤에 닿은 그애의 가슴이 따스하다. 후끈한 숨결이 속삭이듯 귓불을 간질인다. 나는 그애의 숨결을 느끼며 눈을 감는다. 어렴풋이 내 머리를 쓰다듬는, 이윽고 조용히 등을 어루만지는 그애의 손길이 느껴진다.

*

사그락사그락 옷자락 스치는 소리. 누군가 갑판 이쪽과 저쪽을 휙휙 뛰어다니는 것 같다. 고개를 돌려 주위를 돌아보지만 갑판 위에는 아무도 없다. 간혹 삐걱거리며 돌아가는 풍향계의 금속성 파열음만이 어둠속에 끼여든다. 난간에 몸을 기대고 배 하단 부위에서 하얗게 부서지는 바다를 본다. 누군가 뒤에서 등을 떠다밀 것 같아, 난간에 기대지 않고 갑판 한가운데 서 있기는 힘들다.

바다와 하늘이 온통 검은빛이다. 바다는 쉽게 제 속내를 드러내지 않는다. 나는 어둠에 익숙하다. 어둠속에서 바다를 바라보는 것은 밤언덕에 서서 들판을 바라보는 것과 다르지 않다. 막막한 어둠, 들과 하늘의 흐릿한 경계. 청도의 들판. 어둠속에서는 실체보다 소리가 더욱 크게 느껴지는 법이다. 내 발밑 어딘가 있을 엔진소리, 탑 위에서 펄럭이는 깃발소리, 환기씨스템 소리, 배의 항적(航跡)을 끝끝내 쫓아오는 물거품 소리. 어디선가 가냘픈 신음소리가 들리는 것도 같다. 그 어렴풋한 소리에 집중하며 눈을 감는다. 어쩌면 이 소리는 아주 오래 전부터 바다에 뿌려진 유골의 주인들과 검푸른 물속으로 뛰어들어 자살한 사람의 넋과 집으로 돌아가지 못한 고깃배의 주인들이 서로의 몸을 쓰다듬으며 흐느끼는 소리인지도 모른다.

지금 내 뺨을 어루만진 그 손의 부름이었을까. 나는 뭐에 끌린 듯 불현듯 잠에서 깨어 갑판 위로 걸어나왔다. 그녀는 지금 내 침대에서 깊은 잠에 빠져 있다. 내가 그녀의 등을 쓰다듬었을 때 그녀가 조금 훌쩍였던가. 가녀리게 흔들리는 어깨와는 상관없이 그녀의 등은 침착하고 강인해 보였다. 굽은 뼈와 살 속에는 차마 내뱉어서는 안되거나 표현될 수 없는 비밀과 전설이 숨어 있는 듯했다. 그녀의 등에 머리를 기대자 나는 한없이 편안해졌다.

누군가의 손길을 느끼며 밤의 허공을 물끄러미 바라본다. 철난간에는 차가운 습기가 방울져 있다. 이 배는 농밀한 어둠을 가르며 어디쯤 지나고 있는 걸까. 왼편 어느 즈음에 내가 떠나온 청도가, 그리고 오른편으로 또 다른 청도가 있겠지. 나는 지금 청도와 청도 사이를 가로질러 남쪽으로 향한다.

배가 제주에 도착하면 청도의 기억에서 자유로워질 수 있을까. 그녀가 말한 바닷속 푸른 섬. 고통스런 기억과 과거를 지우는, 그런 곳이 정말 있기는 한 걸까. 그곳은 시간의 궤도를 벗어난 진공의 공간이겠지. 과거도 미래도 없는 현재만의 공간.

그녀가 유골함을 들고 계단을 올라온다. 그녀의 머리카락이 사방으로 흩날린다. 그녀가 내 옆에 선다. 눈을 감고 숨을 깊게 들이마신다. 그녀의 머리카락에 밴 바다냄새를 맡으며 한참 동안 그대로 서 있는다. 그녀도 묵묵히 바다만 바라본다.

무언가 묵직한 것이 바닷속으로 떨어지는 소리가 들린다. 물거품 위로 붉은 유골함이 흘러가고 있다. 난간 밖으로 고개를 내밀어 조금씩 사라지는 붉은 점을 좇는다. 그녀는 유골함을 보고 있지 않다. 그녀의 눈은 허공 어느 즈음을 향하고 있는 듯하다. 숨겨진 진실을 꿰뚫어버린 후의 허망한, 방향감각을 잃고 한없이 떠도는 듯한 공허한 눈빛이다. 그녀의 남자와 내 청도의 기억을 품은 유골함은 어디에 가 닿을까. 바닷속 푸른 섬에 도착할까? 청어떼가 춤을 추고 가오리가 너른 지느러미를 펄럭이는 푸른 섬. 그녀의 머리칼처럼 길고 가느다란 촉수를 흩날리며 춤을 추는 말미잘과 그 속에 숨은 흰동가리들도 있겠지.

검었던 바다가 갑자기 환해진다. 집어등을 밝힌 배 한척이 서서히 다가오고 있다. 잠든 물고기들을 깨우는 환한 불빛들. 눈을 찌를 것처럼 강력하게 뿜어져나오는 불빛 뒤로 부지런히 움직이는 뱃사람들의 실루엣이 보인다. 불빛이 손에 잡힐 듯하다.

그녀가 난간 밖으로 몸을 내민다. 머리칼을 하늘거리며 조금씩 떠오르는 그녀의 모습이 보인다. 멀리서 그녀가 내게 손을 내민다. 내가 그녀의 손을 잡자 시간이 멈춘 듯 사방이 고요해진다. 파도소리도 엔진소리도 들리지 않는다. 집어등 불빛만이 환하게 빛난다. 발끝이 살짝 들린다. 나는 한없이 가벼워진다.

그녀와 나는 손을 마주 쥐고 춤을 추기 시작한다. 불빛을 돌며 춤을 춘다.

—『현대문학』2001년 10월호

그녀들, 우주를 빨아들이는 틈새

이광호

그녀의 소설에는 예쁜 여자가 나오지 않는다. 그녀의 그녀들은 늙고 추한 모습을 하고 있다. "툭 튀어나온 광대뼈와 곱추를 연상케 할 정도로 둥그렇게 붙은 목과 등의 살덩이, 눈살을 찌푸리게 하는 목소리, 뭉뚝한 발가락……"(「바늘」), "검은 옷과 흰 머리칼의 그녀가 혹시 유령의 집에 속한 하나의 장식품이 아닐까 생각할지 모릅니다"(「유령의 집」), 혹은 불구의 이미지를 갖는다. "내 몸에서 자라는 것은 머리통뿐이다. 이 순간에도 쑥쑥 크는 소리가 들리는 듯하다. 커다란 머리통은 곱추의 등허리처럼 부담스럽고 거치적거리기만 한다"(「월경」), "몸을 돌리다가 둥그렇게 솟은 어깨와 등의 굴곡을 보고 만다. 등을 잠시 잊고 있었다. 내 등은 수수께끼다. 사막의 비밀을 간직한 낙타의 등"(「포옹」). 못생기고 늙었거나 신체적인 장애를 갖고 있는 그녀들은 숙명적인 일탈성의 자질을 함유한다. 그 불구성은 그녀들이 처한 삶의 지독한 소외를 말해준다. 90년대 소설에서 발견되던 도시적 매력을 가진 전문직 여성은 이 소설들에는 등장하지 않는다. 그녀들의 육체적 비정상성은 그녀들의 삶의 끔찍한 주변성을 규정하고 동시에 상징한다.

어떤 그녀들은 난폭하기까지 하다. 그녀들은 관습적인 의미의 여성성과는 정반대의 동물적인 공격성을 보인다. 우선 그녀들의 노동. 그녀들은 소골을 손질하거나(「숨」), 곰장어의 껍질을 벗기거나(「당신의 바다」), 남자의 몸에 문신을 새긴다(「바늘」). 그녀들의 폭력성이 잘 드러나는 곳은 그들의 식성이다. 그녀들은 대부분 육식을 즐긴다. "할머니는 모든 병을 육식으로 치료한다"(「숨」), "나는 양념하지 않은 고기를 먹는다. 손가락 두께로 썰어서 피가 살짝 날 정도로 구운 쇠고기나 마늘과 양파를 많이 넣고 삶은 돼지고기를 좋아한다"(「바늘」), "여자가 뼈에 붙은 살을 좋아한다는 것은 다른 음식을 먹을 때도 마찬가지였다. 닭튀김을 먹을 때 여자는 다리나 날개 가슴살은 거들떠보지 않고 먹기 힘든 부분만 먹었다. 다리 마디에 붙어 있는 살이나 닭 갈비뼈 따위들"(「등뼈」). 육식에 대한 집착은 그녀들의 본능적인 동물적 욕구를 반영하며, 외부세계에 대한 공격성과 적의를 암시한다.

직접적인 물리적 폭력을 행사하는 그녀도 있다. 남편에게 주기적인 폭행을 일삼는 아내의 식욕. "나를 때린 뒤 아내의 식욕은 무서울 정도로 왕성해진다. 소진된 몸을 보강하기라도 하려는 듯 아내는 막무가내로 먹어댄다"(「행복고물상」). 서술자는 그녀에게 야생동물의 이미지를 입힌다. "아내는 야생의 초원을 가졌다. 아내의 몸속에는 날카로운 이빨을 가진 맹수와 성난 발길질을 하는 암말과 살진 들소가 산다. 맹수의 시체를 향해 덤벼드는 검은머리독수리와 독수리에 쫓기는 연약한 새도 있다"(「행복고물상」). 폭력과 식욕, 그리고 성적 욕구는 천운영의 소설에서 행위의 기본적인 동기들로 서로 매개되어 있다. 그 비이성적이고 난폭한 행위들은 어떤 내적 억압의 분출이라고 볼 수 있다. 거기에서 그녀들이 부여받은 야수성의 이미지는 제도적 현실에서 억눌린 본능적이고 원초적인 욕구를 표현한다.

그런데 이 동물적 공격성이 암시하는 그녀들의 억압과 소외는 거의 태생적인 것에 가깝다. 그곳에 작동하는 사회적·문화적 동기와 맥락은 소설의 표면에서는 희미하게 나타난다. 천운영 소설에서 그녀들이 견뎌내야 할 불우는 가족 단위의 어두운 운명론에 기대고 있다. 이 젊은 작가는 그 오래된 운명론에 독특한 미학적 자질들을 새겨넣는다. 그 미학적 자질들의 선명함과 강렬함 때문에 우리는 그 운명론의 퇴행적인 성격 따위에는 관심을 가질 필요가 없게 된다. 그녀가 부여하는 동물적 관능의 미학은 매우 극단적인 것이어서, 우리는 한국소설에서 경험하지 못한 그로테스크하고 엽기적인 수준을 경험할 수 있다.

「숨」은 그 미학의 한 절정이다. 소골을 손질해서 먹는 늙은 여자와 그의 손자가 있다. 서술자는 그 노파에게 '늙은 마녀'의 이미지를 준다. "이미 나는 그녀의 식성에 길들여져 있다. 그녀는 나를 육식 속으로 몰아넣고 속박하는 늙은 마녀다. 길고 흰 머리칼을 산발한 늙은 마녀는 도롱뇽 눈알이나 닭 피, 박쥐 뇌 따위의 주술성이 강한 재료들을 모아 커다란 솥에 넣고 묘약을 만들어내고 있는지 모른다." 여마법사는 속박하고 파괴하는, 야비하고 악마적인 여성적 원리를 상징한다. 또한 그녀에게는 늙은 육식동물의 이미지가 겹쳐진다. "그녀는 느슨하게 땋아내린 머리 모양으로 여든을 넘기고 있다. 뒷목에서 등뼈를 따라 엉덩이까지 내려온 머릿다발은 늙은 수사자의 푸석한 갈퀴 같기도 하"다. 늙은 마녀이자 육식동물인 그녀에게 '나'는 사육되는 작은 짐승에 불과하다. 그 늙은 육식동물은 "어미 뱃속에 들어 있는 송아지"를 말하는 '송치'를 구해오라고 요구한다. 송치는 그녀의 폭력적인 육식성의 한 극단적 대상이다.

그런데 '내'가 사랑하는 여자 '미연'은 '초식동물'의 이미지를 갖는다. 여기서 '나'는 육식의 여성성과 초식의 여성성 사이에 처해 있는 힘없는 수컷이다. '나'는 "그녀가 필요로 한 것은 먹을 것을 물어다주는 사냥개가 아니었을까. 그녀 앞에서 미연은 사나운 맹수 앞에 노출된 한마리 가젤에 불과했다. 그리고 나는, 그녀에 의해 거세된 수소였다. 고기의 웅취를 없애기 위해 어릴 적부터 거세된 수소"이다. 그래서 소설의 공간은 하나의 밀림이다. 소머리에 물을 먹이다 경찰에 적발되어 도망가는 '나'에게 그곳은 정글의 세계로 변한다. "나는 온 힘을 다해 뛰기 시작한다. 족발집을 지나 내장집을 돌아 수입상회 안으로 들어간다. 갑자기 사방이 가시덤불과 이파리들로 우거진 밀림이 된다. 어디선가 사냥을 알리는 북소리가 들리는 듯하다. 점점 더 강렬해지는 북소리가 내 뒤를 집요하게 쫓는다. 거대한 들소떼가 마구 날뛰며 나를 짓밟고 간다."

그 정글의 세계를 지나 '내'가 찾아가는 곳은 '미연'의 집이다. 그곳은 식물성의 공간이다. "미연의 심장에 귀를 갖다대고 심장이 네 번 뛸 때마다 한 번씩 숨을 들이마신다. 가슴에서 풀냄새가 난다. 숲의 향기를 마시듯 깊게 숨을 빨아들인다. 이렇게 미연의 품속에서 고기냄새가 아니라 향긋한 바람냄새를 느끼며 식물처럼 자랄 수는 없을까?" 마지막 장면에서의 '미연'과의 정사는 '나'의 식물성에 대한 욕구를 극적으로 대변한다. "알몸이 된 그녀가 이번엔 내 옷을 모두 벗겨낸다. 갑자기 따뜻한 기운이 휘감기더니 온몸이 간지러워진다. 여리고 부드러운 싹이 살갗을 밀고 올라오는 것 같다. 나는 팔과 다리를 활짝 펴고 그녀를 안는다. 가슴팍에서 가늘고 여린 이파리들이 솟아오르기 시작한다. 그녀가 내 수풀을 한입 가득 베어문다." 여기서 '미연'의 '숨'은 할머니의 폭력적 육식성과 비교되는 여린 생명력의 자리이다. 그런데 그 '숨'의 영역은 단순히 할머니의 폭력적인 육식성과 선명하게 대비되는 공간인가? '숨'은 단지 동물성과 대결하는 식물성의 층위가 아니다. "근데 사람만이 아니라 다른 동물들도 그렇대요. 작은 동물이나 큰 동물이나, 육식동물이나 초식동물이나, 코끼리나 쥐나…… 모두들 오억 번 정도 숨을 쉰다지요." 여기서 '숨'은 '동물성/식물성'의 평면적인 대립을 넘어서는 생명 일반의 운동이다. '미연'이 상징하는 여성성은 할머니의 난폭한 육식성에 대응하는 식물성의 의미에 한정되는 것이 아니라, 그 모든 살아 있는 것들을 보듬는 원초적인 생명력의 밑자리가 된다.

「월경」의 경우, '나'는 여성성의 발달이 정지된 신체를 갖고 있다. "은행나무가 잘려나가면서 몸의 생장점 또한 사라졌는지 내 몸은 작정이라도 한 듯 자라기를 멈추었다. 젖가슴은 열세살 몽우리로 남아 있고 키고 150센티미터가 안된다. 열두살에 시작한 생리도 이젠 하지 않게 되었다." 성장이 정지한 '나'는 지독한 상실과 고립 속에 살고 있다. '나'의 정지된 여성성의 저편에는 은행나무와 보름달이 상징하는 풍요로운 성적 공간이 자리한다. '나'의 아버지는 그런 공간에서 엄마를 만난다. "붉은 보름달이 낮게 뜬 어느날, 은행나무 아래에서 그와 그녀는 허겁지겁 옷을 벗었다. 어깨를 부풀린 가지 끝에서 은행 알들이 떨어져내리고 있었다. 몸을 움직일 때마다 은행들은 다 지난 암내를 풍기며 살 속 깊이 파고들었다. 그가 그녀를 안은 것은 꽉찬 보름달 때문이었을 것이다. 보름달은 사람들로 하여금 경계를 넘어서게 만드는 묘한 힘을 가지고 있으니까." 여기에서 은행나무는 성적인 상승의 이미지이며, 보름달은 월경(月經)과 월경(越境)의 이중적인 상징이다. "더이상 차오를 수 없는 보름달은 스스로 몸을 허물어 경계를 지우리라"라고 말할 때의 보름달은, 월경하는 여성성의 깊은 상징이다. 여성적 원리로서의 달은 끊임없이 몸을 바꾸는 우주적 생성과 순환의 리듬을 표현한다. 보름달은 그 순환의 한 극점으로서의 지점이다. 또한 '밤의 눈'으로서의 달은 이성적인 원리의 반대편에서 비합리적이고 원초적인 충동의 은유이다.

'나'의 결핍된 여성성의 맞은편에는 '은하수 계집'의 농염한 여성성이 자리한다. 서술자는 그 계집에게 또한 짐승의 이미지를 부여한다. "계집을 받아들이기로 결정한 것은 계집의 몸에서 풍겨오던 냄새 때문이었다. 비에 젖은 털 냄새. 그건 두려움에 떠는 날짐승의 냄새였다." "서른이 훨씬 넘은 나이에도 계집은 제법 탱글탱글한 가슴을 유지하고 있다." "나는 문틈에 대고 소리를 죽인 채 계집의 엉덩이를 훔쳐보곤 한다. 엉덩이 사이로 손가락을 쑥 넣거나 체벌을 하듯 엉덩이를 찰싹찰싹 때리는 상상을 하면서." 계집에 대한 '나'의 욕구는 '나'의 빈곤한 여성성으로부터의 욕구이다. 계집은 '나'에게 결핍과 부재의 의미이다. "내가 좋아하는 건 은하수 손님들이 하는 것처럼 계집의 엉덩이를 만지기도 하고 가슴을 주무르기도 하면서 자는 것이다."

계집과 '나'의 여성성의 대비는 성기에 관한 묘사에서 그 정점을 이른다. 서술자는 계집의 성기를 무덤에 비유한다. "촉촉하고 따뜻한 무덤 속, 계집의 무덤 속" "계집이 숨을 쉴 때마다 무덤이 들썩들썩한다. 봉긋하게 솟은 계집의 무덤에서 향긋한 풀냄새가 나는 듯하다. 두덩에서 안쪽으로 결을 고른 풀들은 윤기가 흐르고 진한 색을 띠고 있다. 계집의 풍성한 풀들에서 비옥한 대지를 엿볼 수 있다." 왜 여성의 성기가 무덤인가? 그 시각적 유사성을 넘어서, 여자의 성기이야말로 모든 것을 채울 수 있는 부재의 공간, 죽음을 살아 있게 하는, 죽음으로써 살게 만드는 곳이기 때문이다. 계집의 비옥한 성기는 '나'의 빈곤한 성기와 선명하게 대비된다. "계집의 것에 비하면 내 것은 노인의 거죽처럼 볼품없어 보인다. 듬성듬성 제멋대로 뻗은 털들 사이로 보이는 누렇게 질린 두덩과 밋밋하게 뻗은 얇은 틈, 꼭 낙석주의 표지판이 있는 국도와 같다. 메마른 황토와 돌덩이가 후둑후둑 떨어지는 잘려진 산허리. 내 무덤 위에는 검은 그물이 쳐져 있다." 계집의 풍성한 여성성에 대한 나의 일그러진 욕망은 금지된 기억으로서의 '못쓰는 방'과 그 금지의 선으로의 '문지방'을 넘어선 계집의 정사를 훔쳐보는 데서 극에 이른다. 소설의 마지막 장면에서 '나'는 또다른 금지된 기억의 경계선으로서의 아버지의 철로를 넘어, 다시 한번 보름달과 은행나무의 농밀한 상징 속으로 질주한다.

「눈보라콘」에서의 아이스크림 역시 에로틱한 의미자질을 함유한다. 아이스크림에 대한 나의 탐닉은 명백히 성적인 것이다. "손가락 한마디쯤 되는 부라보콘 뿔을 입에 넣는 순간 정신의 한 부분이 내 몸을 이탈해 무한한 공간 속으로 빨려가는 것 같다. 그러면서도 한편으로는 어머니의 젖꼭지를 물고 있는 듯 편안해지기도 하는 것이다. 아쉬우면서도 만족스러운 마지막 한입, 그 허망하면서도 풍만한 달콤함. 별안간 사타구니가 뜨뜻해져온다. 팬티가 축축하다." 부라보콘의 성적 매력은 소년에게는 도발적인 것이라기보다는 어머니의 부드러운 여성성에 닿아 있다. "어머니를 닮은 부라보콘"이기 때문이다. "어머니는 망치를 들고 선박의 녹을 떼어내는 일을 하지만 아직까지 싱싱하고 부드러운 손을 갖고 있다. 그건 어머니가 녹을 이해하고 있기 때문이다." 그런데 어머니가 벗겨내는 녹은 얼음의 이미지를 부여받는다. "녹꽃은 살짝 긁어내야 하는 거야, 성긴 눈처럼. 끌로 긁어내면 사박사박 눈 밟는 소리가 나." 녹꽃을 다룰 줄 아는 어머니의 부드러운 손은 바로 그 안에 얼음을 품고 있는 부드러운 아이스크림과 비유적 관계를 이룬다. 또한 어머니의 목소리는 "공기 속으로 사라져버리는 소리가 아니라 한입 베어문 아이스크림처럼 목젖을 간질이며 내 속 깊은 곳으로 흘러들어온다." 그래서 이 소설에서는 동물적인 공격성을 가진 여성성은 등장하지 않는다. 그런데 소년에게 있어 어머니의 여성성이 영원히 소유할 수 없는 여성성인 것처럼, 부라보콘의 매력은 영원히 닿을 수 없는 높이에 있다. 어머니와 부라보콘은 그렇게 가질 수 없는 동경과 숭배의 대상으로서 존재한다.

그런데 작가는 이 부라보콘에 또다른 문화적인 맥락을 겹쳐놓는다. "부라보콘은 내가 태어난 1970년 4월에 출시되었다. 우리나라 최초의 현대적인 아이스크림과 나이가 같다는 사실만으로도 부라보콘을 운명적으로 여기는 것이 당연하게 느껴졌다." 부라보콘은 최초·최고의 현대적인 아이스크림이다. 그것은 '눈보라콘'이라는 아류를 거느리고 있다. "눈보라콘은 부라보콘에 가장 근접한 콘이다." 그런데 '나'는 부라보콘 대신에 눈보라콘을 사먹는다. 모조품을 향한 열정 때문에 '나'

의 친구 '하봉' 역시도 "나이키와 가장 비슷한 스티커"을 구하기 위해 헤매다닌다. 왜 소년들은 모조품에 집착하는가? "눈보라콘에는 부라보콘을 향한 욕망과 열망이 들어 있다. 눈보라콘도 나처럼 부라보콘을 숭배하고 있는 것이다. 눈보라콘이 부라보콘의 대용물밖에 될 수 없겠지만, 그래도 눈보라콘에는 다른 가짜들과 구분되는 무언가가 분명히 존재한다." 진짜를 향한 열망이 가짜의 진정성을 만든다. 어머니의 여성성을 향한 '나'의 욕망이 전이된 대상으로서의 소녀는 "가짜 휘발유에 젤 많이 들어간" 것은 '진짜 휘발유'라고 말한다. 그래서 '나'의 행복은 '부라보콘' 속에 있는 것이 아니라 '눈보라콘' 속에 있다. 닿을 수 없는 부재로서의 진짜에 대한 욕망이 인간을 살게 하고, 인간을 성장시키고, 가짜의 문화를 만들기 때문이다.

「바늘」에는 문신을 하는 '나'—여자가 등장한다. '나'에게 문신을 부탁하는 남자들은 "나에게서 협각류의 단단한 외피를 얻으려 한다." 협각류의 외피를 얻는 것은 외부세계의 위협으로부터 자기를 방어하는 힘을 갖게 되는 존재전환의 의미를 함유한다. 그들은 강인한 외피를 갈망한다. 그래서 그들은 거미나 전갈 따위의 문신을 원한다. 문신을 할 때의 남자들은 성적으로 흥분한다. "남자의 성기는 내가 바늘을 댄 순간부터 조금씩 단단해지기 시작해 밑그림이 끝날 즈음이면 주체할 수 없을 정도로 성이 나게 마련이다." 다른 존재로의 전이를 갈망하는 변신의 욕망은 일종의 성적 에너지를 포함한다.

그런데 '나'는 "쌀밥처럼 하얗고 말끔한 남자의 얼굴"을 만난다. '나'의 육식성의 취향에 대비되는 이 남자의 결핍으로서의 남성성은 그로 하여금 강인한 힘을 갈망하게 만든다. 그 남자가 "내 몸을 가장 강력한 무기들로 가득 채워줘"라고 요구했을 때, "나는 그의 가슴에 새끼손가락만한 바늘 하나를 그려주었다." 이때 바늘은 어떤 변신도 가능하게 하는 미지의 강력한 힘이다. 그 미지의 힘에 화자는 여성성기의 이미지를 새겨넣는다. "티타늄으로 그린 바늘은 어찌 보면 작은 틈새 같았다. 어린 여자아이의 성기 같은 얇은 틈새. 그 틈으로 우주가 빨려들어갈 것 같다." 우주를 빨아들이는 틈새로서의 '바늘-여성성기'는 어떤 무기보다 강하다. 가령, 바늘로 '현파스님'을 죽인 어머니의 행위는 스님으로 상징되는 제도적으로 거세된 남성적 문화에 대한 살해로 해석될 수 있다. '바늘-여성성기-틈새'는 변신에 관한 모든 존재론적 가능성을 품고 있는 악마적인 힘을 보유한다. 바늘이 어떤 변신도 실현할 수 있다면, 여성의 틈새야말로 어떤 존재도 태어나게 하는 창조적 부재의 자리이다. 그곳은 우주를 흡수하고, 우주를 거듭나게 하는 틈새이다.

그 틈새로부터 그녀들의 월경(月經)은 월경(越境)이다. 그녀들은 그렇게, 경계를 살고, 경계를 타고, 경계를 넘어서며, 경계를 낳는다. 그녀의 소설들은 제도화된 여성성과 거세된 남성적 문화를 돌파하는 관능과 일탈의 은유들로 들끓고 있다. 천운영 소설 속의 야생적인 여성성은 사회적인 타자인 여성들 내부의 억압된 자질들을 개방하는 공격적인 힘을 포함한다. 그녀들의 시선은 제도화된 여성적 자아의 내부에 머물지 않는다. 그 제도적인 영역의 바깥으로 질주하는 원초적이고 본능적인 여성적 에너지를 드러낸다. 거기에서, 식물적인 여성성으로부터 동물적인 여성성으로의, 혹은 타자로서의 여성성으로부터 창조적인 부재와 이질적인 복수항(複數項)로서의 여성성으로의 탈주라는 존재론적 전환의 사건이 벌어진다. 그런 의미에서 천운영의

미학적 위반은 문화적인 이탈의 의미를 얻는다. 천운영을 통해 한국
의 여성소설은 독특한 야생의 미학을 자기 목록에 추가할 수 있게 되
었다. 나는 그 개성이 동어반복의 알레고리와 낡은 숙명론에 머물게
되지 않기를, 소설적 언술의 트임으로 나아가는 한편 그 문화적 문맥
을 확대하게 되기를 바란다. 그녀의 소설이야말로, 한 우주를 빨아들
이고 한 우주를 낳는, 바로 그 틈새에서 씌어지고 있으니……

李光鎬/문학평론가, 서울예대 교수